un 4 octobre 2021

Un rhinocéros à Versailles

ou le sort des animaux
sauvages enfermés à la Ménagerie
royale sous la Révolution.

A de Broca

Du même auteur

La Princesse effacée, Robert Laffont, 2010
Monsieur mon amour, Albin Michel, 2014
La Sœur du Roi, Albin Michel, 2017

Alexandra de Broca

Un rhinocéros à Versailles

Robert Laffont

ISBN 978-2-221-25765-4
Dépôt légal : octobre 2021
Éditions Robert Laffont – 92, avenue de France 75013 Paris

À petit Philippe,
avec l'espoir qu'il aime la lecture,
l'histoire et les animaux.

« L'homme appartient à ces espèces d'animaux qui, une fois blessés, peuvent devenir particulièrement féroces. »

Gao Xingjiang, *La Montagne de l'âme*

« Le jour où l'on comprendra qu'une pensée sans langage existe chez les animaux, nous mourrons de honte de les avoir enfermés dans des zoos et de les avoir humiliés par nos rires. »

Boris Cyrulnik

Prologue

1784

Le duc de Noailles, gouverneur de la ville, des châteaux de Versailles, de Marly, de leurs dépendances, et capitaine des chasses et parcs desdits lieux, est un homme obstiné. Il écrit chaque année le même courrier et s'étonne de ne pas obtenir satisfaction. Sa Majesté le roi Louis XVI doit, pour tenir son rang, posséder une ménagerie composée d'animaux rares. Ne pas avoir de zèbre ou d'éléphant est indigne du domaine dont il a la charge !

Conscient de la position éminente qu'il occupe à la Cour et du nom prestigieux qu'il porte, le duc tient à servir le roi selon l'étiquette mise en place par Louis XIV. Si son descendant semble goûter les joies d'une vie simple en famille, le duc entend maintenir, coûte que coûte, le prestige et la renommée de feu le Roi-Soleil. Le château, les jardins doivent être admirés par les visiteurs étrangers. La gloire de la France commence dans la cour carrée pavée de marbre, pour se répandre vers les jardins de Le Nôtre, le Grand Canal, le Trianon et enfin la Ménagerie. Il est, sans le vouloir, un fervent défenseur de ses résidents.

Régulièrement, le duc rappelle donc au ministre de la Marine la nécessité de repeupler le lieu. Les gouverneurs des comptoirs en Afrique et en Asie, les représentants de la Compagnie des

Indes, les capitaines de la marine royale sont priés d'acheter pour le roi des quadrupèdes et des oiseaux.

Pourtant, pour une obscure raison, le 3 février 1784, le duc de Noailles précise dans son courrier la nécessité de chercher des animaux plus rares. A-t-il été informé par la reine Marie-Antoinette de ceux installés au château de Schönbrunn, dans son pays natal, et en a-t-il été vexé ? A-t-il croisé M. de Buffon qui l'aurait convaincu de diversifier ses commandes ?

C'est ainsi que le maréchal de Castries reçoit l'injonction de faire venir en France un éléphant, deux zèbres mâle et femelle, un mandrill, un babouin et six pintades. La missive, recopiée par les services du ministère, est expédiée au Havre, à Lorient, à Bordeaux et à Marseille afin d'être transférée par bateau dans les comptoirs français de Sa Majesté en Afrique. Désormais, le roi ne se contentera pas d'attendre l'hypothétique cadeau diplomatique d'un dignitaire inconnu, il entend choisir ses animaux et même les acheter. Une aubaine pour les commerçants, les chasseurs, les armateurs…

Par un curieux hasard, l'une de ces lettres parvient jusqu'au gouverneur de l'île de France dans sa résidence de Port-Louis. Le vicomte de Souillac, fier de magnifier la puissance de son roi, en fait porter une copie à un commerçant, au cap de Bonne-Espérance, avec la promesse de régler l'achat des animaux sur-le-champ. Quelle fierté pour sa famille s'il parvenait à satisfaire son souverain !

Souillac ne connaît pas les mots « mandrill » ni « babouin » et imagine la tâche aisée pour qui commerce en terre africaine. Il se promet d'ailleurs, en guise de respect, d'associer à son envoi des oiseaux multicolores et bruyants qui pullulent sur son île. L'image des volatiles en cage durant deux mois sur un bateau, puis dans des volières, dans un climat froid et humide, ne traverse pas l'esprit de l'administrateur. Lui-même, dans sa résidence, a autorisé son épouse à peupler le jardin de paons, symbole de puissance, et non de dindes comme chez certains de leurs voisins.

La ville du Cap, dirigée par de puissants négociants hollandais, est informée de la demande royale et la lettre fait le tour des officines avant de se répandre en commérages au port. La liste serait immense et les animaux, commandés par dizaines ! Jusqu'alors, le roi de France, l'empereur d'Autriche et le roi d'Espagne recevaient en cadeau ces bêtes sauvages qui, le temps que l'on réunisse l'argent nécessaire à leur transport, végétaient dans les ports. Les autochtones savaient que les bêtes avaient peu de chances de survivre à l'enfermement, à la mauvaise nourriture et aux conditions de leur voyage en mer.

Les commerçants devaient habilement négocier avec les capitaines et les convaincre d'accepter d'embarquer deux cages de rhinocéros ou deux cages de lions, afin de garantir la livraison, à Lorient ou à Amsterdam, d'au moins une des deux bêtes. Après tout, jeter un cadavre par-dessus bord était monnaie courante durant les longues traversées. Un esclave, ou une bête, cela importait peu ! Et l'argent l'emporterait toujours sur le bien-être des animaux.

Trois mois plus tard, le vicomte a l'intense plaisir d'envoyer une missive au maréchal de Castries (sans savoir qu'entre-temps, le ministre de la Marine a été démis de ses fonctions), pour lui annoncer qu'un bateau arrivera sous huit semaines au Havre avec les trophées, et qu'il attend une lettre de change pour régler leur transport.

– Un éléphant : quatre mille livres ;

– deux zèbres : trois mille livres ;

– un mandrill : mille livres ;

– un babouin : mille livres ;

– et enfin, six pintades pour la modique somme de sept cents livres.

Le montant totalement extravagant de dix mille cinq cents livres comblerait le vicomte dont le château de Bardou attend deux ailes en équerre pour retrouver sa prestance. Mais l'homme est honnête et ne cherche pas à trafiquer les chiffres. Il précise même que cette somme est nécessaire à la navigation vers un port français, mais que l'acheminement jusqu'au château de Versailles reste à financer.

Il est heureux que le maréchal de Castries n'ait jamais reçu la lettre, il serait tombé en apoplexie, lui qui se battait pour obtenir les crédits nécessaires à la construction de navires de guerre.

Contre toute attente, un quatre-mâts de la Compagnie des Indes se présente trois mois plus tard au Havre, où son capitaine signifie aux employés qu'il est porteur d'un ordre royal. Le commissionnaire, en montant sur le pont, découvre trois volatiles qu'il nomme « dindons », un singe hurlant et se jetant contre les barreaux de sa cage, un zèbre tremblant, et enfin un grand chat allongé, protégeant contre ses flancs deux chatons faméliques.

Nul doute que la traversée a été pénible pour les hommes et atroce pour les animaux. Interrogé, le capitaine ne racontera rien de la mort du second zèbre dont une jambe s'est infectée, ni du décès des singes, entassés dans une cage et emportés par une mystérieuse maladie qui a terrifié l'équipage. Il veut se débarrasser au plus vite de ces maudits animaux et poursuivre sa route vers Amsterdam, où sa cargaison de café et d'or doit assurer sa fortune. Heureusement, les gardes du service des brigades du port sont armés et rétablissent rapidement l'autorité royale :

— Vous ne larguerez aucune amarre tant que le gouverneur du Havre, le comte de Buzançais, ne vous en aura donné l'autorisation. En attendant, vous êtes soumis à la quarantaine, vous et votre équipage.

Le capitaine a beau gronder, il doit obtempérer. Il sent que les habituelles pièces, glissées dans la poche de l'officier d'accueil, risquent cette fois d'être refusées ; mieux vaux obéir et éviter une fouille complète de la cargaison qui, bien sûr, ne correspond pas exactement à ses livres de compte.

— Donnez-moi des informations sur les animaux et dites-moi ce qu'ils mangent, nous allons essayer de les nourrir et de les transporter sous un auvent pour les protéger des nuits froides. Pauvres bêtes !

Le comte de Buzançais, dépêché sur les lieux, est redescendu du bateau furieux. Le capitaine est un forban qui a essayé de le duper et, pire encore, d'abuser le roi de France. La lettre de mission du gouverneur de Versailles ne correspond en effet aucunement aux animaux présents sur le pont. Le marquis, s'avérant être un homme cultivé, possède dans sa bibliothèque un exemplaire des premières descriptions de M. de Buffon. Le capitaine a beau lui assurer que le babouin et ses petits sont devant ses yeux, il n'en croit pas un mot.

— Cet animal n'est pas un singe mais au mieux un caracal ou un lynx. Au pire, un pauvre chat d'un port pour nègres, lui assène-t-il.

Les courriers une fois expédiés à Versailles pour demander des instructions sur la suite à donner à l'affaire dite du lynx/singe, le gouverneur, de sa propre initiative, donne l'ordre de nourrir les animaux et de les nettoyer à grand renfort de seaux d'eau. Les cages et les bêtes sont couvertes d'excréments.

Le gouverneur du Havre et ses employés n'ont dès lors qu'une idée en tête : se débarrasser de la cargaison vivante dont les plaintes bruyantes vont déranger leur quotidien. Se souvenant de ses lectures, le marquis décide que le singe est friand de feuilles, de fruits et de légumes, et les pintades de graines. Quant au lynx/singe, il lui trouve une certaine ressemblance avec les chats errants de sa propriété et s'aventure à l'alimenter de mouettes qu'il s'amuse à tirer depuis la fenêtre de son bureau surplombant la capitainerie.

L'été s'écoule ainsi, dans la monotonie d'une vie en cage. Les animaux expriment leur souffrance en gémissant, en s'agrippant aux barreaux pour le singe ou en perdant l'usage de la marche pour l'infortuné zèbre. Le félin, lui, se nourrit à peine et ne se préoccupe que de ses deux chatons. Il reste allongé sur le côté tandis que les petits s'accrochent à ses tétines, les sucent avidement avant de se glisser entre ses pattes pour s'y rendormir. Une fois par jour, la mère les détache de son flanc et s'octroie un bref instant de liberté en déambulant de long en large dans la cage. Devant l'exiguïté de son enfermement, l'animal est réduit à une pathétique parade avant de déféquer dans un coin, de gratter, comme son instinct l'exige, un sol trop dur, puis de rejoindre l'espace où sa progéniture l'appelle à l'aide de miaulements continus. Ils ont peur, ils ont froid sans leur mère et sa fourrure protectrice.

Enfin, Versailles et sa royale administration répondent. Le style est élégant et courtois mais le gouverneur ne s'y trompe pas : Sa Majesté ne veut pas d'un zèbre unique alors qu'il a en commandé une paire afin de pouvoir les accoupler. Le prince de Condé, son cousin, alerté de la situation, se chargera du paiement et de l'affrètement de l'animal qui rejoindra sa ménagerie au château de Chantilly. En attendant un ordre et un règlement du prince, le pauvre animal, déclassé de commande royale à princière, devra survivre dans un hangar du port du Havre. Le singe au nom inconnu et les pintades sont autorisés à rejoindre la Ménagerie royale ainsi que le lynx, si le marquis estime l'animal suffisamment insolite pour les illustres visiteurs de Sa Majesté.

Le malheureux comte de Buzançais n'hésite pas, il va s'en débarrasser et laisser les naturalistes décider sur place.

À chacun son métier ! Pour convoyer les charrettes du Havre à Paris, la monarchie engage deux maréchaux-ferrants, s'appuyant sur leur réputation – usurpée – de soigneurs d'animaux, ainsi que trois cochers. Les dindons et le singe sont placés ensemble pour permettre à la mère et aux petits félins de partager un semblant d'intimité. La nourriture n'est guère un problème tout au long des quarante-cinq lieues qui séparent le port du château, et les auberges, habituées à régaler ceux qui se présentent avec un ordre du roi, accueillantes. Les hommes, peu pressés, avancent selon la clémence du Ciel et ne s'aperçoivent pas que le lynx maigrit à vue d'œil tandis que ses petits miaulent sans cesse. Le félin est malade, mais qui s'en préoccupera ? Sûrement pas les humains qui ne savent déjà pas se soigner eux-mêmes et qui estiment n'être payés que pour assurer le convoi et le décharger…

Après douze jours sur les chemins bien entretenus de cette partie du royaume, la formation atteint enfin la ville de Versailles, sans tambour ni trompette, le 13 octobre 1784.

Si le chat avait été en meilleure santé, il aurait pu montrer à ses petits une place gigantesque encombrée de carrosses, où règne une grande agitation de laquais et de marchands à la sauvette, une grille éclatante de dorures puis, au loin, un impressionnant palais tout de rose et d'or. Mais l'attelage dans lequel la pauvre bête végète contourne les dépendances et se dirige vers la route de Saint-Cyr avant de s'arrêter devant l'un des trente pavillons qui délimitent le domaine royal. Un rapide coup d'œil d'un garde suisse, afin de s'assurer qu'il s'agit d'une livraison pour la Ménagerie, et les animaux pénètrent dans leur nouvel univers carcéral. Une allée de tilleuls parés de leurs couleurs d'automne, des jardins clos de murs tapissés des dernières roses, des bassins, des statues, des fontaines agrémentent le lieu qui jouxte de charmantes dépendances construites en pierre et en chaume.

Enfin le convoi ralentit, dépasse une première grille d'honneur puis une seconde et s'arrête dans un bruit assourdissant. Les hennissements des chevaux, le raclement de leurs sabots sur les pavés et les hurlements du singe préviennent les employés et l'inspecteur Laimant de l'arrivée d'une acquisition royale. Comme de coutume, le directeur, M. de La Roche, est absent, parti suivre une chasse honorifique. Il a laissé les charges de sa fonction au « brave Laimant », comme il aime l'interpeller.

Une petite habitante du domaine, fille d'un employé, se précipite vers les carrioles. Sa passion pour les animaux, connue des préposés aux bêtes, permet à la jeune Claire de s'approcher pour ne rien rater du spectacle. Le mandrill fait sensation ; son faciès rayé de bleu et son énorme nez rouge amusent l'assistance jusqu'à ce que l'animal, affolé, se réfugie dans le fond de sa caisse et, ce faisant, dévoile un postérieur des mêmes bleu et rouge. Les rires et les commentaires lestes fusent. Laimant, mal à l'aise, décide d'interrompre la récréation.

— Il faut transférer le primate dans la loge dite des belles-poules, avec les pintades. D'abord, ne les séparons pas. Nous allons leur laisser le temps de s'acclimater. Faites entrer la charrette dans l'enclos, sans les chevaux, et ouvrez la cage en reculant prestement. Je ne sais rien de cet animal et je ne veux pas qu'il se jette sur vous. Sa mâchoire me paraît disproportionnée… En partant, vous ajouterez des légumes et des fruits.

Le primate est assurément un mâle de taille adulte, mais Laimant est agacé par son propre manque de connaissance. M. de Buffon va, à sa prochaine visite, l'humilier de sa science et lui rappeler ainsi qu'il n'est qu'un modeste gardien. Pourtant, le malheureux homme, avide de tout savoir sur le monde animal, a souvent demandé à avoir accès à l'*Histoire naturelle générale et particulière*, mais l'administration ne lui a jamais répondu. Tandis que le mandrill accapare toute l'attention, Claire, intriguée par les plaintes venant de la seconde charrette, s'est avancée puis glissée à l'intérieur. Elle découvre le félin et, à quelques centimètres de lui, deux petites boules de duvet tachetées d'un gris perlé et d'un noir profond. Deux paires d'yeux jaunes la fixent.

La mère, la voyant, se dresse sur ses pattes, hérisse son poil puis émet un son curieux. L'enfant ne semble pourtant pas effrayée.

— On dirait que tu craches ! N'aie pas peur ma toute belle, je ne ferai aucun mal à tes petits. Nous allons te faire sortir d'ici et t'offrir un bel enclos.

Tout en lui parlant, elle s'est assise sur la paille souillée, mais le plus loin possible de l'animal apeuré. La fillette, la main tendue, cherche à la caresser et à la calmer par des mots doux, mais n'arrive pas à diminuer les cris apeurés du félin. Après être sortie pour alerter Laimant, elle retourne vers la cage et s'adresse à l'animal à travers les barreaux.

— On va te nourrir et puis on va te laisser tranquille, et demain tu découvriras ta nouvelle maison.

Mais le lynx s'en moque, il se bat contre un mal inconnu qui l'a assailli ce matin-là. Des douleurs atroces lui déchirent les reins et l'obligent à uriner sans parvenir à libérer sa maigre vessie. La fièvre vient de se déclarer et la pauvre bête, sitôt Claire partie, est prise de tremblements incontrôlés qui terrifient ses petits. Un des deux chatons, guère plus vaillant, ne réussit plus à se tenir debout sans chanceler. Son frère, ou sa sœur, conserve un regard brillant mais déambule dans la cage en miaulant. Comprend-il le danger et cherche-t-il à alerter un humain ?

Dans la nuit, la mère trouve encore la force de gratter la paille fraîche, d'attraper par le cou son petit malade, de l'emporter dans sa gueule jusqu'à ce refuge improvisé. Là, elle se couche contre lui pour ne plus se relever. Au petit matin, Claire les trouve morts tous les deux. Elle ne crie pas, ne pleure pas, mais avec une surprenante assurance, se dirige vers le survivant, s'en empare et le glisse contre son ventre. La nature vient de décider, elle sera la mère adoptive d'un petit félin d'Afrique.

Claire habite dans le parc du château de Versailles où Louis XIV a conçu, un siècle plus tôt, un domaine réservé aux animaux exotiques. Cette enclave, à l'extrémité gauche de la propriété et proche du Grand Canal, est un village à part entière. La jeune fille de quatorze ans y vit avec sa mère, Manon, employée à la volière, et son père, Martin, soigneur des pensionnaires, en particulier d'un rhinocéros venu d'Asie. Un frère, Jacques, complète la famille.

C'est avec son père que Claire va tenter de faire vivre la bête orpheline. Ils décident d'un commun accord que l'enfant la portera tout contre elle, serrée dans un châle, et lorsqu'elle devra se rendre chez les religieuses pour poursuivre sa maigre instruction, elle laissera l'animal dans le panier de leur vieux chien. Manon n'est guère sensible aux bêtes. Pour elle, un animal a un rôle bien défini. Il existe sur terre pour être chassé ou mangé. Un chat doit être utile, ce qui ne peut être le cas de cette bestiole apeurée. Que fera-t-elle face à un rat ? Elle reconnaît pourtant, le soir devant l'âtre, que le pelage de l'animal est beau et ses yeux attendrissants, mais elle et sa famille ne sont pas là pour protéger les plus faibles. Agacé, son mari, lui rétorque :

— Et que voudrais-tu que nous fassions ? Que nous le jetions dans le Grand Canal ?

— Mais combien de fois ne nous as-tu pas débarrassés d'une portée de chats en leur tordant le cou avant de les jeter ? Et si cet animal survit, il faudra le nourrir alors que nous ne sommes guère riches ! s'exclame sa femme, furieuse d'être une fois encore la plus lucide dans son couple.

— Ne te fais pas plus dure que tu n'es. Claire est une enfant trop solitaire, laissons-la faire ce qui lui semble bien. Mais je te promets de lui rappeler combien les chances de survie de cet animal sont minces.

Tandis que Claire se bat pour nourrir le félin avec une mixture à base de lait de chèvre et de pain rassis, M. Laimant, de son côté, applique le protocole mis en place pour les animaux morts. La Ménagerie intéresse beaucoup les naturalistes et, depuis l'illustre Claude Perrault, chaque bête décédée est transférée au jardin du Roy à Paris pour y être empaillée. *Ce chat africain devrait leur plaire,* se dit-il, *et ainsi nous connaîtrons peut-être le nom de sa race !*

Le malheureux lynx et son petit n'auront vécu que quelques heures à Versailles, mais ils vont avoir l'infime honneur d'être transportés à l'Académie des sciences afin d'y être disséqués. Leur peau sera soigneusement détachée, bourrée de foin puis suspendue pour mieux sécher ; leurs organes divisés seront dessinés puis gravés. La modeste taille du chaton peut lui faire espérer finir dans un bocal rempli d'alcool et conservé dans le cabinet de curiosités de l'institut.

Un mois plus tard, on informe la Ménagerie que l'animal est un serval originaire des côtes africaines, sûrement issu de l'empire du Monomotapa. Il est représenté dans l'*Histoire naturelle* de M. de Buffon, planche 86, avec deux espèces ressemblantes, l'ocelot et le margay. À la lecture du document, Laimant s'affole. La jeune Claire est en train d'apprivoiser une bête sauvage, peut-être même une panthère !

Il faudra trois mois au directeur des Bâtiments, Châteaux et Domaine de Versailles, le duc de Noailles, avant de recevoir du gouverneur de la Ménagerie le compte rendu de la dernière cargaison. Un courrier brouillon et taché de graisse, à l'image de son horrible expéditeur, M. de La Roche. Lorsqu'il découvre le montant des dépenses occasionnées pour le transfert – plus de mille livres – entre Le Havre et Versailles, ainsi que la liste des animaux, un chat mort, un singe et trois dindes, il manque de défaillir et se jure de tout faire, de son vivant, pour que cette expédition soit la dernière. Il n'y parviendra pas. Quant à M. de La Roche, le directeur peu impliqué de la Ménagerie, sa disgrâce est officielle. À sa prochaine apparition au Lever de Sa Majesté, les huissiers le prieront de sortir.

PREMIÈRE PARTIE

1788-1789

1

Un bruit insupportable déchire la torpeur de la Ménagerie. Le cri de terreur d'un homme, mêlé au grognement rauque et puissant d'une bête en furie. L'homme comme l'animal hurlent leur peur viscérale l'un de l'autre, mais le combat sera inégal.

En entrant dans la loge du rhinocéros avec une innocente brouette de luzerne, le front et le visage couverts d'un chapeau de paille, Martin va rencontrer la mort. Une mort absurde pour le soigneur de la Ménagerie du château de Versailles qui, depuis dix-sept ans, se dévoue pour que ce curieux « cheval à corne » solitaire et laid ne meure pas de faim. Hélas, il ignore que, par ce jour de vent, la bête myope ne pourra le reconnaître à son odeur et que, terrorisée, elle défendra son territoire et massacrera celui qu'elle prendra pour un intrus. Deux tonnes de peur et de colère vont avoir raison de sa bienveillance.

Malgré l'étroitesse du lieu, le rhinocéros s'élance à la vitesse d'un étalon, baisse la tête, évite la fourche brandie par le malheureux, le bouscule de toute la force de son corps imposant, le renverse sur le ventre avant de l'encorner. Le soigneur, sous le coup de l'effroi, hurle un pathétique appel au secours avant de rendre l'âme. Le rhinocéros, dans sa rage, a parfaitement chargé. Il vient de lui déchirer le cœur et les poumons.

Dix-huit ans que cet animal capturé en Inde supportait les vicissitudes de l'enfermement pour répondre au besoin de grandeur de son propriétaire, le roi Louis XV, et du successeur de ce dernier. Dix-huit ans d'apathie, à endurer la solitude, la nourriture si différente de celle de son pays natal, la pluie continuelle et le froid. Seules les visites quotidiennes d'une toute jeune fille avaient donné une maigre raison de vivre à l'animal.

À cette heure, Claire est occupée à nourrir les pélicans avec les poissons pêchés par son frère dans le Grand Canal. Depuis quatre ans, elle seconde son père dans la Ménagerie avec un dévouement remarquable, ne s'intéressant qu'aux animaux. Les employés s'en amusent, mais s'en agacent aussi. Avec l'assurance de sa jeunesse, Claire affirme savoir ce qui leur est nécessaire. Elle intrigue par la présence permanente à ses côtés d'un immense chat. Le petit serval orphelin est devenu un félin de haute taille, au pelage tacheté d'ocre et de noir, aux oreilles pointues, toujours aux aguets. Contrairement à ce que Martin avait avancé, l'amour que Claire a su donner à la boule de poils apeurée a compensé la mort de sa mère et lui a offert la vie. Dès lors, Claire et Nala sont devenues inséparables. La jeune fille vit et dort avec l'animal, qui ne la quitte qu'à la tombée de la nuit pour aller chasser son repas composé d'oiseaux ou de souris.

Cette journée de printemps 1788 s'annonce délicieusement légère, comme la vie peut l'être parfois, dans ce domaine qui tente de protéger ses habitants de la laideur du monde.

Après les cris assourdissants de l'homme face à la mort, le silence s'est installé. Les mammifères de la Ménagerie, les oiseaux de la volière, d'habitude si bavards, se sont tus. Les animaux ont-ils un sens particulier pour comprendre qu'un meurtre vient d'être commis et qu'une minute de silence s'impose ? Martin était un soigneur aimé. Son malheur ne peut qu'apporter méfaits et troubles dans un avenir proche. Les bêtes savent que l'homme récompense pour être obéi et qu'il punit pour dominer.

Un gémissement rauque vient soudain transpercer ce répit silencieux. Un bruit inconnu. Martin pensait que le rhinocéros ne barrissait pas comme un éléphant, ne rugissait pas comme un lion, ne gémissait pas comme un lynx. Un herbivore muet et laid, selon les critères des savants dirigés par M. de Buffon. Ils se sont trompés. Une fois sa peur de l'homme maîtrisée, l'animal crie son regret d'avoir tué son protecteur ; le père de l'unique personne qui vient lui parler et le toucher. Il a commis un crime et semble en être conscient.

Claire entend enfin ce son discordant, abandonne sa tâche et se rend en courant vers l'enclos du rhinocéros. Devant la brouette renversée, elle n'hésite pas, se précipite, et découvre la bête bavant, frappant le sol de ses pattes antérieures et, à quelques mètres d'elle, son père, inanimé, la tête dans la mare. Elle s'écroule à terre pour tenter de le tirer, inerte, hors de l'eau et, devant son visage écrasé, comprend. Le meilleur des pères n'est plus qu'un tas de chair ensanglantée.

Manon s'est précipitée vers sa fille et s'est jetée dans ses bras, tandis que Laimant et un jardinier ont sorti le cadavre et l'ont porté à l'abri de son tueur. Ils ont pris soin de verrouiller la grille de l'enclos en jurant de revenir pour l'exécuter.

La jeunesse de Claire se termine à cet instant, une jeunesse insouciante dans le cadre idyllique du parc du château de Versailles.

2

Le soir de la tragédie, Firmin Laimant, malgré son désespoir, organise une veillée funèbre en faisant ouvrir l'un des salons de réception de la Ménagerie afin de permettre à Manon et aux employés de pleurer le défunt. Un linge blanc recouvre le corps et le visage martyrisés par l'assaut du rhinocéros. Sous le choc, Manon, assise près de la dépouille de son mari, perçoit l'affliction de ses voisins. Anéantie par cette mort inexpliquée, elle reste silencieuse et ne verse aucune larme. Claire, suivie de Nala en laisse, pénètre brusquement dans la pièce et s'avance vers sa mère. Alors qu'elle tente de lui prendre la main, celle-ci la lui retire brutalement.

— Je ne veux pas de ta bête ici.

Claire, interloquée, bredouille qu'elle va la ramener à la maison. Manon se lève brutalement et lui crie :

— Dehors, dehors… ! Je ne la veux plus jamais chez moi. Dans une cage, comme les autres… !

Horrifiée, la jeune fille quitte l'assistance. La punition infligée à Nala est trop violente pour qu'elle l'accepte. Tandis que les habitants de la Ménagerie prient et tentent de consoler la veuve et son fils, Claire passe la soirée à porter des ballots de paille dans un enclos laissé vide après la mort de deux autruches. Elle s'écroule finalement au sol, en pleurs, et se blottit contre son serval.

Martin est enterré deux jours plus tard dans la chapelle de la Providence réservée aux défunts du château ; une dépendance de la somptueuse église Saint-Louis dont les interminables travaux ont enfin été achevés. Le personnel de la Ménagerie ainsi que certains jardiniers du domaine du Trianon ont obtenu de M. de La Roche, le gouverneur du lieu, disgracié mais toujours en poste, d'accompagner dans la demeure de Dieu leur collègue et ami, employé modèle.

Claire suit l'office sans écouter les paroles résolument optimistes de l'abbé Jacob qui remercie le Ciel d'avoir rappelé auprès de lui cet homme pieux. Martin laisse une femme et deux enfants assaillis de chagrin, terrifiés par leur avenir et incapables d'entendre qu'il puisse être transfiguré de bonheur, assis à la droite du Père. La jeune fille a pourtant reçu un enseignement prodigué par les sœurs de Saint-Vincent-de-Paul, dans des bâtiments austères et humides, rue des Vieilles-Cloches, sans que ses parents aient eu une livre à verser aux religieuses. L'un des privilèges, lorsque l'on travaille pour Sa Majesté le roi de France, comme n'a cessé de le lui rappeler la mère supérieure. Claire, possédant une remarquable mémoire, a pu bénéficier d'une instruction suffisante pour savoir lire, écrire, compter et connaître les fondamentaux de la religion catholique. Obligée de se rendre chaque dimanche à la messe pour continuer d'y être éduquée par les dévotes, elle n'a toutefois guère prêté attention à ce qui s'y passait et n'a jamais ressenti d'union spirituelle intense avec Dieu ou la Vierge.

Aujourd'hui, sa douleur détruit les quelques croyances qu'elle pourrait avoir et son cœur, envahi d'une rage folle contre Celui qui a décidé du sort de son père, hurle. Il ne faut pas qu'elle écoute ce que dit l'abbé, elle pourrait lui rire au nez ! Après le drame, elle s'est cachée dans les cages de la Ménagerie avec son serval et a refusé le réconfort de ses voisins, et plus encore celui de sa mère. Depuis l'annonce de la mort de son époux, Manon n'a exprimé son chagrin qu'en se rendant à la volière pour nourrir les oiseaux. Là, protégée par le caquetage des perroquets, des canards et des cigognes, elle s'est affaissée sur le sol et a laissé libre cours à ses pleurs, le corps secoué de sanglots. Le soir, devant son fils et les voisins venus leur présenter leurs condoléances, elle s'est comportée en mère exemplaire, en veuve admirable. Elle a organisé les funérailles à Saint-Louis, puis l'enterrement au cimetière de Satory, suivi d'une collation de pain et de cidre dans le château de la Ménagerie.

Si, depuis le décès de Martin, Claire n'est d'aucune aide pour sa mère, Jacques, son frère de treize ans, lui, s'agite. Le jeune garçon semble presque heureux de cette mort qui le libère d'un père autoritaire et austère avec qui il était en perpétuel conflit. Il s'imagine déjà dégagé de toute contrainte et libre d'échapper à l'enseignement des Frères des écoles chrétiennes.

Au matin de l'enterrement, Manon a dû se fâcher pour obliger Claire à se vêtir avec des habits propres, à natter ses cheveux défaits et à avaler un bouillon avant de se rendre à la cérémonie. La jeune fille ne voulait rien entendre. À quoi tout cela allait-il servir ? Son père n'était guère croyant et aurait sans doute préféré être enterré dans le cimetière réservé aux animaux de la Ménagerie. Les deux femmes, depuis le renvoi du serval hors de la maison, ne se sont guère parlé. Manon lui enjoint d'obéir et de se comporter avec dignité et mesure, comme Martin l'aurait voulu. Elle n'a ni le temps ni le tempérament pour écouter ou réconforter cette grande fille trop blonde, trop maigre et bien trop impulsive. Claire, devenue son exact opposé en grandissant, a développé un caractère introverti mais ponctué de colères homériques.

Depuis plusieurs années, Manon ne rit plus, ne rêve plus d'un monde meilleur et ne vit que pour nourrir, chauffer et vêtir les siens. Claire, elle, explose d'espoir et d'envies, et Martin, attendri, l'encourageait parfois. Cet homme que Claire aimait tant, qu'elle a vu défiguré sous les pattes de l'animal, les entrailles exposées, repose maintenant dans un cercueil à quelques mètres d'elle, et il lui faudrait remercier le Seigneur ?

La cérémonie a été brève, l'abbé Jacob sait combien ses paroissiens ont hâte de retrouver leur labeur. Quelques verres ont été distribués dans les salons du château de la Ménagerie, mais personne n'a osé s'asseoir sur le mobilier défraîchi de la duchesse de Bourgogne. À la fin de cette éprouvante journée, Manon, exténuée, s'apprête à retrouver son logement lorsque le directeur lui demande la permission de la raccompagner. Il souhaite s'entretenir avec elle. Claire en profite pour s'enfuir rejoindre son serval, tandis que Jacques disparaît dans les bois à la recherche d'un oiseau à tuer d'un coup de lance-pierre.

Laimant connaît la famille de Martin et apprécie son épouse. À peine assis sur une chaise de paille, il tente de réconforter la pauvre femme :

— Martin était mon ami et un remarquable soigneur. Je ferai tout mon possible pour vous protéger, vous et vos enfants.

Son mari avait reçu de l'administration royale une petite maison en pierre composée d'une pièce à vivre et de deux chambres à l'étage, d'un grenier aménagé en soupente. Manon ne pouvait pas ignorer qu'à sa mort, la famille devrait quitter les lieux.

— Je vous remercie mais nous allons devoir rendre le logement et, sans le salaire de Martin…

— Vous serez payée ce mois-ci en totalité et je vais demander au comte d'Angiviller que vous puissiez rester. Il y a tant à faire ici. Vous êtes déjà en charge des oiseaux de la volière, votre fille pourrait désormais vous seconder et moi, vous trouver en sus un emploi de lavandière. La Cour ne cesse de réclamer des mains habiles et vous vivez à quelques mètres du Grand Canal où les lavoirs sont installés.

Manon ne dit rien, mais une étincelle se rallume dans ses yeux.

Depuis le tragique accident, personne n'a osé entrer dans la loge du rhinocéros qui n'a reçu aucune nourriture. L'animal, terré dans un angle, frotte vigoureusement sa tête contre le mur de pierre comme s'il voulait limer sa corne fautive. Claire, accompagnée de Nala, l'observe depuis quelques instants. Immobile, elle le fixe le temps nécessaire pour que l'animal, sentant une présence humaine, se tourne enfin vers elle. Alors il s'approche d'un pas lent vers celle qu'il reconnaît et dont une grille les sépare à peine. Puis la jeune fille s'adresse à lui d'une voix douce :

— Rhino, pourquoi ? Tu le connaissais, il était bon avec toi… Je devrais te haïr, mais je n'y arrive pas.

L'animal, la tête penchée et le pas lourd, retourne vers le fond de la cage et piétine le chapeau de Martin sur son passage. Ce chapeau que le soigneur ne portait jamais et qui, pour une raison inconnue, avait caché son visage ce jour-là.

— Mais j'ai compris ! s'écrie soudain Claire d'une voix puissante. Tu ne l'as pas reconnu ! C'est ça ? Tu as eu peur, tu as senti le danger, alors tu as chargé.

3

Lors de l'entrevue hebdomadaire entre Louis XVI et son directeur des Bâtiments, le décès accidentel du soigneur est évoqué. Les deux hommes s'apprécient. Le roi sait écouter et reconnaître la grande honnêteté du comte d'Angiviller, ainsi que son attachement à la monarchie, parfois au détriment de ses propres intérêts. Une rareté sous son règne. Sa Majesté a souhaité connaître les circonstances de la mort de son serviteur et demandé s'il laissait une famille ainsi que le montant de ses appointements.

— Ses gages étaient de neuf cents livres annuelles et il laisse une épouse et deux enfants, l'informe le comte.

Le roi reste silencieux quelques instants. Est-il en train de calculer combien d'années de travail il aurait fallu à Martin pour pouvoir acheter le collier dit « de la reine », dont le scandale a détruit définitivement la réputation de la mère de ses enfants ? Mille sept cent soixante-dix-sept années de labeur…

— Que suggérez-vous ?

— Le maintien de la famille dans le pavillon de la Ménagerie. Et une pension annuelle pour la veuve, de la moitié des gages de son époux.

Le roi est toujours songeur, mais son silence ressemble à un assentiment, lorsque soudain il s'anime :

— Et le rhinocéros ? Ne devrait-on pas se débarrasser d'une bête dangereuse et, j'imagine, coûteuse en viande ?

D'Angiviller, ennuyé, tousse pour se donner une contenance :

— L'animal est, je crois, Votre Majesté, herbivore et se satisfait de luzerne et de foin. En quantité importante il est vrai.

Louis XVI n'a jamais manifesté une quelconque curiosité pour la Ménagerie de son ancêtre et encore moins pour les animaux sauvages. En remarquable chasseur, il classe les bêtes en deux catégories : celles que l'on traque pour le plaisir et accessoirement pour les manger, et celles, domestiquées par l'homme, qui permettent de nourrir son peuple. Posséder un félin ou un pachyderme afin d'asseoir son prestige lui est un sentiment étranger. Il ne serait pas totalement opposé, pour une fois, à M. Diderot qui, dans son *Encyclopédie*, à l'article « Ménagerie », critique vertement ces animaux si coûteux et inutiles alors que la population peine à se nourrir.

— Dans un souci d'économie et de sécurité, demandez aux gardes-suisses du Trianon de venir exécuter la bête coupable. M. Daubenton et les autres naturalistes pourront ainsi l'étudier et la disséquer en toute tranquillité.

— Assurément, Votre Majesté. Mais puis-je aborder la situation de la Ménagerie ?

Le roi soupire, agacé contre lui-même et son manque d'intérêt pour le sujet.

— Nos services sont régulièrement alertés de la vétusté des bâtiments ; j'entends par là, le château de plaisir, les loges des animaux et les dépendances où vivent les serviteurs de Votre Majesté.

— Votre administration n'a pas nécessité mon consentement pour faire appel à un maçon, me semble-t-il !

Le souverain, en digne petit-fils de Louis XV, s'ennuie et ne le cache plus. Il y a d'autres sujets plus graves en cette matinée de 1788 que le bien-être de quelques volatiles et mammifères ! Le comte, habitué à l'indécision royale, persiste pourtant.

— Je souhaitais attirer l'attention de Sa Majesté sur le fait que ce lieu est désormais passé de mode. Certes, nous avons eu la visite de l'empereur Joseph II d'Autriche et d'autres illustres personnages, comme l'héritier du trône de Russie, mais le peu de souci de Sa Majesté pour la Ménagerie ne rend guère la promenade attrayante. (Il inspire profondément avant de poursuivre :) Les animaux exceptionnels ont disparu et le mauvais état de l'ensemble déçoit les rares promeneurs.

— Il est vrai que la reine et nos enfants ne s'y rendent jamais et que je répugne à voir ces pauvres bêtes en cage, avoue le monarque dans un moment de sincérité singulier.

D'Angiviller, dont le titre de ministre n'est guère usurpé tant il est consciencieux et énergique, profite de cette confidence pour insister.

— Nous avons été informés qu'un nouveau cadeau diplomatique est en cours d'acheminement. Un éléphant des Indes, offert par je ne sais guère quel maharajah…

— Un éléphant ? Mais n'en avons-nous pas déjà ?

— Non, Votre Majesté, je crois que notre unique spécimen est décédé alors que je n'étais pas encore en fonction…

— Voilà qui pourrait amuser le Dauphin et la Dauphine. Mais ne cherchiez-vous pas à me faire fermer ce lieu ?

— Le duc de Noailles y est très opposé. Les édifices construits par M. Le Vau sont, m'assure-t-il, un remarquable exemple de l'architecture originale de Versailles et…

— Je sais, d'Angiviller, vous n'allez pas me faire un cours sur les bâtiments que vous administrez.

— Pardonnez-moi, Votre Majesté. Certes, il serait sage de faire des économies sur ce lieu coûteux, mais que ferions-nous, alors, de cet éléphant qui est en chemin ? Et des animaux qui y vivent déjà ? Les tuer, les renvoyer dans leur pays, les transférer à Chantilly, chez votre cousin Condé… ? Cela augmenterait encore les dépenses du budget de cette année. Année ô combien difficile.

Les deux hommes soupirent de connivence.

— À propos de dépenses, avez-vous une idée du coût annuel de la Ménagerie ?

— Oui, Votre Majesté.

De retour dans son élément, l'homme, imbattable sur les chiffres, retrouve aussitôt son assurance.

— Trente-six mille livres avec le traitement du personnel et la nourriture des animaux. Mais c'est sans compter l'entretien des bâtiments. Il faudrait… (le malheureux tousse encore) une somme annuelle de dix mille livres sur au moins trois ans pour réparer, restaurer et redonner tout son éclat au lieu. Les peintures de Bernaerts sont dans un état alarmant et…

Sa Majesté se lève trop prestement pour que le comte ne comprenne pas que l'entretien est terminé.

— Au diable le décorum ! Veillez à réparer les cages. Je ne voudrais pas qu'un animal puisse mettre en péril la prochaine visite que je ferai avec mes enfants lorsque l'éléphant aura rejoint Versailles.

Le ministre le remercie, presque satisfait. La mort du malheureux Martin aura permis d'offrir un mieux-être aux animaux, sauf au rhinocéros qui, lui, est condamné.

4

La vie à la Ménagerie a repris son cours après l'enterrement de Martin. Les mesquineries entre employés, les chapardages au détriment des animaux, les travaux rapidement effectués et les horaires mal respectés sont de nouveau monnaie courante. Le personnel, composé de deux gardiens et leurs familles, un soigneur, un employé surnuméraire – terme vague pour définir une fonction tout aussi vague –, un garde suisse, un jardinier et un frotteur ou homme de ménage, n'est guère motivé. Laimant, depuis qu'il est directeur du lieu, n'a pas l'autorité nécessaire pour remettre chacun au travail. Il a beau avoir annoncé que Sa Majesté viendrait prochainement pour une visite en famille, personne n'y croit.

Pourtant, d'Angiviller a eu gain de cause. Des travaux de maçonnerie et de couverture des enclos ont commencé. Les treillages sont relevés et les arbres, palissés dans les potagers. Depuis un siècle, les souverains se sont désintéressés de la Ménagerie, laissant le temps détériorer le chef-d'œuvre de Le Vau. L'ordonnance de ce que Louis XIV nommait son « château de plaisir », un ravissant bâtiment octogone de pierre blanche lui permettant d'admirer ses pensionnaires dans les huit enclos en étoile, est en péril.

Claire, elle, vit dans le chagrin de son père disparu. Il était son confident et son meilleur ami. Depuis sa mort, elle ne trouve aucun réconfort auprès des humains. Les enfants des serviteurs du monarque sont des vauriens qui ne cherchent qu'à voler leur roi ou conspuer leur reine. Son frère est d'ailleurs le meneur de cette lamentable bande. Elle devrait pouvoir partager sa peine avec sa mère, mais leur relation déjà difficile n'a fait que se détériorer. Les deux femmes ont en commun de ne pas savoir exprimer leur souffrance, de préférer serrer les dents en attendant des jours meilleurs. Travailler, manger, dormir et laisser aux autres le loisir de parler, rire ou pleurer.

Claire a aussitôt repris la charge de son père avec l'assentiment muet de Laimant. Il en pense la jeune fille capable et se permet une économie de gages, n'ayant jamais envisagé que l'on puisse la payer pour ce travail. Pour Claire, peu importe, vivre auprès des animaux est son unique souhait. Son courage compense ses maigres forces physiques. Du matin au soir, elle nourrit les bêtes, arrose les cages, lime les sabots des gazelles, joue avec les singes et offre des fruits au dromadaire, tout en leur parlant ou les cajolant. Elle a donné un nom à chacun des pensionnaires et s'adresse à eux comme s'ils pouvaient la comprendre. En revanche, ses échanges avec les employés de la Ménagerie sont difficiles, comme s'ils se méfiaient d'elle. Entre eux, ils commentent, critiquent et n'hésitent pas à se gausser d'une gamine qui préfère les animaux aux hommes. Laimant, à l'inverse, apprécie ses tentatives. Conscients l'un et l'autre de leur manque de formation, bien qu'ils ne l'aient jamais évoqué, le nouveau directeur et l'orpheline voient naître une complicité entre eux. Lorsque Claire lui affirme que ses protégés la comprennent, Laimant ne demande qu'à la croire et s'en réjouit.

— Le soir, s'écrie-t-elle, quand je leur souhaite une bonne nuit, certains bougent la tête pour me répondre.

Claire peut entrer dans tous les enclos et les animaux l'accueillent unanimement avec des cris de joie, du phoque jusqu'à l'autruche. Avec Rhino, comme elle l'a nommé, elle prend soin de rester sur le côté et de lui parler avant d'entrer. Choquée par l'accident, elle a pardonné à l'animal depuis qu'elle a compris ce qui s'était passé. Rhino n'a pas voulu tuer, elle en est convaincue, et, à leur manière, ils se sont expliqués. Alors, comme son père le faisait, elle offre une poire, qu'elle pose sur le sol, avant de lui frotter le dos et les pattes avec du foin. L'animal, de contentement, émet un grognement semblable à celui du sanglier.

L'année précédente, la Ménagerie a reçu un lion du Sénégal. Il avait été adopté à sa naissance par le directeur de la Compagnie d'Afrique à Dakar, et élevé avec une portée de chiots. Il était devenu inséparable d'un bel épagneul avant de se transformer à l'âge adulte en un fauve à la crinière impressionnante. Son propriétaire s'était alors inquiété d'un éventuel coup de patte dramatique sur ses enfants et avait décidé de s'en séparer. Au lieu de le renvoyer dans son milieu naturel, il l'avait offert au roi et expédié en France. Le lion et son compagnon canin débarqués au Havre avaient dû poursuivre à pied, tenus en laisse, leur chemin jusqu'à Versailles. Le roi des animaux était arrivé à la Cour avec la réputation d'être un grand chat placide. Mais Laimant, n'étant jamais parvenu à dominer sa peur, n'entre à aucun prix dans la fosse où les deux amis végètent depuis lors.

Claire, à l'inverse, depuis qu'elle y a été autorisée, s'y rend chaque jour avec joie, en compagnie de son serval. Les deux félins et le chien se retrouvent avec plaisir et jouent à attraper une branche que la jeune fille lance pour les faire courir, persuadée que le lion ne pratique pas assez d'exercice et qu'il devrait bouger davantage. Le roi des animaux accepte la présence humaine mais Claire ne parvient pas à le toucher et encore moins à le caresser. Un jour peut-être, espère-t-elle. Elle a réussi à convaincre l'employé qui jette les six livres de viande quotidiennes par-dessus la grille de les lui confier. Alors Claire les envoie le plus loin possible afin de l'obliger à bondir vers sa pitance. Un jour, se promet-elle, elle trouvera un lapin vivant qu'elle lui lancera en pâture pour l'encourager à retrouver son instinct de chasseur.

Le nouveau directeur observe de loin le talent particulier de sa nouvelle recrue et constate qu'elle se déplace parmi les bêtes comme si elle en était une elle-même. C'est pour lui une source d'étonnement et de fascination.

5

Le matin du 12 septembre 1788, Laimant est à son bureau, obligé de répondre aux courriers laissés sans réponse par son prédécesseur, lorsqu'il est interrompu par la visite du capitaine des gardes-suisses de Trianon.

— J'ai reçu ordre d'exécuter le rhinocéros, annonce ce dernier sans façon ni précaution.

Laimant, sans un mot, entraîne le militaire et sa maigre escorte, composée de deux gardes, vers la cour des pélicans où l'animal vit depuis dix-huit ans. Devant l'énorme mammifère placidement occupé à broyer les pousses des arbres que Claire vient de lui déposer, l'officier a un choc.

— La bête est impressionnante, reconnaît-il.

— C'est un mâle et nous pensons qu'il pèse cinq mille livres. Avez-vous remarqué l'épaisseur de sa peau ? Je crains que vos balles ne parviennent pas à la transpercer.

— Il va nous falloir tirer entre les yeux, avance l'officier d'un ton peu encourageant.

— Certes, mais observez : l'animal a souvent l'encolure baissée, il vous faudra un bon tireur. Ne vous avisez surtout pas de vous trouver en face de lui car le rhinocéros, que vous pensez paisible et maladroit, est capable de vous charger à la vitesse de l'éclair et de vous encorner avant de vous piétiner.

Les trois gardes-suisses, qui s'attendaient à accomplir une mission semblable à une journée de chasse, ne cachent plus leur embarras. Depuis la cour du Rondeau où elle se trouve, Claire a tout entendu et se précipite, suivie de son serval. Surpris par cette apparition, les hommes reculent. Laimant la présente brièvement comme la fille du soigneur qui a été tué. Le capitaine bredouille quelques paroles de condoléances mais, les yeux brillants de colère, elle s'adresse au directeur.

— Vous ne pouvez pas l'abattre !

— Claire, mon enfant, calmez-vous. Nous obéissons à un ordre de Sa Majesté qui agit avec justice. L'animal a tué votre père, il doit être puni.

— Je ne suis plus une enfant.

— Aidez-nous plutôt à le diriger loin du mur pour que nous puissions le mettre en joue sans risquer nos vies ! l'interrompt le capitaine, peu habitué aux négociations diplomatiques.

— Attendez, laissez-moi vous expliquer.

Laimant y consent et le capitaine accepte à la condition que la jeune fille mette son lynx en laisse, n'aimant guère voir cette bête lui tourner autour des jambes et le renifler.

— Nala est un serval. Nala, couche-toi !

L'animal obéit en un clin d'œil.

— J'aimais mon père plus que tout, et sa mort m'est insupportable, mais il a commis une erreur.

— Oh ! s'exclament en chœur les hommes.

— Laissez-moi poursuivre. Un rhinocéros voit très mal. Il se repère à l'ouïe et à l'odorat. Quand j'entre dans son enclos, je lui parle et le vent lui apporte mon odeur, puis je me dirige lentement vers lui, mais toujours de biais. Jamais de face. Mon père, ce jour-là, a dû subir un vent contraire qui n'a pas permis au rhinocéros de reconnaître son odeur. Pire, il portait un chapeau, ce qu'il ne faisait jamais, et tenait un râteau. Y a-t-il eu sur le métal un reflet qui a pu effrayer l'animal ? A-t-il cru voir un chasseur avec sa lance ?

Le capitaine et Laimant ne pipent mot, interloqués.

— Il a eu peur car il ne l'a pas reconnu. Pire, il ne pouvait pas le reconnaître, insiste-t-elle.

Et poursuit :

— Je peux le prouver. Si je m'habille en homme, que je cache mes cheveux sous un grand chapeau et que j'entre avec une fourche, Rhino se jettera sur moi, c'est sûr ! Tandis que là…

Elle se tourne vers son serval.

— Nala, viens !

Claire s'approche du portail, tire le verrou et entre, suivie du félin. Elle siffle puis appelle le mastodonte d'une voix presque chantante.

— Rhino, c'est moi, viens mon ami. Viens.

L'animal se tourne vers elle, secoue ses oreilles pointues et trottine pour rejoindre la voix. Alors Claire fait plusieurs pas de côté pour ne pas se trouver sur sa trajectoire. Et le rhinocéros s'arrête, attend que la jeune fille le rejoigne. Nala avance, fait le tour de l'animal, puis se couche sous son flanc. Claire les rejoint et, tout en lui parlant, attrape l'une de ses petites oreilles et la caresse. La démonstration est tellement impressionnante que, de l'autre côté de la grille, les hommes se taisent.

— Merci Rhino, je reviendrai te voir, mais je voulais montrer à ces messieurs que tu peux être inoffensif et que tu es innocent.

De retour auprès du directeur, elle attend le verdict.

— Nous ne pouvons désobéir au roi, lui annonce, désolé, le capitaine.

— Mon père n'aurait jamais voulu que l'animal soit tué, riposte Claire. Il est là depuis des années et n'a jamais fait de mal à personne. C'était un accident, un horrible accident.

— Merci, Claire. Capitaine, je vous demande de surseoir à l'exécution. Quelques jours, le temps pour moi de convaincre les naturalistes de l'intérêt pour la science de garder cet animal vivant et non empaillé.

Rhino, comme pour manifester sa joie, se rapproche du mur et lance un jet d'urine si fort qu'il tache le malheureux capitaine ! Claire se cache pour rire ; devant l'odeur atroce, le suisse prend un air dégoûté avant de s'enfuir.

6

Louis-Joseph, Dauphin de France, est un petit garçon heureux ce matin. Son gouverneur, le duc d'Harcourt, l'a autorisé à rejoindre dans l'après-midi ses parents et sa sœur en visite à la Ménagerie. Un jeune éléphant est arrivé la semaine dernière et l'enfant se montre impatient de découvrir l'animal. Pour le faire patienter, le duc d'Harcourt l'oblige à lire à haute voix la description du pachyderme faite par Buffon dans son *Histoire naturelle*. Louis-Joseph débute d'une voix claire :

> *L'éléphant est, si nous voulons ne nous pas compter, l'être le plus considérable de ce monde ; il surpasse tous les animaux terrestres en grandeur, et il approche de l'homme par l'intelligence, autant au moins que la matière peut approcher de l'esprit.*

L'enfant, pourtant précoce pour ses sept ans, ne comprend guère les envolées lyriques du naturaliste. Mais, habitué à obéir, il poursuit :

> *L'éléphant, le chien, le castor et le singe sont, de tous les êtres animés, ceux dont l'instinct est le plus admirable. Mais*

l'éléphant leur est supérieur à tous et réunit leurs qualités les plus éminentes.

Il s'interrompt et demande au duc pourquoi sa mère est toujours en retard. Le pauvre gouverneur ne peut répondre, partagé entre la nécessité d'être sévère et l'envie de rire. Marie-Antoinette, depuis son arrivée en France comme jeune Dauphine, n'est jamais parvenue à respecter un horaire. L'aumônier de la chapelle de Versailles s'en agace d'ailleurs souvent et ne manque pas de se répandre à ce sujet dans les soirées de jeux de la Cour.

N'ayant pas obtenu de réponse, le Dauphin retourne à sa lecture, bute sur quelques mots comme « tranquillité » ou « offenseur », mais parvient aux derniers termes de l'interminable description. « Il n'en est pas moins supérieur par l'intelligence à tous les animaux. » L'enfant s'anime.

— L'éléphant est plus intelligent que nous ?

— Assurément, non, s'insurge le duc.

— Et l'éléphant de Versailles, il vient d'Afrique ?

— Vous poserez toutes ces questions sur place, mais je crois, pour ma part, avoir entendu qu'il venait d'Asie. Des Indes. Venez me montrer ce pays sur votre mappemonde, je vous prie.

Louis-Joseph soupire, se lève péniblement et se dirige en boitant vers l'objet magnifiquement sculpté et doré.

À la Ménagerie, l'effervescence est grande. La famille royale en visite ! Les allées de sable blond ont été ratissées, les fleurs fanées arrachées, les animaux brossés et les cages nettoyées. Il est hors de question qu'une odeur de fauve incommode la reine et sa suite. La galerie et le salon octogone ont été dépoussiérés par les services du Garde-Meuble avec mille précautions, car le mobilier, tendu d'étoffe rouge, date de 1670 et s'effrite facilement. Une collation a été préparée par les cuisiniers du Grand Couvert ; la livraison, dans des charrettes menées au pas, a nécessité une extrême attention pour ne pas renverser les pièces montées composées de fruits et de macarons. Le temps doux et ensoleillé devrait permettre de célébrer dignement la venue du roi de France.

Louis XVI, tout juste de retour d'une chasse à Rambouillet, a rejoint les siens. Vêtu de sa veste de chasse et chaussé de bottes boueuses, il pourrait passer pour un gentilhomme provincial, tant son allure est humble et ses paroles simples. Mais la médaille de l'ordre de Saint-Louis qui lui barre la poitrine rappelle l'illustre naissance du visiteur. La reine est ravissante ce jour-là, et d'une humeur charmante. Elle porte une robe de velours vert agrémentée d'un petit chapeau du même ton qui lui donne un air juvénile délicieux. Le roi l'en complimente avant d'embrasser ses enfants et de leur raconter en riant qu'un cerf, pour lui échapper, est entré dans le salon d'un habitant de Neauphle et qu'il a fallu servir la bête entre deux fauteuils. Les courtisans s'esclaffent, sa fille crie son horreur, tandis que Marie-Antoinette murmure un « Pauvre bête », entendu de l'assistance.

Réunie dans la galerie, où les rafraîchissements ont été servis, la Cour attend l'arrivée du pachyderme. Enfin, l'animal est annoncé, et tous s'avancent vers les terrasses pour voir la bête sauvage passer la grille d'honneur et s'arrêter juste en dessous des visiteurs. Un homme vêtu de blanc est assis sur la tête de l'éléphant, les jambes repliées sous lui.

— Un cornac venu des Indes, explique le directeur, fort intimidé. Il est le guide de l'animal et le dresse par la voix ou par de petites tapes sur la tête.

— Quel âge a-t-il ? interroge le roi.

— Quatre ans, Votre Majesté. C'est une femelle née au Bengale et acheminée par bateau de Chandernagor au Havre.

La question ne concernait évidemment pas le cornac, dont la vie importe peu. L'animal, présenté sans entrave, semble se moquer du bruit et de la foule. Immobile, il balance à peine la queue et les oreilles et patiente, paisible. Son guide se penche et lui dit à l'oreille quelques mots incompréhensibles pour tous, sauf pour lui. Un courtisan voulant montrer son savoir assure qu'il s'agit de bengali, la langue des comptoirs du nord de l'Inde. La reine rit et promet de vérifier auprès du natif, s'il daigne descendre de son impressionnante monture.

L'éléphant se met alors en marche, fait le tour de la cour puis attrape un rondin de bois posé pour la démonstration, l'enroule avec sa trompe et le dépose sur la terrasse entre les ferronneries. Le roi, amusé, se lève et remercie l'animal de ce cadeau d'un geste amical de la main. Louis-Joseph et sa sœur applaudissent lorsque Claire fait son entrée. Elle esquisse une révérence vers la tribune royale puis caresse une patte de l'animal. Après que le cornac a prononcé un mot bizarre, la trompe de l'éléphant enserre la jeune fille et la soulève dans les airs avant de la déposer aux pieds de Marie-Antoinette. Celle-ci, dans un mouvement d'effroi, recule, avant de rire aux éclats.

— Voilà une bien curieuse façon d'être présentée à la reine de France. Qui êtes-vous, jeune effrontée ?

— Claire, Votre Majesté, pour vous servir, répond la jeune fille en regardant sa souveraine sans aucune crainte. Et au service des animaux.

— Vous vivez à la Ménagerie ?

— J'y suis née et ne connais d'autres horizons.

La reine, amusée, apprécie cette rencontre. Elle dévisage la jeune fille, lui trouve une grâce naturelle, note son ravissant corps svelte et fin et sa chevelure blonde bouclée à faire pâlir de jalousie M. Léonard, son coiffeur. Claire subit l'examen sans broncher, mais ses yeux se dirigent bientôt vers le Dauphin, qui la gratifie d'un exquis sourire.

— Est-ce que moi aussi je pourrai monter sur l'éléphant ?

— C'est à vos parents de décider, Monseigneur, mais je crois que l'éléphant sera d'accord. Je lui demanderai.

— Vous parlez aux éléphants ?

— Oui, et au lion, au chameau ainsi qu'à tous les animaux qui vivent ici avec moi.

Le roi interrompt ce délicieux intermède et propose à la jeune fille de les accompagner dans la visite de la Ménagerie.

— Comme cela, Louis-Joseph, vous pourrez assaillir mademoiselle de questions…

Le passage du roi dans cette enclave oubliée de son domaine se transforme en promenade entre familiers. Louis XVI, d'habitude peu bavard, paraît s'intéresser véritablement à la Ménagerie et questionne Laimant sur son fonctionnement. Le directeur n'ose réclamer une augmentation des subsides, ni critiquer la lenteur de l'administration, mais le roi n'est pas dupe. La splendeur du lieu, admiré au siècle précédent par tous les visiteurs étrangers, a bel et bien disparu.

— Mais, rassurez-moi, les bêtes sont bien traitées ?

— Elles sont nourries, mais souffrent du froid l'hiver, surtout celles originaires d'Afrique. Nous n'avons pas assez de bois ni de main-d'œuvre pour alimenter les bûchers la nuit.

Le roi entend mais ne dit mot.

La Cour se promène entre les enclos, s'amuse à faire courir les autruches ou à jeter du poisson aux pélicans. Le Dauphin, qui n'a pas quitté Claire un instant, la presse de questions. Un détail frappe la jeune fille : l'enfant, tout à sa joie et à son excitation, marche avec lenteur et difficulté. Le duc d'Harcourt le soutient presque en le tenant contre lui. *Il souffre*, pense Claire.

— Je possède un chien, lui confie le jeune homme, mais je n'ai pas été autorisé à l'emmener se promener. Les médecins pensent que son pelage me fait tousser, mais j'aimerais bien vous le présenter.

Claire répond d'un sourire, émue par sa sensibilité et sa résignation face à la maladie.

— Nous avons, à la Ménagerie, un autre chien qui devrait vous plaire.

Ils avancent vers la cour des lions où elle lui présente le lion du Sénégal et son compagnon l'épagneul. L'enfant observe et, fasciné, écoute l'histoire de ces deux animaux élevés ensemble pour devenir inséparables. Voyant Claire entrer dans la loge et jouer avec le fauve, il en vient à battre des mains.

— Mère, regardez ! Cette jeune fille possède un courage que je ne crois pas avoir. N'auriez-vous pas peur face à un lion ?

— Oh que si, ses pattes sont énormes et ses griffes acérées, répond la reine, ravie de voir son fils adoré s'animer.

— Je voudrais revenir ici souvent et qu'elle devienne mon amie…

Marie-Antoinette, ne sachant rien lui refuser, d'un signe de tête donne son assentiment. Le fils du roi de France et la fille d'un modeste employé auront le droit de se côtoyer. Elle-même n'a-t-elle pas fait venir de Vienne son frère de lait, Weber, avec qui elle partage tant de souvenirs ? Pour masquer son émotion, la reine demande à Claire si l'animal porte un nom.

— Le lion, je l'ai appelé Dakar, de la ville où il a vécu ses années de liberté. Quant au chien, son propriétaire, dans une lettre qui l'accompagnait, l'avait décrit comme un épagneul répondant au nom de Pompon. J'ai continué de l'appeler ainsi, d'autant que je suis la seule à entrer dans leur cour. Les autres les craignent…

— Pas vous ? s'amuse la reine.

— Je n'ai pas peur des animaux. Si, comme eux, j'avais été capturée, transportée loin de chez moi puis enfermée, je serais peut-être méchante à l'égard des hommes.

Le duc d'Harcourt, fleurant derrière ces propos une possible critique à l'encontre du propriétaire des lieux, lui rappelle que les animaux semblent en bonne santé et bien nourris. Claire baisse la tête pour se taire.

— Je voudrais venir plus souvent, et devenir l'ami de l'éléphant, insiste Louis-Joseph.

— Vous êtes ici chez vous, Monseigneur, assure le duc. La Ménagerie appartient à votre père.

— Alors, je possède un éléphant, un lion…

La voix du Dauphin vient de retrouver l'intonation d'un petit garçon heureux.

— Tous les animaux sont à vous, lui confirme Claire. Sauf un qui est à moi car je l'ai élevé à la mort de sa mère. Lorsque vous reviendrez, je vous le présenterai. C'est un serval, un très grand chat d'Afrique au pelage tacheté magnifique.

— Un serval ? s'étonne la reine. Je ne connais pas cet animal. Et vous l'avez apprivoisé ?

— Oui, Votre Majesté, il est aussi doux qu'un chat… sauf s'il a faim.

Le roi a continué la visite d'un pas plus pressé, toujours en compagnie de Laimant et des courtisans invités, quand soudain il s'immobilise devant la grille de la cour du Rondeau. Dans une mare d'eau boueuse, une masse énorme patauge. Le souverain, intrigué, s'étonne et s'enquiert auprès du directeur qui sent son courage fondre.

— Votre rhinocéros, Votre Majesté. Arrivé à la Ménagerie en 1770, en provenance de Pondichéry.

— Mais n'a-t-il pas encorné l'un de vos employés et ne devait-il pas être tué ?

Laimant bredouille, explique avoir demandé un sursis, lorsque Claire l'interrompt en se jetant aux pieds du souverain.

— Je ne vous ai pas autorisée à parler, s'agace le roi.

Claire, malgré le ton hostile, poursuit :

— Je suis la fille du soigneur qui a été tué. Votre Majesté, le rhinocéros n'est pas coupable. Cet animal est presque aveugle et… il ne l'a tout simplement pas reconnu.

— Et vous voudriez que je le gracie, alors que vous devriez vouloir sa mort ! Quelle curieuse personne vous êtes !

— Il n'y a que moi qui puisse l'approcher. S'il m'encorne, tant pis. Mais je lui trouve des excuses. Il a été arraché à son pays, à son climat, pour se retrouver seul ici, à végéter dans un enclos.

Laimant, qui a retrouvé un peu de courage, s'incline et, tandis que le souverain réfléchit, lui dit :

— Si j'osais, Votre Majesté…

— Osez.

— L'animal est encore mal connu de l'Académie des sciences et serait plus utile vivant qu'empaillé.

— Ce lieu m'appartient et son accès est réservé à mes invités, rétorque le roi, le visage figé. Je veux que mes enfants puissent se rendre à la Ménagerie fondée par leur aïeul sans risquer leur vie !

Marie-Antoinette, devinant l'agacement de son mari, s'est approchée de lui pour murmurer quelques mots, se terminant par un « merci » guère audible pour l'assistance, à part quelques proches. Le Dauphin a suivi l'affaire avec grand intérêt et a compris que l'existence du rhinocéros était entre les mains de son père. Être roi, c'est donc décider de la vie ou de la mort de ses sujets, hommes ou animaux ? L'atmosphère légère et gaie du début d'après-midi vient de s'envoler, laissant se répandre un malaise. Les courtisans chuchotent entre eux pour informer ceux placés au second rang ; l'animal aurait tué son gardien et devrait être tué à son tour, mais la jeune fille à l'éléphant sollicite sa grâce…

— Quelle curieuse personne, murmure la duchesse de Polignac, grande amie de Marie-Antoinette et fière de reprendre les mots royaux qu'elle est l'une des rares à avoir pu entendre un peu plus tôt.

— Je n'aimerais pas être à la place de Sa Majesté, d'autant qu'elle déteste prendre des décisions à la va-vite, renchérit Vaudreuil, un autre de ses intimes.

Enfin la voix de Louis XVI se fait entendre.

— Je déclare la grâce du rhinocéros recevable. Mais, à la moindre incartade, je le tuerai de mes mains.

Et pour marquer les esprits, le roi fait mine de tirer sur l'animal avec un fusil imaginaire. L'assistance applaudit. Claire balbutie un flot de mercis, se précipite dans la cage avec les précautions d'usage et crie la nouvelle à l'animal qui tourne à peine la tête vers elle, avant, impassible, de reprendre son bain de boue. Il n'a pas la moindre idée de ce à quoi il vient d'échapper.

La visite terminée, la famille royale s'apprête à se disperser ; la reine ira à Trianon, le roi à son château et ses interminables réunions ministérielles. Le mot « économies » est sur toutes les lèvres mais personne ne parvient à en faire. C'est dans cet état d'esprit que Louis XVI, à son grand regret, a annulé son séjour automnal à Fontainebleau. La souveraine achète certes moins de robes mais dépense sans compter pour faire de son hameau un lieu féerique. *Quel royaume vais-je laisser à mes enfants ?* songe le monarque en remontant sur son cheval avant de le lancer au galop dans l'allée des Matelots. De son côté, en regagnant son attelage, son épouse s'adresse une nouvelle fois au directeur et à la jeune fille :

— Votre Ménagerie me rappelle celle de ma mère, l'impératrice d'Autriche. Des souvenirs très heureux que j'aimerais partager avec mes enfants en revenant ici.

Laimant, heureux du succès de la visite, s'incline devant sa reine et la remercie.

— En attendant, j'offre ce dimanche à Trianon une fête champêtre pour mes serviteurs et leur famille. Il me plairait de vous y voir, mademoiselle l'effrontée, avec votre serval apprivoisé. Vous aurez pour mission de divertir le Dauphin avec vos histoires d'animaux sauvages.

La jeune fille, conquise par la simplicité de la reine et l'attention qu'elle porte aux gens modestes comme elle, esquisse une révérence.

7

Le soir, de retour chez elle, Claire tente de partager ses impressions avec les siens, avant de renoncer. Sa mère a travaillé de longues heures pour que la volière et la faisanderie offrent au regard un sol impeccable mais Sa Majesté n'a pas daigné venir rendre visite aux oiseaux ni aux employés qui en ont la charge. Épuisée et déçue, elle n'a pas le courage d'entendre sa fille raconter ses histoires. Lorsque Claire annonce être invitée à Trianon, Manon se reprend et propose aussitôt de l'y accompagner. Jacques lui jette un regard noir avant de quitter la table, furieux.

— On aura tout vu. Ma folle de sœur chez l'Autrichienne. Et tu comptes y aller avec ton minou ?

Le ton est railleur, méchant, mais Claire s'en moque, décidée à l'ignorer.

— Je serai ton chaperon, poursuit sa mère. Peut-être aurai-je la chance de voir la reine à mon tour. L'as-tu trouvée aussi belle que l'on dit ?

— Oh, oui ! Belle et si élégante !

Les deux femmes restent songeuses et s'inquiètent déjà au sujet de leurs tenues. Claire a la beauté et la grâce de la jeunesse, mais Manon regarde ses mains abîmées par les heures de lessivage des draps du château. Elle se sent soudain vieille et bien seule. Puis, consciente de l'exceptionnelle opportunité d'une telle invitation, elle se reprend :

— Nous irons à Trianon, propres et fières de notre condition, annonce-t-elle à sa fille.

Après le succès de la visite royale, les habitants de la Ménagerie espèrent un retour au calme. Hélas, dès le lendemain, le directeur est informé par courrier de la visite dans l'après-midi de M. Daubenton et de ses collaborateurs. Le successeur de M. de Buffon, décédé au printemps, est un homme sérieux et modeste qui consacre sa vie à la science et qui ignore toute ambition personnelle. Grâce à ses recherches en anatomie animale, l'Académie des sciences a renoncé à prétendre que l'orang-outang était un homme sauvage !

Laimant espère une rencontre cordiale avec l'auteur du *Dictionnaire des quadrupèdes* qui est devenu son livre de chevet depuis sa nomination ; sans le piètre comportement du chevalier de La Roche, son prédécesseur, l'homme, issu d'un milieu modeste, n'aurait jamais eu accès à ce poste. Conscient de ses lacunes scientifiques et intellectuelles, le nouveau fonctionnaire s'inquiète de ne pas être à la hauteur. À tort, car Daubenton se révèle un visiteur courtois et posé, heureux de voir les animaux en bonne santé. L'éléphant occupe un long moment de sa visite. Le naturaliste s'enquiert de son mode de vie en milieu naturel, puis en captivité, mais le cornac peine à répondre. Son anglais est sommaire et son français, rudimentaire. Daubenton s'interroge aussi sur l'âge de l'animal et veut savoir s'il possède déjà sa taille adulte. Il lui faut un peu de patience pour comprendre qu'une femelle est moins grande qu'un mâle, mais son guide s'inquiète d'un souci de croissance. Serait-ce lié au voyage, alors qu'elle venait tout juste d'être arrachée à sa mère ? Ou à la pénible navigation avec peu d'herbes fraîches et un foin mal bottelé, humide et fermenté pour seule nourriture… ?

L'Indien voudrait qu'elle travaille davantage, qu'elle use ses pattes en marchant pour se faire une semelle naturelle et ne plus se blesser. Il voudrait qu'elle porte chaque jour des troncs d'arbre pour renforcer les muscles de sa trompe. La demande interpelle les hommes de science peu habitués à réfléchir aux façons de prolonger la vie d'un animal sauvage en captivité. Daubenton promet d'y penser avant d'entraîner Laimant vers les autres bêtes. Le naturaliste connaît, bien sûr, le rhinocéros et l'a dessiné à maintes reprises. Laimant lui raconte la mort tragique de son soigneur et la grâce accordée la veille, lors de la visite du roi.

— Eh bien, voilà un rhinocéros qui l'a échappé belle. Il paraît que Sa Majesté est un très bon fusil.

— Il aurait occasionné un carnage, sa peau étant si épaisse qu'il aurait fallu tirer aux jointures ou sous les flancs, précise-t-il avant d'ajouter : Permettez-moi, monsieur Daubenton, de vous présenter la fille du soigneur décédé. C'est elle désormais qui a la charge de l'animal.

Claire est priée d'entrer dans la cour et d'obtenir du rhinocéros qu'il se rapproche des grilles. Le naturaliste la trouve bien jeune et téméraire, mais évite toute remarque. Quant à ses deux assistants, ils apprécient de pouvoir observer et dessiner la bête de loin. Devant le comportement pacifique de l'animal, Daubenton partage ses premières observations.

— Il est fort possible que cette jeune fille ait raison et qu'il n'ait pas reconnu son soigneur attitré. C'est un herbivore, un animal paisible, triste et ténébreux, comme l'écrivait M. de Buffon, qui n'a pas reçu de la nature l'intelligence de l'éléphant.

— Il n'est supérieur aux autres que par sa force, ajoute l'un des deux assistants, désireux de montrer son savoir.

Claire, revenue parmi eux, se désole de ce discours.

— Rhino est loin d'être bête, mais il mène une vie sinistre… Oui, messieurs, il s'ennuie !

— Si les animaux souffrent d'ennui, nous courons droit à la révolution, s'esclaffe l'assistant d'un ton pédant.

Claire veut l'ignorer et poursuit :

— Il suffirait de lui trouver un compagnon. Dakar, le lion, a son chien, lui. Il y a les pintades mais elles ne sont pas très joueuses.

— Une chèvre peut-être, suggère Laimant.

— Vous n'y pensez pas, s'insurge Daubenton, deux bêtes à cornes, elles vont s'emmêler et s'entre-tuer.

— Un mouton alors…

— Et pourquoi ne pas mettre Rhino avec l'éléphant ? propose soudain Claire comme une évidence.

Laimant, indécis, se tait, mais Daubenton regarde la jeune fille comme si elle venait de prononcer un sacrilège.

— Parce que vous n'avez pas lu *Naturalis historia* de Pline l'Ancien !

— Un ouvrage en latin ? s'exclament à l'unisson Laimant et Claire.

— En effet, Pline est le plus grand des naturalistes, il a publié une *Histoire naturelle qui porte sur les oiseaux, les quadrupèdes, l'homme, les minéraux*…

— Et… ? interroge Laimant, à la fois penaud et furieux de voir son manque d'instruction révélé publiquement.

— Il y est dit qu'un rhinocéros peut blesser un éléphant dans un combat et en sortir vainqueur en se postant sous le ventre du pachyderme et en lui déchirant les entrailles avec sa corne. Tout bon directeur de Ménagerie sait que ces animaux ne peuvent cohabiter, achève Daubenton en retrouvant sa suffisance de savant.

— Nous nous contenterons d'un mouton, avance Laimant, avant de proposer aux hommes de science de venir se rafraîchir dans son bureau.

Claire, quant à elle, furieuse contre elle-même, a préféré tourner les talons. Seules Nala et une longue promenade dans les bois sauront la distraire. Ce soir, son peu de connaissances lui est absolument insupportable, tout comme l'absence de son père.

8

C'est un ciel bleu pâle et un soleil perçant qui vont en ce 15 novembre 1788, tout au long de la journée, accompagner Claire et sa mère pour leur première visite dans le domaine privé de la reine. Elles ont reçu l'avant-veille un courrier à l'effigie de Trianon, rédigé par l'intendant, M. Bonnefoy, requérant la présence de Mlle Claire Leblond et de son serval au repas champêtre. L'invitation ne mentionne pas Manon, qui persiste à vouloir accompagner sa fille.

Les deux femmes, vêtues de leurs habits du dimanche et précédées de Nala tenue en laisse, s'avancent sur les chemins sablonneux qui bordent le Grand Canal. Elles vont devoir faire le tour de la vaste pièce d'eau et emprunter des allées bordées d'arbres désormais sans feuilles, mais les cygnes et leurs jeunes oisillons les accompagnent. Claire aime cette promenade qu'elle parcourt parfois avec son serval, lorsqu'elle éprouve le besoin de fuir les mesquineries des humains et les plaintes des animaux enfermés. Mais aujourd'hui, Manon a décidé de profiter de leur tête-à-tête pour avoir une discussion entre femmes, et dérange dès ses premiers mots le calme de ce lieu bucolique.

— Claire, nous pouvons remercier le Seigneur de nous avoir laissé un toit et nos gages pour vivre, mais, étant ta mère, je m'inquiète de ton avenir.

La jeune fille soupire.

— Tu ne vas pas toute ta vie te consacrer aux animaux sauvages et dormir avec un chat !? s'emporte déjà Manon.

— Et si mon bonheur en dépendait ? réplique Claire d'un ton un peu vif.

— Mais tu ne connais rien d'autre ! Ni amie ni soupirant. À ton âge, j'étais mariée et heureuse de fonder une famille. Ne veux-tu pas d'enfants ?

— J'en ai déjà un, maman, sourit Claire qui pressent que sa réponse va l'exaspérer.

— Ah oui ? Et qui est le père ? Un tigre ? Un lion peut-être ? J'ai peur pour ta santé mentale, ma petite fille. S'il te plaît, ne me provoque plus, sinon je demanderai à Firmin Laimant de te renvoyer de la Ménagerie. Tu n'auras d'autre choix que de travailler pour les lavandières !

Manon a employé cette menace non sans arrière-pensée. La mère et la fille viennent de dépasser un groupe de femmes qui étendent nappes et draps sur l'herbe, après avoir utilisé le Grand Canal comme un vulgaire lavoir. L'eau manque dans la ville qu'aucun fleuve ne traverse, aussi les familles modestes se contentent-elles de quelques étangs à l'eau stagnante, tandis que les courtisans réclament un linge immaculé. Malgré les arrêtés interdisant cette pratique, les lavandières se servent du Grand Canal et des réservoirs alentour. Elles mettent à sécher entre les arbres leur linge de maison, et les blanchisseuses y étendent linge de corps, chemises, manchettes de dentelle ou mouchoirs. Un travail éreintant qui laisse leurs dos brûlants et leurs mains gercées.

— M. Laimant est un homme bon et il apprécie mon assiduité. Je suis la seule à pouvoir approcher et nourrir le rhinocéros ! affirme-t-elle, à moitié convaincue.

— Parlons de cette horrible bête, elle devrait être morte et dépecée. Mais peut-être ton amour pour ton père n'était-il que façade !

Manon, emportée par une subite colère, s'aventure trop loin.

— Y a-t-il d'ailleurs un seul être humain que tu puisses aimer ? poursuit-elle, furieuse.

— Vous, maman, je vous aime malgré votre dureté à mon égard. J'ai l'espoir qu'un jour vous accepterez que Dieu ou mes parents m'ont faite différente. Je n'ai pas choisi d'aimer ou de comprendre les animaux. Parfois, j'aimerais mieux vous comprendre vous.

Un silence pesant s'installe entre les deux femmes qui, d'un accord tacite, décident d'accélérer le pas et de poursuivre leur marche en silence. Claire espérait partager avec Manon sa récente découverte : le rhinocéros, comme s'il avait honte d'avoir tué Martin, lime depuis sa corne contre un pan de son enclos. Son appendice diminue à vue d'œil et son extrémité s'arrondit, devenant moins dangereuse. La jeune fille l'a constaté en lui apportant des poires, sa friandise préférée. Elle l'encourage à continuer. Serait-il possible qu'un animal puisse connaître le remords ?

Manon, elle, voulait connaître l'avis de Claire sur la situation du pays. Si sa fille sort peu du domaine royal, la mère se rend deux fois par semaine au marché Notre-Dame, en ville. Elle y entend les rumeurs de disette et de révolte et l'espoir entretenu par les prochains états généraux. Versailles, ville enrichie par la présence du roi, sa famille, la Cour et ses ministres, ne se prive pas de critiques et les violences verbales qui courent dans ses rues terrifient la jeune veuve. Elle déteste sa solitude et envisage déjà de se remarier pour protéger ses enfants et elle. Martin est mort depuis peu, mais l'anxiété l'oblige à anticiper. *Sans un homme, je n'y arriverai pas*, songe Manon, *et hélas, ce n'est pas Claire, avec ses passions animales, ni Jacques, avec sa violence, qui vont me rassurer.*

Elle a une idée en tête, ou plutôt un homme, de son entourage. Une personne honnête, qu'elle pourrait peut-être entreprendre, une fois son deuil achevé. Ni la mère ni la fille ne parleront de leurs intentions. Elles viennent de s'engager, sans même jeter un coup d'œil à la remarquable architecture de marbre du Grand Trianon, dans l'allée qui mène à la grille du domaine privé de la reine. Elles sont bientôt rejointes par d'autres familles, « vêtues honnêtement », selon les termes de l'invitation. Alors qu'elles s'approchent des portes à ferrons dorés, la cloche de la chapelle sonne douze coups, annonçant le début des festivités. Un contrôleur attend les invités dans la Cour d'honneur, leur permettant d'admirer la façade dessinée par l'architecte Gabriel.

Claire trouve ce petit château à taille humaine absolument ravissant et s'enthousiasme avec sa mère. Les deux femmes sont néanmoins retenues quelques instants, Manon n'étant pas sur la liste.

— Sa Majesté vous recevra au hameau, annonce enfin l'un des gardes à la livrée rouge.

Les invités vont pouvoir découvrir le nouveau jardin à l'anglaise avec ses rivières artificielles et ses ponts. Un belvédère et une rotonde à fines colonnes au centre d'une île viennent d'être construits. Le lieu, savant dosage d'élégance et de modestie, enchante Manon et Claire. Elles prennent le temps d'admirer les récentes maisons villageoises en chaume, agrémentées de potagers individuels et de vergers, construites le long d'une pièce d'eau où s'ébattent des cygnes. Claire s'étonne de trouver un ensemble rustique à quelques mètres de l'élégant pavillon où réside la reine. Manon envie les fermiers qui ont le privilège d'être employés à Trianon.

— As-tu remarqué le parfait état des bâtiments et des jardins ? Quelle différence avec la Ménagerie !

En s'approchant d'une tour semi-gothique, les deux femmes distinguent des tables dressées débordant de victuailles entourées de lampions colorés. Une vive discussion anime un groupe de personnes élégamment habillées. Les serviteurs, portant la livrée rouge et bleu de Trianon, passent entre elles, portant des verres et des carafes, et leur suggèrent du cidre des vergers de la reine ou du lait des vaches hollandaises de Sa Majesté.

Vêtue d'une robe fluide ceinturée d'un tissu en taffetas ambre, une grande et belle femme se détache du groupe pour s'approcher de Claire et de sa mère. Ses cheveux poudrés sont relevés et protégés par un chapeau à large bord agrémenté d'un ruban de la même couleur que sa ceinture. Manon, les jambes tremblantes, plonge dans une révérence maladroite tandis que Claire bafouille :

— Votre Majesté, je me suis permis de venir accompagnée de ma mère. Elle ne voulait pas que je traverse le parc seule.

La reine sourit.

— Pourtant, qui oserait vous attaquer ? Ainsi, voici un serval. Son pelage est ravissant et sa couleur n'est pas beige, mais jaune tacheté de noir. Quelle beauté !

Manon, baisse la tête, dépitée d'être ignorée. Nala a dû entendre les compliments car elle se couche aux pieds de la reine de France.

— Puis-je le caresser ?

— Vous permettez, Votre Majesté ?

Claire pose sa paume sur le dessus de la tête de Nala et la caresse entre les oreilles ; le félin ronronne. La jeune fille ose alors prendre la main royale et la place sur la sienne. L'animal, rassuré, se laisse faire. Marie-Antoinette découvre, par ce geste, qu'une bête sauvage peut être apprivoisée par la confiance.

— Le Dauphin est souffrant aujourd'hui. Toutefois, il voulait tant vous voir que nous l'avons porté dans la salle de billard… Il vous attend, venez.

Soudain, la mère de Louis-Joseph se tourne vers Manon.

— Madame, vous avez une fille bien singulière, et je la crois douée d'inclination pour son prochain. J'espère qu'elle pourra égayer la mauvaise journée de mon fils. Vous pouvez vous divertir tandis que je vous la vole.

Manon s'incline, sans discuter.

Louis-Joseph a été installé sur un matelas de plumes posé à même le billard. Soutenu par des oreillers, l'enfant ne bouge pas. Il sait que chaque geste risque de le faire crier de douleur mais son impatience de rencontrer le fauve apprivoisé l'emporte sur la conscience de son mal. Claire tente de maîtriser sa surprise. Le Dauphin ne ressemble plus guère au bambin qui voulait monter à dos d'éléphant voilà seulement quelques jours. Son visage est blême, ses joues trop colorées et ses yeux étincellent d'un regard fiévreux. La souveraine l'embrasse en posant ses doigts sur son front.

— Ne le touchez pas, vous le feriez souffrir atrocement, annonce-t-elle

Claire, affreusement impressionnée, ne sait que faire. L'enfant, l'esprit parfaitement éveillé, s'en inquiète.

— Ai-je donc tant changé, mademoiselle, que vous ne trouviez à me parler ?

— Pardonnez-moi, Monseigneur, je ne suis qu'une modeste employée de votre Ménagerie et vous rencontrer à Trianon me déroute. Et que dire du fait que je me trouve en présence de ma reine !

— Vous savez pourtant parler aux animaux ! s'anime Louis-Joseph. Alors demandons qu'on nous laisse tranquilles afin que je rencontre enfin votre…

— Serval, Monseigneur.

À ces mots, Nala fait un bond impressionnant et saute sur le billard sans y avoir été invitée. L'enfant pousse un cri de surprise mais la laisse se coucher contre lui. Avec une lenteur calculée, l'héritier du trône de France se détache de ses oreillers et, malgré la douleur qui le fait tressaillir, se redresse. Son bras se tend puis se pose sur le flanc de l'animal. Nala se laisse faire et se rapproche délicatement de l'enfant allongé. Puis, elle lui pose une de ses pattes sur sa joue. Le gouverneur du Dauphin et le docteur Lemonnier, jetant des regards inquiets, veulent dégager l'animal, mais Marie-Antoinette, d'un geste de la main, les en empêche. Louis-Joseph sourit avant de fermer les yeux de contentement.

— Mon serval se nomme Nala, Monseigneur. Je vous le prête jusqu'à votre complète guérison, annonce Claire avec un sourire ému.

Attendrie, la reine donne ordre à l'entourage du Dauphin de quitter la pièce. Puis elle prend Claire à part pour que l'enfant ne puisse les entendre.

— Mademoiselle, je dois rejoindre mes invités. La dégradation de l'état de santé de mon fils ne doit pas se savoir.

— Je ne dirai rien, Votre Majesté, soyez-en sûre.

— Mon Dieu, si mes détracteurs savaient que je laisse l'héritier du trône gardé par une bête sauvage…

Elle rit nerveusement avant d'ajouter en s'éloignant :

— Merci, je reviendrai tout à l'heure.

Claire regarde Nala et, d'un geste muet, lui commande de ne pas bouger, puis approche une bergère et s'y assoit. Elle n'est pas seule dans la pièce. À quelques mètres d'elle, un garde suisse se tient à droite de la porte. L'homme est immense mais mince, ce qui lui confère une silhouette longiligne fort élégante. Ses traits réguliers sont fins, ses yeux clairs. Il croise le regard de la jeune fille, incline la tête en signe de salut et Claire lui répond en posant un doigt sur ses lèvres. L'enfant s'endort, sa respiration régulière s'accorde avec celle du serval.

Dans les jardins de Trianon, la reine de France, effectue une contredanse au bras du comte d'Artois et affiche son plaisir à recevoir ses serviteurs, mais son sourire figé masque à peine sa douleur de mère.

9

Depuis la visite royale, pensionnaires et employés sont observés par de nouveaux visiteurs, tous désireux de donner leur avis sur les animaux exotiques du roi de France. Les courtisans qui n'ont pas été conviés à accompagner Louis XVI et sa famille veulent combler leurs lacunes et se précipitent à la Ménagerie. Les conversations au château, le soir autour des tables de whist, doivent impérativement inclure la grâce d'un rhinocéros ou le curieux bonhomme juché sur la tête d'un éléphant si elles veulent être jugées dignes d'intérêt. La Ménagerie redevient en quelques jours un sujet à la mode pour les dames élégantes qui réclament, dans leur hôtel particulier, un singe à défaut d'un lion ou d'une volière. Les quais à Paris regorgent d'oiseleurs prêts à tout boniment pour se débarrasser des perroquets, perruches, oiseaux de paradis et autres pies du Sénégal… Car qui pourrait vérifier l'exacte provenance des volatiles et justifier leur coût extravagant ?

Seule Nala échappe au regard curieux de l'homme. Claire, devant la recrudescence de promeneurs, doit changer ses habitudes. Se lever plus tôt, soigner les bêtes à l'aube avec son fauve, puis s'éclipser l'après-midi, loin d'une foule peu attentive au bien-être animal. Les pensionnaires de la Ménagerie entament un combat perdu d'avance contre le froid malgré les feux que les employés tentent d'entretenir. Le dromadaire a chaque soir le privilège d'une couverture posée sur sa bosse et attachée par une sangle, mais sans véritable garantie de chaleur. Les autres reçoivent de la paille et, avec leurs pattes, se créent une sorte de nid dans lequel ils vont trouver refuge. Dakar et Pompon s'endorment sous une masse de fourrage, lovés l'un contre l'autre.

Certains soirs, Claire rejoint Laimant dans son bureau. Obligé de gérer les comptes de la Ménagerie et de payer les employés, il peine à la tâche. La jeune fille prend l'habitude de l'aider comme elle peut, avec son bon sens et son goût pour l'ordre. Le directeur la remercie en lui confiant des livres rares ou en la laissant feuilleter certaines gazettes dont il raffole. C'est ainsi qu'en une fin de journée, Manon découvre sa fille et Firmin Laimant riant aux éclats. Une pointe de jalousie l'assaille.

— Pardonnez mon intrusion, je cherchais ma fille, mais je vous dérange…

— Ma chère Manon, quel plaisir de vous voir. Je vais vous faire partager notre entrain en vous résumant ce que je viens de lire à haute voix à Claire :

> Une comtesse et son amant se rendent à l'Opéra-Comique à Paris. Leur carrosse est immobilisé longtemps devant la devanture d'un magasin. Malgré les protestations des cochers, la situation s'éternise. L'élégante a le temps d'observer qu'une femme parvient à parler avec un perroquet coloré posé sur un trépied dans la vitrine. Elle s'extasie et rêve de posséder l'animal. Le lendemain, l'amant, fort amoureux, s'y rend et tente d'acheter l'oiseau. Le propriétaire, malgré l'énormité de la somme, l'éconduit en expliquant l'amour immodéré de sa femme pour son perroquet.

Le soir, à table, le commerçant raconte l'anecdote. Sa femme se moque et lui annonce que, pour moitié d'argent, elle aurait vendu l'animal et son mari. De rage, l'époux tord le cou du malheureux volatile.

— Quel dommage que ce monsieur ne vienne pas plus souvent à la Ménagerie. Nous possédons de beaux perroquets qui seraient heureux d'avoir une maîtresse et un toit solide. Nos volières sont dans un état lamentable, un coup de vent ou un renard agile et nous perdrons notre collection, assène Claire avec conviction.

Laimant acquiesce et reconnaît avoir sollicité l'administration à deux reprises pour obtenir des crédits supplémentaires.

— Ne pourrions-nous vendre les oiseaux nés en captivité puisque nous disposons de doubles ? Avec ces sommes, nous pourrions réparer les enclos et améliorer leurs conditions de vie, poursuit Claire, enthousiaste.

— Vous oubliez, ma chère enfant, que chaque animal de la Ménagerie appartient au roi et que ses biens sont inaliénables, lui rappelle Laimant.

Claire sursaute légèrement à cette remarque : ainsi, son serval pourrait être vendu sans qu'elle puisse s'y opposer, songe-t-elle, ébranlée.

— Je suis sûre que Sa Majesté, si elle était bien informée, ne s'y opposerait pas. Écrivons au comte d'Angiviller pour le lui suggérer et prouver que la Ménagerie est attentive à la nécessité de faire des économies !

Laimant, un peu troublé par l'énergie de Claire, le promet. Les deux femmes s'éclipsent ; la jeune fille emporte les livres prêtés par le directeur.

Il a été convenu que le Dauphin pourrait faire appeler Claire à sa convenance et qu'un garde suisse viendrait la chercher. Depuis, elle s'y prépare en tentant de lire tout ce qu'elle trouve à la bibliothèque du château de la Ménagerie. Elle veut distraire le jeune malade avec des anecdotes et des récits amusants autour du monde animal. Claire n'est pas retournée à l'école depuis la mort de son père. La nuit, serrée contre Nala, elle s'interroge. Elle n'est ni une femme instruite, ni une possible épouse capable de tenir un foyer et d'élever ses enfants dans la foi catholique. *À quoi puis-je être utile ?* se demande-t-elle souvent. *Aimer les animaux au point de renoncer aux hommes et vivre libre, n'est-ce pas une chimère ?...*

Pourtant, depuis sa naissance, elle se sent différente des autres jeunes filles qu'elle croise parfois en promenade le long de la Pièce d'eau des suisses. Elles rêvent toutes de rencontres, de prétendants et de mariage, alors que Claire, elle, les redoute.

Dans sa chambre – en réalité le grenier de leur petite maison –, la jeune fille découvre les deux volumes empruntés. Le premier est en latin, qu'elle déchiffre difficilement. *Naturalis historia. Plinii Secundi. Primus volumen.*

— Encore ! s'écrie-t-elle à haute voix. Décidément ce Pline me poursuit !

Et de le jeter sur son galetas où Nala faisait la sieste. Le second est en français. Les *Fables* de La Fontaine, Livre IX. Elle s'attelle à lire « Les Deux Rats, le Renard, et l'Œuf » et s'en amuse lorsqu'elle découvre le discours que l'auteur adresse à sa protectrice, Mme de La Sablière. Elle le dévore et le relit à haute voix, consciente du bonheur que ces mots lui procurent.

> Or vous savez, Iris, de certaine science,
> Que, quand la bête penserait,
> La bête ne réfléchirait,
> Sur l'objet ni sur sa pensée.
> Descartes va plus loin, et soutient nettement
> Qu'elle ne pense nullement.
> Vous n'êtes point embarrassée
> De le croire, ni moi.

— Non, je ne le crois pas ! s'amuse-t-elle à crier en riant et en regardant son serval s'étirer avec souplesse et grâce.

À l'évocation de « la perdrix qui fait la blessée » pour attirer le chasseur et détourner le chien de ses petits, Claire applaudit, enchantée par cet auteur jusqu'à ce jour inconnu d'elle.

— Il sera mon ami, ce M. de La Fontaine. Et qu'on aille me soutenir après pareil récit que les bêtes n'ont point d'esprit !

Puis, s'adressant à son serval :

— Écoute-moi, Nala : avec le Dauphin, nous allons trouver d'autres fables et même en écrire. Et, comme ce monsieur, nous associerons des caractères humains à des animaux. L'ours sera bourru comme Crosnier, le jardinier de la Ménagerie, l'écureuil, rusé comme mon frère, et le chien… À nous de trouver, toi qui t'en méfies ! Qu'en penses-tu, Nala ?

Claire se jette sur le lit et enserre le félin de ses bras.

10

L'hiver 1788 s'écoule paisiblement pour les habitants de la Ménagerie. Leur ennemi habituel, le froid, n'épargne pas les animaux. L'été humide et une affligeante saison de chasse ont permis à certains prédateurs de se multiplier. La faim va les enhardir.

Un matin de décembre, Claire et Manon se dirigent selon leur usage vers le domaine des oiseaux, à savoir la faisanderie et les volières. Elles vont devoir briser la glace des bassins puis nourrir de graines les volatiles. En chemin, elles constatent que le piaillement a disparu et qu'un étrange silence les entoure. Elles découvrent une des grilles de l'entrée au sol ainsi que des plumes et du duvet maculés de sang. Quelques résidus d'œufs cassés accompagnent le carnage. L'intégralité des poules faisanes et perdrix faisant la fierté d'un des plus beaux domaines de chasse du royaume a été décimée par un ou plusieurs prédateurs du monde animal. Certainement maître Goupil, pour ne pas le nommer… Claire sait que les animaux sont prêts à s'entre-tuer lorsque la faim se fait sentir. Elle avait pourtant averti Laimant de la menace ! Sa mère s'inquiète pour celui-ci, qui risque un blâme et peut-être même son poste.

— D'Angiviller sera furieux, prévient Manon sur le chemin du retour.

— La misère touche tous les sujets de Sa Majesté, les humains comme les animaux, constate Claire, dépitée.

Dans l'après-midi de cette mauvaise journée, Claire, deux arrosoirs à la main, remplit l'abreuvoir du rhinocéros lorsqu'un garde suisse de l'entrée lui signale qu'elle est attendue au château. La jeune fille avait beau espérer ce moment, elle regrette à cet instant sa tenue modeste et ses cheveux blonds mal ajustés.

— Contrairement à ce que pense maman, ma vie auprès des animaux ne me détourne pas de la coquetterie, s'amuse-t-elle à confier à l'animal en lui promettant de revenir le lendemain. Je te raconterai Versailles, son palais et la Cour ! lui lance-t-elle en riant, emplie de l'excitation d'une jeune fille de son âge.

Le froid violent l'a obligée à sortir la houppelande de Martin. Elle s'y sent à la fois protégée des intempéries mais aussi malheureuse, car l'odeur de son père adoré y persiste. Les châles qu'elle a superposés ne l'empêchent pas de frissonner tandis qu'elle se dirige vers le portail de la Ménagerie. Sanglé dans son uniforme rouge galonné de blanc, l'homme qui l'attend a belle allure. Claire reconnaît le garde suisse de Trianon.

— Bonjour, mademoiselle, je suis chargé de vous mener auprès du Dauphin.

— Bonjour, répond-elle, les yeux baissés.

— M. le Dauphin vous attend. Une voiture va nous conduire car les allées de la reine, comme le Mail, sont inondées et le passage à pied, difficile.

Claire, pour une fois un peu intimidée, le suit sans discuter. Si elle connaît bien le parc, elle n'est jamais entrée à l'intérieur du château ; aussi, dans le carrosse, ose-t-elle interroger le jeune militaire.

— Voulez-vous bien m'aider pour ma première visite ? Me décrire son mode de vie... Devrai-je me plier à certaines règles que je ne connaîtrais pas ?

— Je suis à votre disposition.

— Merci.

— Monseigneur occupe les appartements dits « du Dauphin », au rez-de-chaussée de la partie ancienne du château. Ces cinq pièces donnent sur le parterre du Midi avec un accès par la Cour de marbre ou par les jardins que nous emprunterons ce matin.

Claire acquiesce d'un signe de tête tandis qu'il continue d'une voix posée avec un léger accent qu'elle ne parvient à situer.

— Je vous présenterai les quatre gardes-suisses qui, comme moi, sont affectés à la sécurité de l'héritier du trône. La tâche n'est guère aisée car quiconque porte un vêtement correct et une épée peut se promener dans le parc.

— M. le Dauphin, j'imagine, n'est jamais seul.

— Non. Ses matinées sont consacrées à l'étude ; il a un professeur émérite différent pour chaque matière. Puis il se repose après le dîner[1] servi dans ses appartements avec son gouverneur, le duc d'Harcourt.

— Je me souviens de l'avoir rencontré à la Ménagerie et à Trianon.

— En fin d'après-midi, il est amené à recevoir des visites, si son état de santé le permet.

— Comment se porte-t-il aujourd'hui ?

— Je préfère vous laisser en juger.

Le garde n'en dira pas plus. Le trajet se poursuit dans un silence qui rend Claire nerveuse à l'approche du château. Inquiète de ce qui l'attend, elle passe le contrôle de la salle des gardes puis traverse une enfilade de pièces où des inconnues l'observent avec curiosité. Sa tenue, semblable à celle d'une modeste servante, détonne effectivement avec les robes

1. À l'époque, le dîner est l'équivalent de notre déjeuner et l'on emploie le mot « souper » pour parler du dîner [*NdA*].

de velours surchargées de broderies, dentelles et autres fourrures. Les cheveux poudrés et relevés débordent de fleurs artificielles ou de pierreries. Les visages de ces femmes, grimés de blanc, les joues fardées de rouge, contrastent avec la pureté du teint de la jeune fille. La tête baissée, elle choisit de franchir les antichambres sans leur jeter un regard. Guillaume la guide et s'apprête à ouvrir une porte lorsque surgit un homme vêtu d'une redingote noire. D'un geste, il signifie au garde de s'arrêter.

— Bonjour, mademoiselle, je suis M. de Bourcet, le valet de Monseigneur. Veuillez me suivre.

Derrière la chambre de l'enfant royal, Claire découvre une pièce aux dimensions réduites avec un lit de camp et une commode.

— Voici mon royaume lorsque je ne suis pas auprès de Monseigneur. Sa Majesté la reine vous apprécie, mais je désire me forger ma propre opinion.

Claire, ahurie par cet accueil distant, tente d'oublier le ton de son interlocuteur.

— Je ne suis pas sûre de comprendre.

— Monseigneur est un enfant éminemment attachant et très aimé de son entourage. Un entourage particulier…

Bourcet poursuit.

— Certaines personnes ont un sens du devoir et une affection remarquables vis-à-vis de lui, d'autres se servent de leur statut pour affermir leur position. Il suffit qu'un médecin ou même un valet s'attribue une amélioration de la santé de son fils pour que Sa Majesté le remercie d'un titre ou d'une bourse…

Claire, furieuse, l'interrompt.

— Je vous prouverai par mes actes qui je suis.

— Ma vigilance sera extrême, avertit le serviteur d'un ton glacial.

La jeune fille tente de calmer sa furieuse envie de tourner les talons.

— En dehors de son gouverneur et de vous-même, Monseigneur a-t-il d'autres proches ?

— Le chevalier d'Allonville, un homme remarquable, pour qui le bonheur du Dauphin l'emporte sur son instruction. Il est parfois en conflit avec le duc d'Harcourt, confie Bourcet.

— Mais encore ?

— Le gouverneur est un militaire, un homme de combat qui déteste la défaite. Il n'admet pas la récente aggravation de la maladie, malgré les traitements. Il voudrait que l'enfant lutte, alors que le chevalier l'estime à bout de forces. Le repos et le sommeil prennent le pas sur les études et les marches épuisantes. Pour être présent à ses côtés, je pense, hélas, que le chevalier a raison.

— Souffre-t-il beaucoup ? s'inquiète Claire.

— Affreusement, et peut-être plus des remèdes que de la maladie. Son corps se déforme chaque jour un peu plus. Sa hanche d'abord, son dos désormais bossu. Ses jambes, tordues, ne le soutiennent plus…

— Arrêtez ! s'exclame-t-elle, effarée.

Mais, voulant voir si Claire est prête à affronter la réalité d'un enfant sérieusement malade, il continue :

— Sa peau si fine a craqué en plusieurs endroits. On lui a posé des sétons qui n'ont fait qu'aggraver les plaies.

— Des quoi ?

— Des bandes de tissu que les docteurs placent sous la peau pour drainer le pus.

Claire fait une grimace en imaginant la scène.

— Aucun médecin ne s'accorde. Le docteur Petit martyrise l'enfant avec des sangsues. Lemonnier préfère combattre la fièvre avec des décoctions qui le font vomir. La reine, le soir, découvre les soins du jour, s'insurge, renvoie l'un ou l'autre... Et l'enfer recommence le lendemain. Et nous avons en permanence deux corbeaux tournoyant autour d'une charogne ! Les abbés Corbin et Buisson égrènent leur chapelet toute la journée et rappellent aux médecins qu'ils sont là pour le soigner mais que seul Dieu pourra le sauver !

— Et en dehors de Dieu, n'y a-t-il aucun espoir ?

— Peut-être un temps clément. Nous avons tous remarqué que lorsque le froid et l'humidité disparaissent, ses douleurs sont moins intenses.

— Je saurai être à la hauteur, je vous le promets.

— Alors suivez-moi.

11

L'enfant somnole au fond d'un lit immense, caché par des couvertures de velours et des fourrures. En voyant la jeune fille escortée par Guillaume, il ébauche un sourire angélique qui fait oublier son teint pâle et ses yeux cernés.

— Bonjour, Monseigneur, lui dit Claire en tentant une faible révérence.

— Bonjour, Claire. Je suis si content de votre présence. Je voulais vous recevoir dans mes beaux salons mais la position assise me fait souffrir aujourd'hui et m'oblige à vous accueillir dans ce lit.

Il n'en dit guère plus. Claire comprend que le temps n'est plus à la comédie.

— Nous avons beaucoup plus chaud ici. Et je ne suis guère sensible à la décoration…

— Il gèle dehors, je suppose. Comment vont les animaux ? Supportent-ils cette température ? Asseyez-vous près du feu et racontez-moi.

Ne voulant pas inquiéter l'enfant, elle décide de taire la mort récente de trois jeunes singes, ainsi que de nombreuses perruches.

— Nous faisons notre possible, Monseigneur, pour maintenir des feux allumés dans les cours des animaux africains.

— Et l'éléphant ? Ne vient-il pas d'Asie ? énonce une voix faible émergeant des couvertures.

— En effet, mais nous avons la chance d'avoir reçu l'animal avec son guide.

— Le fameux cornac !

Les yeux du Dauphin s'illuminent à ce souvenir.

— Il faut l'imaginer comme un père pour l'animal. Il ne le quitte jamais et sait lorsqu'il faut brûler du bois ou lui mettre une couverture. Depuis votre visite, il le promène dans les allées bordant le Grand Canal. Le spectacle amuse les promeneurs qui se font rares tant le froid est vif. Rien n'est pire que l'inaction dans une cage ; aussi, je tente de faire bouger le rhinocéros, mais je ne parviens pas à le protéger de ce climat hostile…

— Le pauvre. Et Nala ? Pourquoi n'est-elle pas avec vous ? J'espérais tant la revoir !

— J'ai bien peur, ajoute Claire avec un sourire, qu'elle n'ait pas été invitée… Les gens de votre Maison craignent ce genre de rencontre.

— Alors nous attendrons des jours meilleurs pour retourner à Trianon ou à la Ménagerie avec votre serval. En attendant, je vais vous présenter Moufflet, mon épagneul. Guillaume, voulez-vous bien aller le chercher ?

— Monseigneur, vous savez bien que je veux vous être agréable, mais le duc d'Harcourt a ordonné que l'animal n'entre pas dans votre chambre. Une quinte de toux…

— Voyez, Claire, j'ai déjà été éloigné de ma grande sœur et de mon jeune frère. Et maintenant on m'enlève Moufflet. Je suis d'un naturel obéissant et ne veux causer aucun désagrément à mes parents, mais je trouve parfois ma position de malade bien pénible, soupire Louis-Joseph.

— Ne vous inquiétez pas, j'ai tout le temps pour rencontrer votre chien.

— Guillaume, je vous prie d'aller chercher mon chien ! implore le Dauphin.

— Je ne suis pas autorisé à quitter cette pièce, mais je vais prévenir l'un des gardes de service.

— Merci, mon ami.

Une fois seul avec Claire, le Dauphin affiche une mine réjouie.

— J'avais envie d'être tranquille avec vous !

La jeune fille éclate de rire et lui confie avoir eu le même désir.

— J'aime Guillaume et les autres suisses, et M. de Bourcet, le chevalier d'Allonville, et d'autres encore... Mais je suis si rarement seul.

— Je comprends, j'apprécie moi-même la solitude. Ne voulez-vous pas que je vous raconte la dernière mésaventure du renard à la Ménagerie ?

— Je n'attends que cela mais je voudrais avant tout vous donner mon sentiment sur les gens qui m'entourent.

— Je vous écoute, Monseigneur, répond Claire, admirative de la maturité de l'enfant.

— Le duc s'occupe de moi comme s'il menait un régiment à la bataille et s'agace de mon manque de progrès. Lorsqu'il se décourage, il a la bonne idée de laisser le chevalier d'Allonville, un homme charmant, ou M. de Bourcet décider pour lui.

Claire sourit.

— La duchesse a parfois des lubies et une volonté de diriger mes études, mais son inquiétude envers mon état de santé m'attendrit.

— Ne voyez-vous pas vos parents ? s'inquiète Claire.

— Ils ne savent comment adoucir ma maladie. Ma mère vient à tout moment interrompre mes études. Elle veut me voir rire et m'avoue que mon sérieux l'indispose. Ma tante

Élisabeth me distrait en me faisant jouer aux cartes. Quant à mon père…

— Le roi, ajoute Claire, impressionnée.

— Oui, le roi. Il déteste me voir souffrir. Lorsqu'il passe le seuil de ma chambre, sa journée achevée, il me caresse les cheveux et prétexte une charge de travail pour disparaître…

— Alors, revenons à la Ménagerie et laissez-moi vous raconter le sort des faisans qui n'ont pas résisté à l'appétit d'un goupil vorace, insiste Claire.

Louis-Joseph rit. Claire a gagné.

12

Tout au long de l'hiver, la jeune fille et l'enfant se sont revus. Régulièrement, Claire laisse ses animaux et retrouve Guillaume, le garde suisse, à la grille de la Ménagerie.

La relation particulière qui s'est tissée entre l'employée de condition modeste et l'héritier de la monarchie est devenue en l'espace de trois rencontres une évidence pour l'entourage du Dauphin, mais aussi un sujet de commérages pour les courtisans. Le roi a convaincu le duc d'Harcourt d'octroyer à son fils, le temps de sa maladie, un répit dans ses études et son éducation. La reine, elle, a obtenu que Claire soit désormais accompagnée de son serval lors de ses tête-à-tête avec le Dauphin. Nala, en laisse, traverse désormais, la tête haute et la démarche gracieuse, les appartements du jeune garçon. Dans la chambre protégée par Guillaume qui monte la garde, le félin saute au bout du lit, rampe doucement le long du corps chétif de l'enfant et s'allonge délicatement contre lui. Réchauffé par la présence animale, Louis sourit et s'offre quelques heures d'intimité avec sa nouvelle amie.

Les bons jours, Claire peut lui lire les *Fables* de La Fontaine et en débattre avec lui. Le regard que porte le Dauphin sur les méandres de l'âme humaine l'impressionne. Elle aime aussi partager avec lui son quotidien mais se garde bien de l'inquiéter avec des histoires tristes. Les pitreries des singes sont de meilleurs remèdes que les purges des médecins !

Les mauvais jours, la douleur trop vive leur interdit d'échanger des mots ou des rires. En silence, Claire pose alors ses mains sur la poitrine de l'enfant avec une douceur insoupçonnée. Sans qu'elle comprenne pourquoi, son corps meurtri semble s'apaiser. Claire parvient parfois à l'endormir, en lui demandant de suivre le souffle de Nala et de respirer de plus en plus profondément. Lorsque la crise est trop violente, que le jeune garçon crache, étouffe ou crie de peur et de douleur, elle n'hésite pas à s'allonger à ses côtés et à le tenir dans ses bras. Son corps tressaute, se contorsionne puis, épuisé par le combat, se fige avant de subir un nouvel assaut.

Claire se découvre un don avec l'enfant, tout comme avec les bêtes. Elle ne cède jamais, se montre toujours souriante, bien qu'elle soit dévastée devant tant de souffrance ; elle pressent qu'il ne faut rien montrer et donner l'impression que la crise est passagère, voire anodine.

Un soir où elle s'est attardée, cherchant à l'endormir, elle se heurte à la reine venue en toute discrétion embrasser son fils. L'inquiétude marque son visage. Le temps de l'insouciance et des fêtes champêtres à Trianon est révolu. L'une et l'autre restent au chevet du Dauphin et le veillent sans un mot jusqu'à ce qu'il trouve le sommeil. Enfin, Marie-Antoinette se lève et, d'un signe, invite Claire à la suivre. Dans un salon attenant, les deux femmes, loin du protocole, se parlent à cœur ouvert.

— La neige et le froid persistent, j'espérais offrir à Louis une promenade en traîneau sur le Grand Canal gelé mais je crains qu'il me faille attendre l'hiver prochain, annonce-t-elle d'une voix qui se veut légère.

— Il en serait ravi, tout comme il me parle de son désir de retourner à la Ménagerie, mais je vois bien à quel point le transport le fait souffrir, répond Claire.

La reine reste silencieuse et attrape un verre d'eau pour se donner une contenance. Quelques larmes perlent sur ses joues poudrées.

— N'est-il pas humain pour une mère d'espérer une guérison ? Je ne peux pas admettre qu'il disparaisse ! Vous ne me comprenez pas, puisque vous n'avez pas d'enfant.

— Il n'est pas nécessaire d'être mère pour cela. Votre fils, Majesté, est particulièrement attachant et, tout comme vous, je ne supporte pas de le voir ainsi.

La reine soupire et laisse son corps s'affaisser dans le fauteuil.

— Les médecins envisagent de le faire retourner à Meudon dès le mois de mars. L'air y serait meilleur.

— Il est pourtant rarement dehors, et l'éloigner de ses parents serait un déchirement, dit Claire, sans crainte de donner son sentiment.

— Je le sais… Cependant nous allons devoir donner de notre temps, Sa Majesté et moi, en vue de la convocation des états généraux en juin prochain à Versailles ; aussi, je crains d'être moins présente.

Claire se tait, consciente que la reine se parle à elle-même.

— Il a besoin de moi, c'est certain, seulement si les médecins pensent qu'il peut guérir ailleurs, je ne dois m'y opposer. Et Meudon n'est pas loin… Pardonnez-moi, je vous retarde.

— Ne vous inquiétez pas, en dehors de Nala, personne ne m'attend.

— Rassurez-moi, vous êtes bien logée et chauffée à la Ménagerie ?

— Ma mère est une remarquable cuisinière et une soupe chaude m'attend. Puis je m'endormirai avec Nala qui est une cheminée à elle toute seule ! dit-elle d'une voix enjouée.

Claire, touchée par la sollicitude de la reine, se refuse à lui dire qu'elle dort tous les soirs dans une cage avec son serval depuis que sa mère a banni l'animal de son foyer. Si elle veut dormir avec Nala, elle doit en effet l'y retrouver. La reine a d'autres soucis ! Marie-Antoinette se ressert un verre d'eau et lui en offre un. Leur conversation n'est pas terminée.

— Alors causons. Je ne sais pas pourquoi, lorsque je vous vois, je pense à mon enfance.

— Une enfance heureuse ? ose Claire.

— Délicieuse, une multitude de frères et de sœurs, tous joueurs et chamailleurs, et peu d'études, je l'avoue. Mon latin est affligeant, reconnaît la reine avec un petit rire charmant.

— Et que dire du mien ! s'esclaffe Claire.

— Quand je vois mon pauvre fils éloigné de sa sœur qu'il aime tendrement et d'enfants de son âge, mon cœur se serre. J'ai eu tant de bonheur à vivre en fratrie que j'en oubliais l'absence de mes parents.

Claire sent la reine si triste qu'elle décide de la ramener vers des temps heureux.

— Pourquoi vous fais-je penser à votre famille ?

— Enfant, j'étais comme vous, passionnée d'animaux. Chacun de nous avait un chien et nos appartements ressemblaient presque à un chenil. Nous étions si nombreux qu'il était plus aisé de nous élever à Schönbrunn, la résidence d'été, plutôt qu'au cœur de Vienne. Il y avait dans le parc une ménagerie, tout comme ici.

— Voulez-vous bien me la décrire ?

— C'était un pavillon octogonal blanc et or, beaucoup plus modeste que la Ménagerie de Versailles, mais construit par un architecte français dont, évidemment, je n'ai pas retenu le nom ! (Elle rit puis reprend :) À l'intérieur, il y avait un salon décoré de peintures animalières, où l'on nous servait des pâtisseries et du chocolat. À l'extérieur, le public pouvait arpenter les allées sans contrainte et se mêler à nos visites. L'esprit était familier, aucun garde ne nous accompagnait, seulement nos dames de compagnie débordées par notre énergie, que nous nous amusions à perdre dans les jardins.

— Vous souvenez-vous des animaux ?

— Nous avions des éléphants, au moins deux, un horrible crocodile qui me faisait peur, et des kangourous…

— Je ne connais pas cet animal, reconnaît Claire.

— Dans mon souvenir, il ressemble à un grand lièvre avec une sorte de poche sur le ventre où, paraît-il, vivent ses petits.

— De quelle partie du monde vient-il ?

— Là encore, mon ignorance est totale, avoue la reine.

— Ce sera à moi de vous offrir la réponse. Espérons que l'*Histoire naturelle* de M. de Buffon le mentionne.

— Nous pourrions demander à M. d'Angiviller de nous procurer un spécimen ?

— Le comte ne cesse de nous réprimander sur le coût exorbitant des animaux, aussi, je pense qu'une gravure sera suffisante dans un premier temps.

— Oh, je le reconnais, hélas… soupire la reine. Vous êtes très jeune et pourtant infiniment plus raisonnable que moi ! J'avais envie que mon fils ait une nouvelle distraction.

Soudain, Claire se tait, agacée par ces propos. Elle sait qu'elle ne peut pas contredire la souveraine mais, pour elle, les animaux ne sont ni un passe-temps aristocratique, ni un bien de consommation.

— Je ne retournerai jamais en Autriche et mon fils ne connaîtra pas mon pays, déplore Marie-Antoinette en se levant brusquement. Il se fait tard, je vous remercie de m'avoir écoutée.

La reine lui attrape brusquement la main.

— S'il fallait transférer mon fils à Meudon, le suivriez-vous ?

La réponse est évidente. Rhino, Dakar et les autres animaux de la Ménagerie devront apprendre la patience.

13

Le lendemain de cet entretien avec la reine, Claire se sent fébrile. Le froid vif et la conversation l'ont empêchée de dormir. Elle s'est rendue chez sa mère dès son réveil, a changé sa chemise sous sa jupe et son corset en frissonnant. Elle a lavé rapidement son visage et ses aisselles dans une eau glacée avant de se couvrir de plusieurs châles de laine grossière. L'odeur du rhinocéros est forte et elle craint qu'il ne la lui transmette. Jacques lui a fait une réflexion un jour à ce sujet et, depuis, la pauvre Claire se lave les mains constamment.

Il lui faut en toute hâte se rendre à la Ménagerie, sachant que le rhinocéros, le lion et les singes attendent sa venue. Dans chaque enclos, elle va devoir briser la glace, embraser des bottes de paille ou ranimer des feux. Peut-être, hélas, trouver des animaux morts gelés. Claire, ce matin découvre que Rhino, contrarié par le froid, s'est collé contre le mur et a abîmé son épiderme par ses frottements répétés. Elle a voulu l'entraîner vers le fond pour qu'il trotte mais il s'y est refusé ; alors, vaincue, elle lui a offert une double ration de luzerne puis une large brassée de paille en espérant le voir s'y coucher.

Les deux autres soigneurs, plus robustes et aguerris qu'elle, n'ont guère de compassion pour les animaux. Ils nettoient les cages, transportent la nourriture ou le foin et s'éloignent, indifférents aux appels désespérés des mammifères. Pour Claire, cette attitude est impardonnable. Lorsqu'elle sent une bête malheureuse d'être enfermée ou affamée, elle tente de la consoler par une caresse ou une parole. Elle a aussi compris que Rhino, dans son enclos, une fois ses excréments au sol, les écrasait pour que les pintades puissent les manger. Depuis, elle ne nettoie que l'intérieur de sa cage et laisse les autres à terre pour nourrir les volatiles.

Si ce matin les habitants de la Ménagerie ont froid, Claire, elle, a faim. Il lui faut se nourrir après son jeûne forcé de la veille. La cuisine de sa mère n'est guère fournie mais elle ne s'imagine pas perdre du temps à faire bouillir les maigres légumes présents dans la souillarde. Fatiguée par sa courte nuit, elle attrape un quignon de pain déjà sec, qu'elle dévore en marchant. L'éléphant et son cornac l'attendent. L'Indien, camouflé dans plusieurs couvertures, est allongé à même la paille ; le pachyderme est lui aussi au sol. En les apercevant, Claire accélère le pas et, devant ses deux amis couchés, s'assoit. C'est la première fois qu'elle voit l'animal allongé et sa masse énorme l'impressionne.

— Que se passe-t-il ? s'alarme-t-elle tout en caressant la trompe de l'animal qui se laisse faire.

— *Cold, too cold*, énonce le pauvre homme.

— Venez avec moi, chez moi. Un feu et un repas vous attendent.

L'homme semble comprendre mais refuse d'un signe de tête. Il grelotte et son regard inquiet se pose sur son animal couché et immobile.

— *I cannot, cannot... Elephant should stand up. Help me.*

— Attendez, je reviens, annonce-t-elle en mimant de la main son parcours aller puis retour.

La jeune fille, déterminée, sait ce qu'elle doit faire. D'un bond, elle les quitte et court jusqu'au bureau de Firmin

Laimant. Elle le trouve à sa table de travail, le nez dans ses papiers et le dos réchauffé par un imposant feu de bois.

— Pardonnez mon intrusion mais je suis inquiète pour Badi, annonce-t-elle en se plaçant devant la cheminée.

— Pardon ?

— Badi, le cornac.

— J'ignorais son nom, avoue-t-il sans façon.

— Il est là depuis deux mois, mais personne ne s'est jamais préoccupé de lui et il est sur le point de mourir de froid…

Laimant l'interrompt.

— En effet, nous avons concentré nos efforts sur l'éléphant et pas sur son soigneur. Et alors ?

— Tous deux se meurent de froid, répète imperturbablement la jeune fille.

— C'est fort ennuyeux, mais le rhinocéros ou les singes ne sont guère mieux lotis.

— Oui, j'en conviens, mais si Badi venait à mourir, personne ne saura soigner Ganesh.

— Ganesh… Le nom que vous avez donné à l'éléphant.

— Non, pas moi, mais qu'importe.

— Et que suggérez-vous, mademoiselle l'effrontée, comme la reine vous a si justement nommée ?

— Un feu aussi puissant que le vôtre dans leur enclos pour que l'animal se relève et puisse à nouveau bouger. À plusieurs, sans lui faire peur, nous devrions réussir. Quant à l'homme, Badi, je le pense transi de froid et de chagrin, loin de son pays. Donnez-lui quelques jours de repos chez vous, puisque nous n'avons plus de logements disponibles. Il faut qu'il dorme, qu'il se nourrisse, qu'il se réchauffe et surtout qu'il cesse de se tourmenter pour son compagnon.

L'emploi du « nous » fait sourire le directeur. Il a senti, dès le premier jour après la mort de Martin, l'attachement de sa fille pour ce lieu ainsi que son talent à le diriger. Elle le prouve encore ce matin.

— Et l'éléphant ? Dois-je aussi le coucher dans mon lit ? Ne sera-t-il pas désorienté sans son Badi ? ajoute le directeur avec une pointe d'humour.

— Je peux tenter de me substituer à lui et dormir avec lui. Il faut prier pour que Nala ne s'y oppose pas.

Laimant, ahuri, lève les yeux au ciel en guise d'assentiment.

— S'il faut maintenant l'accord des animaux…

Claire poursuit.

— Je ne suis pas sûre que les animaux sauvages s'entendent naturellement. Il nous faut essayer, ne pas laisser Ganesh seul, rassurer Badi, lui offrir un peu de repos et lui fournir des vêtements conformes à la saison.

— Bien, quel programme ! Je m'occupe du soigneur indien et vous de l'éléphant. Et demain, après votre première nuit avec lui, nous aviserons.

— Je retourne de ce pas les en informer. Nous allons lancer un feu avec le bois des arbres éclatés par le froid. J'espère que le jardinier sera un peu plus travailleur qu'à son habitude.

Claire vacille et se rattrape à la table. Son teint pâle alarme Laimant.

— Claire ! Êtes-vous souffrante ?

— Non, non… J'ai juste un peu faim.

— Faim ? Votre mère ne vous nourrit-elle pas ?

— Je suis rentrée tard du palais et j'ai dormi avec Nala. Mais…

— Ne bougez pas. Je vais vous servir une soupe chaude et du pain, puis nous irons ensemble parler au cornac et, bien sûr, à ce jardinier paresseux.

— Merci. Merci, monsieur.

— Appelez-moi Firmin.

Claire sourit, heureuse.

— À propos, Firmin, sauriez-vous m'éclairer sur un animal nommé kangourou ?

Sa question reste sans réponse, le directeur s'étant envolé vers la cuisine, laissant la jeune fille au coin du feu rêver d'un animal inconnu.

14

Quelques jours plus tard, Claire est convoquée dans le bureau de Firmin. Ils se sont souvent revus depuis qu'ils ont surmonté ensemble « la crise du cornac », comme ils se plaisent à nommer l'incident. Un panier fermé par un élégant ruban de soie grise trône sur la table.

— Un cadeau pour vous, belle enfant, de la part de la reine, annonce le directeur d'une voix malicieuse.

Claire bat des mains avec joie et ouvre le trousseau. Marie-Antoinette a voulu réchauffer la jeune fille et lui a fait porter de quoi s'habiller par les services de sa garde-robe. Elle découvre avec ravissement des bas de laine épaisse, des jupons de coton à grosse maille, deux bonnets de feutrine, un manteau de flanelle verte bordé de renard et doublé de lapin, un manchon de fourrure, et surtout une ravissante robe de velours gris garnie de dentelle blanche. Enfin, des bottines de cuir noires lacées protégeront ses pieds. Une lettre manuscrite de la reine accompagne le coffret.

Mademoiselle l'effrontée,

Je souhaite à l'avenir que vous vous présentiez dans les appartements de mon fils vêtue chaudement. Un refroidissement de votre part ne pourrait que l'inquiéter et mettre sa santé en péril.

Lorsque le printemps s'annoncera, je vous ferai porter d'autres tenues afin que vous soyez élégante pour mon fils.

La nouvelle année commence demain et, comme le veut la tradition, je joins à l'envoi un signe de ma gratitude et partage avec vous l'espoir de jours meilleurs pour le Dauphin.

Marie-Antoinette

Dans un étui de velours, Claire découvre un médaillon décoré de minuscules perles blanches qui orne une miniature à l'aquarelle représentant Louis-Joseph. Très émue, la jeune fille pose ses lèvres sur le bijou.

— Firmin, la reine est si bonne avec moi !

— Elle est reconnaissante du temps que vous donnez à son fils… Comment va-t-il ?

Claire pose un doigt sur ses lèvres pour ne pas répondre. Elle ne dira rien.

— Je dois la remercier, mais je ne sais pas comment m'adresser à la reine de France…

— Avec la sincérité qui vous honore. Un petit billet que vous donnerez à l'un des gardes à votre prochaine visite. Prenez place, belle enfant, voici du papier, un encrier et une plume.

— Si j'écrivais : « Infiniment touchée par votre présent, je vous remercie du fond du cœur et vous assure être au service du Dauphin et de Votre Majesté » ? propose Claire d'une voix hésitante.

— Cela me semble parfait… Nous allons juste vérifier l'orthographe d'« infiniment » car j'ai un doute.

— Merci de votre aide.

Claire, peu habituée à l'exercice et inquiète de possibles ratures, rédige péniblement le court billet. Elle lève enfin la tête et cherche l'assentiment du directeur. Tel un professeur, il relit la missive et la cachette fièrement du sceau MR, pour « Ménagerie royale ».

— Je suis passé ce matin voir l'éléphant qui était heureusement debout. Voilà deux nuits que vous dormez à ses côtés. N'est-ce pas trop difficile ?

— Ganesh est silencieux et calme ; avant de partir, Badi lui parle dans sa langue et le caresse longuement, puis je prends le relais et lui dis des mots doux.

Firmin rit à l'évocation de mots doux.

— En français, rassurez-moi !

Claire ne relève pas le trait d'humour ; elle poursuit, très concentrée :

— L'animal supporte très bien ses couvertures et ne se couche plus. Dans la journée, le cornac a fort à faire. Avec le froid, la peau de Ganesh s'écaille et se gerce. Il doit utiliser des litres d'huile et le masser régulièrement pour éviter les crevasses.

Firmin soupire.

— Je sais, mon fournisseur d'huiles et de graisse de porc m'a présenté sa facture !

— Et de mon côté, j'ai le même souci avec Rhino. Sa peau se fendille de partout. Je peux répandre du liquide sur son dos et ses pattes mais, dès que je m'approche, il file… Je n'arrive pas à lui mettre une couverture ; aussi, je vais doubler son lit de paille pour qu'il s'y couche la nuit. Badi a réussi avec Ganesh, je peux moi aussi le tenter !

— Espérons que nos réserves suffiront, commente Laimant, soucieux. La ferme des Coteaux s'obstine à me refuser du fourrage pour nos bêtes.

— J'aimerais tant savoir soigner les animaux… se désole Claire, mais peut-être pourrions-nous utiliser les mêmes plantes que pour nous ? Mélanger de la sauge et du thym et préparer une décoction, comme le faisait mon père lorsque nous avions pris froid.

— Je vois mal comment verser un sirop à un rhinocéros, remarque Laimant.

— Soit en le mélangeant à son fourrage, soit en le versant dans son auge… Je ne sais pas, mais j'aimerais essayer.

— Quelle étonnante personne vous êtes ! Rien ne vous arrête.

— Oh que si ! Le fait que je suis une femme permet à ces messieurs imbus de sciences de se moquer.

Laimant réfléchit et soupire.

— Peut-être. Votre condition issue d'un milieu modeste n'est pas à votre avantage. Mais le monde évolue, comme le roi, qui est à l'écoute du progrès. Pouvait-on seulement imaginer, il y a peu encore, que nous pourrions un jour voler dans les airs ?

— Trois malheureux canards, un coq et un mouton terrifiés… Si pour vous, c'est un progrès !

— Vous êtes dure et sévère pour M. de Montgolfier. Certes, il a sacrifié des animaux, mais sur l'autel de la science ! Allez, au travail. De mon côté, je vais écrire à Daubenton pour qu'il nous donne son avis.

— Alors demandez-lui aussi s'il connaît un animal nommé kangourou et s'il en existe en France. J'ai promis à la reine de me renseigner.

15

Les habituelles visites de Claire au château se déroulent en général en fin d'après-midi et obligent la jeune fille à rentrer alors qu'il fait déjà nuit. Mais elle n'est jamais seule dans le carrosse qui la ramène à la Ménagerie ; Guillaume est devenu son garde du corps sans qu'elle y prête attention. Leurs conversations ne tournent qu'autour de l'enfant royal, sa condition, et leurs inquiétudes.

Louis-Joseph a été autorisé à quitter son lit. Transporté sur une civière par deux de ses suisses, il a été posé avec une extrême douceur dans le salon de ses appartements, sur une banquette garnie d'un velours du même bleu que ses yeux. Calé par des coussins de plumes, son corps abîmé, recouvert d'une couverture de fourrure, semble prêt à être contemplé par les visiteurs curieux ou inquiets. Lorsque la jeune fille pénètre dans les lieux, l'enfant s'exclame :

— Claire, je me suis habillé.

Il se garde bien de préciser que chaque geste lui a arraché des cris et des larmes.

— Quel plaisir, Monseigneur ! En quel honneur ?

— De la chandeleur ! La reine et mes frère et sœur vont venir. Je suis si impatient que j'ai peu travaillé ce matin et le duc m'a réprimandé. Avant la fête, je dois apprendre dix vers d'une poésie de mon choix. D'où ma hâte à vous voir car je sais que vous m'aiderez.

— Comme vous y allez ! réplique Claire en riant. Nous allons retrouver M. de La Fontaine, je suppose.

— Choisissez une fable que je ne connaîtrais pas, annonce l'enfant en désignant une rangée de livres posés entre deux portes.

Claire touche les ouvrages au cuir fin et à la reliure raffinée et savoure cet instant. Au hasard, elle ouvre le sixième tome du fabuliste et propose à haute voix « Le Lièvre et la Tortue ». Louis-Joseph ne la connaît pas, aussi écoute-t-il la lecture avec attention. Quand elle a terminé, l'enfant applaudit, enchanté.

— Redites-moi le début.

Claire s'exécute avant d'être interrompue.

— Je ne comprends pas « purger avec quatre grains d'hellébore ».

— Moi non plus, avoue-t-elle.

— Alors apprenons plutôt les dix derniers vers.

Le jeune garçon à la prodigieuse mémoire apprend la fable en quelques minutes. Lorsque la reine paraît, tenant ses deux autres enfants par la main, le Dauphin, le duc d'Harcourt, le valet de chambre, Claire et les gardes-suisses s'inclinent. Le petit duc de Normandie, du haut de ses presque quatre ans, se précipite vers son frère chéri mais la reine l'en empêche.

— Votre frère va mieux, mais ne lui faites pas mal avec vos baisers. Asseyez-vous à ses côtés et vous jouerez aux dames avec lui après les crêpes.

Dieu qu'elle est touchante, et quelle élégance ! pense la jeune fille, en voyant la mère s'approcher de son aîné et baiser délicatement son front. Marie-Antoinette porte ce jour-là une robe de velours bleu argenté, bordée de dentelle, et une cape du même ton la protège du froid. Un charmant tricorne, posé sur ses cheveux blanchis et relevés très haut, lui confère une stature impressionnante. Son visage à peine poudré contraste avec celui de ses dames d'honneur, la duchesse de Polignac et la princesse de Chimay, outrageusement fardées au goût de Claire. Quelques élégants gentilshommes accompagnent ces dames, tandis que la gouvernante des enfants, Mme de Tourzel, clôt le cortège. La reine, avec son naturel enchanteur, complimente Claire pour sa silhouette mise en valeur par sa tenue, sans préciser qu'elle en est à l'origine. Les présentations faites, Marie-Antoinette s'installe dans une bergère tout près de son fils. Elle glisse alors promptement sa main sous la couverture pour attraper celle de l'enfant.

La porte s'ouvre pour laisser apparaître un défilé de valets en perruque blanche, habillés de la livrée bleu et rouge de la Maison civile du roi. Émerveillée par tant de raffinement, la jeune fille suit chaque geste et remarque la parfaite maîtrise de leurs mouvements. Les domestiques déposent deux chauffe-plats sur une table pliante ainsi qu'un plat de crêpes fumantes et trois chocolatières en argent. Sur une autre desserte, des assiettes et des compotiers chargés de poires sont disposés. Claire découvre, tout comme les invités, la dernière commande de la reine : la manufacture de Sèvres vient de livrer un exquis service destiné au dessert, décoré de roses et de bleuets entrelacés. La reine s'adresse ensuite à l'assemblée :

— Nous fêtons aujourd'hui la chandeleur et, comme le veut la tradition, nous allons chacun faire sauter une crêpe dans une poêle de notre main droite et tenir dans la gauche une pièce d'or.

Les invités rient ; certains, comme le chevalier de Besenval ou madame de Polignac, n'hésitent pas à applaudir, tandis qu'un homme, resté à l'écart, observe la scène sans se mêler aux invités. Répondant à la demande de la reine, il dévisage le Dauphin. Félix Vicq d'Azyr est l'un des rares médecins qui a su gagner l'estime de la souveraine. Elle attend de lui un énième avis quant à la maladie qui abîme son fils et ronge son cœur.

— Mes amis, si la crêpe retombe proprement retournée dans la poêle, vous ne manquerez point d'argent pendant l'année.

Claire reste en retrait pendant la fête, mais lorsque la reine, d'un signe de tête, lui enjoint de prendre place, intimidée, elle secoue la tête. Alors Marie-Antoinette rit, attrape une assiette et la lui tend garnie.

— Je vous présente Mlle Claire, lectrice de mon fils, et qui ne souhaite pas faire fortune.

La jeune fille rougit d'être ainsi mise en avant, admiratrice en son for intérieur de la délicatesse de Marie-Antoinette, qui vient de lui donner une fonction officielle à la Cour. Vicq d'Azyr en profite pour s'approcher du Dauphin et se présenter.

— Monseigneur, je suis médecin mais ne vous inquiétez pas, je ne vous ausculterai pas. Je suis là pour vous aider ou vous soulager. Pourriez-vous me décrire votre état à ce jour ?

L'enfant soupire mais répond :

— Aujourd'hui, je vais bien ou presque. Mon dos me fait horriblement souffrir si je bouge. Je suis sûr que c'est ce méchant corset et non mes vertèbres !

— Vous voudriez l'enlever ?

— Je ne veux pas être bossu, mais j'ai si mal !

Vicq d'Azyr hoche la tête, désolé. L'enfant est souffrant depuis qu'il a été inoculé contre la variole, alors que sa sœur se porte comme un charme. Les symptômes décrits sont pourtant plus proches de la phtisie que de la maladie qui a emporté Louis XV. Sa fragilité chronique aurait-elle facilité l'apparition de cet horrible mal des bronches qui a fait tant de ravages parmi la famille royale, à commencer par les parents de Louis XVI ? Le médecin en est convaincu.

Le rituel des crêpes s'achève, chacun déguste son dessert et trempe ses lèvres dans le chocolat chaud en vogue à la Cour. Claire a observé que la reine a échoué avec sa crêpe. Sans être superstitieuse, elle aurait aimé que le destin n'envoie pas ce signe de mauvaise fortune à la mère de l'enfant malade. Le Dauphin termine son dessert puis s'adresse à Vicq d'Azyr dont l'aimable figure le rassure, et regarde son amie. Dès lors, la conversation devient plus intime et les invités s'éparpillent dans les salons attenants.

— Claire est la seule personne, en dehors de mes parents, que j'aie envie de voir. Je ne comprends pas pourquoi, mais je crois que j'ai moins mal quand elle est là.

— Pourquoi pas ? s'amuse le médecin.

— Savez-vous qu'elle a un serval et qu'elle parle à un rhinocéros qui la comprend ?

— Oh, toute la Cour ne discourt que de lui. Et j'ai hâte de le rencontrer. Je suis aussi professeur d'anatomie comparée à l'École royale vétérinaire du château d'Alfort.

Au mot « vétérinaire », Claire réagit.

— Je serais très heureuse de vous le présenter, mais je vous interdis de le disséquer !

Vicq d'Azyr rit.

— Qu'est-ce qu'un vétérinaire ? demande l'enfant.

— Un docteur pour les animaux, lui répond le médecin.

— Mais il nous en faut un à la Ménagerie ! s'exclame Claire.

— Si vous me le permettez, je viendrai découvrir vos protégés et nous en discuterons.

— Comme je vous envie, soupire le Dauphin, j'aimerais tant être avec vous.

— Attendons que l'hiver se termine. D'ici là, je peux venir vous voir plus souvent, suggère Claire en tentant d'égayer l'enfant. D'ailleurs, je ne connaissais pas cette coutume de la pièce d'or. En revanche, je me souviens d'un dicton qui vous amusera, Monseigneur : « S'il fait beau et luit à la chandeleur, l'ours se cachera encore six semaines. »

Louis-Joseph rit.

— Alors il fera encore froid en février et en mars, et les animaux auront besoin de vous.

— Ils comprendront, je leur expliquerai.

Le Dauphin et le médecin s'amusent de bon cœur quand, soudain, l'enfant se rembrunit.

— Je veux bien que vous veniez plus souvent. (Il hésite.) J'ai du mal à m'endormir, le soir. Je n'ai pas le droit de le dire car je suis fils de Dieu, mais à Claire je peux tout dire.

— À moi aussi. Un médecin sait garder un secret.

— Alors vous ne direz rien à ma mère ?

— Si vous ne le souhaitez pas, non, affirme Vicq d'Azyr en regardant l'enfant droit dans les yeux.

— J'ai peur de mourir.

La voix du Dauphin s'est faite fragile.

— Nous avons tous peur de mourir, vous savez, précise Vicq d'Azyr.

— L'abbé Corbin me dit le contraire. Il affirme que je dois être heureux et même impatient de rejoindre Notre Seigneur. Mais je n'ai que sept ans… J'aimerais bien vivre encore un peu et (l'enfant affermit sa voix) épouser Claire.

La reine se retourne et s'approche de son fils, le visage anxieux.

— Maman, je viens de demander Claire en mariage et comme elle veut mon bonheur, elle va devoir dire oui.

— Dans quelques années, Monseigneur, le temps d'apprendre les usages pour que vous n'ayez pas honte de moi, annonce d'un ton enjoué la fiancée.

— Alors promettez-moi de ne pas vous marier et de m'attendre, poursuit l'enfant d'une voix soudain grave.

16

À son retour du château, Félix Vicq d'Azyr s'est plongé dans ses livres anciens. Sous l'influence des encyclopédistes, le savant refuse depuis longtemps de soigner ses patients avec des saignées ou des purges. Il est convaincu qu'une partie des douleurs sont liées à une alimentation trop copieuse et à une mauvaise hygiène de vie. Bouger, sortir, ouvrir les fenêtres ! Dans le cas du Dauphin, la situation est plus alarmante. Depuis l'Antiquité, on associe le désordre qu'il éprouve à une inflammation contagieuse des poumons entraînant parfois une atrophie des os. Il a même trouvé le dessin d'un cadavre à la colonne vertébrale aussi déformée que celle du garçonnet. Après avoir discuté avec ses collègues de l'Académie de médecine, il a été dépêché auprès de la reine pour la convaincre d'envoyer son enfant vivre à Meudon. Marie-Antoinette l'a assailli de questions sur l'air meilleur et une possible guérison. Si elle ne supporte pas de voir son fils souffrir, elle supporte encore moins l'idée que le mal soit inéluctable. Aussi veut-elle tout savoir, sauf qu'aucun médecin ne peut lui donner une réponse rationnelle. Alors la reine s'emporte :

— Si les docteurs ne connaissent pas la nature de sa maladie, comment peuvent-ils le soigner ?

— En espérant que votre fils ait hérité votre constitution, Votre Majesté, et qu'il pourra, en grandissant, vaincre le mal. Le temps est notre allié. Il faut qu'il grandisse loin des miasmes et de l'humidité des anciens marais de Versailles. Le choix de Meudon, sur une colline, me paraît sensé, même si je préférerais qu'il parte pour Marseille, où l'air sec serait salutaire pour ses bronches.

La reine promet d'en parler avec son époux et le remercie. Elle a surtout hâte de retrouver son amie, Mme de Polignac, et de lui demander son avis. N'est-elle pas la gouvernante des enfants de France ? Titre honorifique et grassement rémunéré qui a fait de la favorite une femme comblée bien que peu attentive à ses obligations.

Vicq d'Azyr, désolé d'avoir été une fois de plus porteur de mauvaises nouvelles, décide de se rendre à pied à la Ménagerie en traversant les jardins détrempés de l'Orangerie et les bosquets du roi. En médecin adepte des principes hygiénistes du grand docteur Tronchin, Vicq d'Azyr aime marcher vite et longtemps. Les bottes mouillées et boueuses, le médecin de la reine se présente à la grille. D'une voix aimable, il demande à être introduit auprès de Mlle Claire et du directeur de ce fameux domaine. Quelques instants plus tard, tous trois discutent autour d'un verre de cidre. Claire a présenté son félin, qui s'est laissé caresser avant de se coucher sur les bottes du vétérinaire.

— Elle vous apprécie, félicite la jeune fille, comme s'ils étaient de vieux amis.

Vicq d'Azyr s'en amuse.

— Espérons que le rhinocéros sera aussi aimable avec moi.

— Parlez-nous de cette école de vétérinaires, suggère Laimant.

— Jusqu'à sa création au château d'Alfort en 1766, le maréchal-ferrant faisait office de soigneur de chevaux et notre métier en est toujours à ses débuts.

— Pourquoi ?

— La bête est considérée comme un outil par l'homme et lorsqu'elle est cassée, comme on ne sait pas la réparer, on la jette ! Les animaux domestiques, quant à eux, ont vocation à travailler ou à être mangés, leur rappelle-t-il.

— Mais si on soigne l'homme, ne pourrait-on pas soigner l'animal ? interroge Claire.

— On soigne l'homme depuis peu, mademoiselle. Il y a cinquante ans, seul Dieu soignait ou guérissait et nos progrès en médecine sont bien faibles, vous en savez quelque chose…

— Parlez-nous du métier de vétérinaire, demande Laimant.

— Le mot vient du latin *veterinarius* et signifie « relatif aux bêtes de somme »… En effet, notre pratique intéresse surtout pour les épidémies qui ravagent les troupeaux de bovins ou d'ovins. Nous savons qu'il faut isoler les cas très vite et parfois les soigner avec des plantes similaires à celles utilisées pour les humains.

Claire se réjouit de ces paroles et regarde Laimant avec un sourire complice.

— Les multiples guerres de notre siècle ont nécessité un nombre considérable de montures ; toutefois, si une épidémie venait à se répandre, la campagne militaire se transformait en défaite, faute de participants. Les militaires ont compris qu'il fallait créer un corps médical composé de personnes capables de transmettre les rares connaissances acquises par l'expérience. C'est ainsi que certains soldats sont devenus vétérinaires et que certains naturalistes ou médecins ont passé leur diplôme au château d'Alfort.

— Tout cela est passionnant et j'ose espérer que vous nous permettrez d'en apprendre plus.

Laimant trouve l'homme beaucoup plus accessible que les naturalistes ou les ouvrages scientifiques qu'il déchiffre mal.

— Êtes-vous suffisamment réchauffé pour rencontrer nos animaux ? lui demande-t-il.

— Avec plaisir.

La promenade, à peine débutée, est écourtée, la pluie venant jouer les trouble-fêtes. Claire, qui souhaitait partager ses interrogations avec cet homme modeste et avenant, en est désolée. Aussi, devant la loge des pélicans, elle se confie :

— Je voudrais réorganiser les enclos pour ne plus laisser aucun animal seul. J'imagine que, dans leur milieu naturel, les espèces se côtoient. Je m'inquiète particulièrement pour le rhinocéros qui supporte mal son isolement et passe le plus clair de son temps à mâchonner sa paille.

— Établissez une liste des animaux à ce jour par enclos et consignez quotidiennement vos observations. Comment il se nourrit, comment il bouge, comment il se comporte avec vous. Puis nous réfléchirons ensemble à améliorer leur mode de vie.

— Pouvez-vous donner un exemple ? demande Laimant, intéressé.

— Les singes sont des animaux bruyants et nerveux. Je pense qu'il faut éviter une cohabitation avec le rhinocéros, qui est un grand placide, comme souvent les herbivores, lui explique Vicq d'Azyr avec simplicité.

Claire applaudit, enchantée. Elle vient de trouver son maître.

17

S'il fait beau et luit à la chandeleur, l'ours se cachera encore six semaines. Le dicton de Claire semble se vérifier. En ce mois de mars 1789, le printemps tarde à se montrer. Les feuilles refusent de pointer leurs pousses vertes de peur qu'elles soient grillées par le gel de la nuit. Les jonquilles et les primevères, qui d'habitude tapissent les sous-bois, hésitent à déployer leurs pétales jaunes. L'hiver a été impitoyable pour les habitants de la Ménagerie. Le dromadaire a été retrouvé mort gelé, ainsi que deux gazelles.

Heureusement, ce dimanche, le ciel semble clément et Claire entend profiter d'un lieu quasi désert pour prendre le temps d'observer les animaux. Jacques et elle sont les deux seuls habitants du domaine à ne pas se rendre à la messe dominicale, et si son frère est parti en ville, Claire et son serval déambulent dans les allées depuis huit heures. Après avoir passé un moment délicieux avec Badi et Ganesh, remis de son refroidissement, puis promené l'éléphant dans les allées voisines, elle se dirige vers la loge des singes lorsqu'elle rencontre Guillaume. Celui-ci a abandonné son bel uniforme rouge au revers bleu ainsi que son tricorne pour un long manteau de drap noir ; il porte ses cheveux blonds attachés dans le dos par un ruban noir. À n'en pas douter, il est fort élégant.

— Bonjour, Claire. J'espérais vous trouver.

La jeune fille s'alarme.

— Monseigneur est souffrant ?

— Non, non, rassurez-vous, son état est stable. J'avais envie de connaître votre univers, n'étant pas de service aujourd'hui. Mais je vous dérange peut-être ?

Claire est partagée entre son désir de solitude et le plaisir de le voir.

— Je m'apprêtais à rendre visite aux singes, mais peut-être préférez-vous commencer par le roi des animaux ?

— Je suis votre obligé et vous suis.

En chemin, elle répond aux questions du jeune homme et lui décrit l'organisation de la Ménagerie selon les règles précises établies par son fondateur, le roi Louis XIV. Deux volières pour les volatiles d'Afrique et d'Amérique du Sud. Des cages pour les fauves, hélas exiguës, afin que les visiteurs puissent mieux les admirer, puis des enclos pour les herbivores.

— Et là, annonce-t-elle fièrement, un bassin pour nos phoques et nos trois pélicans. Ils mangent du poisson, ce qui nous facilite la tâche.

Guillaume, fasciné, observe le mammifère aquatique dont il n'a jamais entendu parler. Claire lui raconte le peu qu'elle sait.

— Il est très joueur et très facile à approcher. Il n'attaque pas, ne mord pas, et s'il est content, il joint ses pattes avant et applaudit !

Guillaume s'amuse tandis que Claire siffle la bête et frappe dans ses mains pour la faire approcher.

— D'ailleurs, j'observe parfois que le pélican semble tourner autour de lui dans l'eau. Pourtant ils sont, d'après ce que M. Daubenton nous a dit, de deux contrées fort différentes : le phoque vient des pays froids et le pélican, des côtes africaines.

— Je m'attendais à un bruit plus important avec tous ces animaux, observe Guillaume.

Claire éclate de rire.

— Mais c'est parce que vous arrivez après la bataille ! En effet, à part le lion qui devra attendre, les autres bêtes ont été nourries ce matin et soit finissent leur repas, soit le digèrent… en silence !

Les deux jeunes gens poursuivent leur promenade, accompagnés de Nala. Le serval n'est pas en laisse et s'en donne à cœur joie. Tel un chien, il gambade, saute dans les arbres et tente d'attraper un pauvre pinson.

— Comment se nourrit-elle ? demande Guillaume.

— En principe, toute seule. Tous les soirs, elle me quitte pour chasser son dîner composé d'oiseaux, de souris et parfois même de reptiles. En hiver, elle s'épuise et revient bredouille, alors nous partageons mon repas, mais comme la viande est rare, elle a souvent faim. Aussi, je lui offre une jatte du lait de chèvre.

Arrivée devant la fosse aux singes, Claire s'inquiète.

— D'habitude, c'est une cacophonie tant ils crient tous ; ce silence est étrange. Ne bougez pas.

Claire ouvre la porte grillagée et s'annonce.

— Bonjour, les amis. Que se passe-t-il ?

Les primates s'approchent, tournent autour de ses jambes et le plus jeune saute dans ses bras. Tous, sauf une femelle chimpanzé que Claire connaît depuis quatre ans. La jeune fille s'avance vers elle, se baisse puis, sans s'inquiéter de salir la houppelande de Martin, s'assoit face au singe. C'est alors qu'elle comprend. Dans ses bras repose son bébé mort. Né juste avant les grands froids, le petit est resté accroché sous le ventre de sa mère mais n'a pas survécu. Les autres singes viennent vers Claire et expriment leur tristesse avec des grimaces et des cris.

— Vous avez du chagrin, vous êtes en colère, moi aussi. La vie est injuste, la vôtre surtout.

La mère, dans son malheur, émet des sons qui ressemblent à un gémissement humain et ses grands yeux sombres interpellent la jeune fille.

— Tu es comme moi lorsque j'ai du chagrin.

La mère se met alors à bercer son petit et Claire entonne une mélodie de son enfance. Assise parmi les animaux et partageant leur peine, elle a totalement oublié Guillaume, immobile et fasciné par ce spectacle. Enfin, la jeune fille tend ses deux bras :

— Il est temps de me donner ton bébé.

La mère semble comprendre, hésite, serre fort son petit, gémit, puis le donne. Triste, Claire se relève tandis que la pauvre bête cache ses yeux de ses mains puis se roule en boule sur elle-même comme si elle voulait s'isoler de ses congénères. Guillaume rejoint Claire à la grille et lui demande ce qu'ils vont devoir faire. Il remarque ses yeux brillants, aimerait la prendre dans ses bras pour la consoler mais se l'interdit.

— Le règlement est formel. L'animal vivant est la propriété privée du roi, mais mort, il appartient aux hommes de science. Selon l'intérêt qu'ils lui portent, le petit sera disséqué et finira dans un bocal du jardin du Roy à Paris, ou chez l'équarrisseur qui le jettera probablement dans la Seine.

Guillaume fait une mine dégoûtée.

— Pourquoi ne pas l'enterrer discrètement dans le parc ?

— Sans prévenir Laimant ?

Claire hoche la tête en signe de refus.

— C'est un homme qui m'a accordé sa confiance, bien que je sois une fille sans connaissance…

— Ça, c'est votre avis, et votre don avec les animaux est une aubaine pour la Ménagerie et son directeur, rétorque Guillaume.

— Il fait régulièrement le tour des enclos, sans y entrer, certes, mais il connaît sa Ménagerie. Je ne peux pas lui mentir.

Je vais tout de suite déposer la pauvre bête dans son bureau et je reviens au plus vite.

De retour, Claire a retrouvé un pâle sourire.

— Suivez-moi, le rhinocéros nous attend.

— Je serai honoré de faire sa connaissance. Il faut d'abord se faire aimer de vos animaux pour vous être agréable.

— Mais pourquoi voulez-vous m'être agréable ? s'amuse la jeune fille.

— Vous m'intéressez, explique Guillaume d'une voix posée.

Claire cesse de marcher.

— Mon Dieu... Je ne sais quoi vous dire. Je... j'ai dédié ma vie aux animaux. Je suis une personne un peu bizarre... Ma mère vous le confirmera. Je n'ai pas d'amis de mon âge, je ne fréquente ni les foires ni les fêtes champêtres.

— Ne voulez-vous pas un jour fonder une famille ?

— Je ne sais pas, je ne crois pas... Mon bonheur est ici, auprès d'eux.

— Claire, ayez confiance en moi et dites-moi ce qui vous retient. Pourquoi vous réfugier auprès des bêtes ?

— Je crois que j'ai peur des hommes, de leur méchanceté, de leurs agissements, déplore la jeune fille avec franchise.

— Tous ne sont pas mauvais ! s'écrie Guillaume.

— Je suis mal à l'aise en société et j'éprouve un véritable bonheur dans le silence et le regard des animaux. Je ne sais pas s'il y aura de la place pour un mari et des enfants dans ma vie. Sans cesse, il me faudrait choisir...

— Je ne crois pas. Un mari pourrait être fier de sa femme et prêt à vivre dans l'ombre d'une Ménagerie. (Il inspire profondément avant de reprendre.) Je vous ai vue avec le Dauphin, et je vous assure que vous serez une mère merveilleuse !

— Comment pouvez-vous dire cela ? Je vous connais à peine, lui répond vivement Claire.

— Je peux commencer par vous raconter que je viens des montagnes du Jura et que la ferme de mes parents ne pouvait faire vivre leurs quatre enfants. Nous sommes une des rares communautés catholiques de la région.

— Poursuivez, je vous écoute.

— Alors, j'ai choisi de défendre ma patrie avec le service militaire obligatoire que vous ne connaissez pas en France. J'ai été affecté au service du roi de France, selon un vieux traité franco-suisse qui date de François Ier, je crois. C'est un immense honneur pour moi de protéger le fils de Louis XVI, et cette position me permet, je l'avoue, de ne pas combattre dans des guerres meurtrières et inutiles.

— J'en conviens, la guerre me fait horreur. Vous vous êtes engagé si je comprends bien, mais combien de temps encore devrez-vous servir ?

— J'ai signé pour quatre ans, il me reste un peu plus d'une année à accomplir. Mais je peux demander à rester si ma hiérarchie est satisfaite de moi et si je le souhaite.

Le sous-entendu évident renforce le malaise de Claire.

— Guillaume, notre entente autour du Dauphin est exceptionnelle. Son avenir, le vôtre, le mien, celui de la Ménagerie sont suspendus à…

— Dieu ?

— À la folie des hommes, plutôt, concède-t-elle d'une voix mesurée.

— Je ferai mon possible pour demeurer à vos côtés sans chercher à vous convaincre.

— Alors accompagnons le Dauphin, puis nous aviserons, conclut la jeune fille, soulagée.

— À ce propos, nos vies vont changer. Sa Majesté a donné son accord pour le voyage de son fils à Meudon à la fin de ce mois. Il ne reste plus qu'à le lui annoncer.

— Le pauvre, lui qui rêvait d'un printemps à Trianon et de revenir à la Ménagerie.

— Je ne doute pas que vous lui redonnerez le sourire en évoquant la vie de vos pensionnaires !

— Alors, laissez-moi commencer par vous et vous raconter pourquoi le roi des animaux est enfermé avec un chien, poursuit Claire d'une voix qu'elle veut joyeuse.

18

Nala est revenue bredouille de la chasse cette nuit-là, le ventre seulement rempli d'un jeune pinson tombé du nid. Malgré l'interdiction de Manon, Claire laisse la porte entrouverte pour que le serval puisse se glisser dans la maison puis dans son lit à n'importe quelle heure. Ce soir, il trouve sa maîtresse les yeux grands ouverts. La perspective de quitter la Ménagerie la tient éveillée : les animaux ont besoin de sa présence, de son contact, de sa parole ; sa bienveillance est pour eux une source de réconfort et de bonne santé. Elle le sait, elle le sent. Alors, quel sort leur est destiné si elle les quitte ? Leur existence ne va-t-elle pas devenir encore plus pénible ?

Le lendemain soir, alors que Laimant est convié à dîner par sa mère, Claire exprime ses craintes auprès d'eux. Toutefois, Manon s'emporte et lui assène d'un ton sec :

— À vivre auprès des animaux, tu finis par devenir ingrate et difficile. Tu hésites entre veiller sur le futur roi de France et nourrir un rhinocéros et un lion ?!

Claire se tait, se refusant à exprimer ses sentiments et son attachement pour l'enfant. L'accompagner vers une mort certaine n'a rien d'un honneur, encore moins d'un privilège ! Laimant, comme souvent, perçoit mieux que sa propre mère le dilemme de Claire et aimerait la rassurer. Hélas, il n'est guère convaincant. En déchargeant la jeune fille de son quotidien, personne dans l'entourage du Dauphin n'a songé à la faire remplacer à la Ménagerie. Son départ à Meudon est un véritable souci pour lui. Même s'il recevait des subsides supplémentaires, qui accepterait d'entrer dans l'enclos du rhinocéros ?

Il promet néanmoins de convoquer l'ensemble du personnel le lendemain pour réfléchir à une meilleure organisation. Le repas s'achève dans une ambiance morose, accentuée par les paroles de Jacques. Des émeutes à Caen ont été réprimées par ordre royal, alors que les manifestants réclamaient du pain et du bois pour surmonter ce printemps glacial. L'hostilité du jeune homme envers le roi est une source d'inquiétude pour Manon. Il n'étudie plus et ne travaille pas. Il passe ses journées en ville et ne dévoile rien de ses activités. Si Manon tente parfois de l'interroger sur son avenir, Jacques hausse les épaules, lui qui rêve de rejoindre l'Amérique…

Dans sa chambre, Claire s'effondre en larmes. Elle est trop jeune, trop seule, trop innocente pour affronter Meudon, la Cour et la mort. *Et que va-t-il se passer pour Nala ?* songe-t-elle en faisant sa toilette. *Nous ne nous sommes jamais quittées, je n'envisage pas une seconde de l'enfermer dans une cage et de partir sans elle. Je me rendrai auprès de Louis-Joseph avec elle ou je renoncerai. Mais comment vais-je la nourrir ? Je me vois mal laisser la porte du château ouverte la nuit ! Enfermée dans ma chambre, elle risque de faire ses besoins et de griffer les meubles…* Pour la première fois de sa vie, elle s'endort en s'adressant à son père :

— Là où tu es, aide-moi. J'ai peur, lui avoue-t-elle en remontant la couverture sur son félin et en se collant contre lui.

Son pelage d'une soyeuse douceur, puis son ronronnement régulier l'apaisent enfin.

Au matin, un mot de M. de Bourcet l'attend dans le bureau du directeur. Le déplacement est imminent et devrait s'effectuer en fin de semaine. Claire doit se tenir prête à rejoindre Meudon. Son transport avec sa malle sera assuré par la Maison de la reine. Elle essaie de sourire malgré son inquiétude. Elle n'a pas de malle, juste un serval ! Une deuxième missive a été déposée pour elle. M. Vicq d'Azyr lui confirme sa présence le lendemain dans la matinée.

— Enfin une bonne nouvelle, annonce-t-elle à Laimant. Nous allons discuter du bien-être des animaux et peut-être de l'organisation de leur vie en captivité.

— Mais est-il vraiment nécessaire de les changer de cage avant votre départ ? se lamente le directeur. Nous avons si peu de personnel… tout surplus de travail est toujours mal accepté !

— Et si nous pensions aux animaux avant d'écouter leurs jérémiades ? s'indigne Claire.

La réunion hebdomadaire avec les employés s'annonce difficile. Les hommes âgés travaillent selon leur rythme et n'entendent guère modifier leurs habitudes, surtout lorsque la demande vient d'une fille qu'ils ont connue enfant. Laimant, dès le début de la discussion, perd le peu d'autorité qu'il n'a jamais possédé.

— L'absence de Claire et ce surcroît de travail sont provisoires, rappelle-t-il.

Crosnier, le jardinier, rit avant de prédire qu'elle ne reviendra jamais.

— Une fois qu'elle aura goûté au luxe, la belle épousera le premier venu pour ne plus dormir dans la paille !

Claire, glaciale, lui signale qu'en sa présence, il peut s'abstenir de parler à sa place. Manon la regarde, songeuse. Elle aimerait tant qu'il ait raison. Cependant elle sait, et elle l'admire pour cela, que sa fille n'en fera rien et reviendra. L'un des deux soigneurs annonce qu'il n'entrera pas dans la cage du rhinocéros.

— Il peut crever de faim, je m'en moque…

Laimant, atterré, tente une dernière suggestion.

— Pourrions-nous regarder la situation avec un peu de charité chrétienne ? Claire n'est pas rémunérée pour le travail qu'elle fait ici et a tous les droits de s'absenter, d'autant qu'il s'agit pour elle d'être aux côtés du fils de notre roi !

— Peut-être, mais ça ne nous concerne pas ! Nous, quand on est malades, on travaille ou on crève, s'énerve le soigneur.

— C'est votre affaire, une affaire de famille, s'écrie Crosnier, et d'ailleurs, Jacques n'a qu'à remplacer sa sœur !

L'assemblée s'esclaffe.

— Et s'il faut être chrétien, y a qu'à demander à M. le curé de masser le rhinocéros !

Claire, écœurée par ces propos venimeux, sent les animaux en péril. Alors elle se lance :

— J'ai pensé cette nuit à une solution, provisoire, bien sûr… Je reviendrai passer l'été à la Ménagerie et le Dauphin à Trianon, assure-t-elle d'une voix qu'elle veut rassurante. Nous pourrions demander à Badi de s'occuper du rhinocéros, poursuit-elle. Il ne devrait pas en avoir peur.

— Badi ? crient les employés d'une même voix.

— Le cornac de Ganesh, explique rapidement la jeune fille, agacée qu'aucun des hommes présents n'ait jamais adressé la parole à cet étranger.

— Ah ! le foncé, ajoute le jardinier d'une voix mauvaise.

— Faut-il être blanc pour nourrir un rhinocéros ? s'agace Laimant, furieux de la teneur du propos.

— C'est une bonne idée, annonce l'un des soigneurs, cet homme est un sauvage, illettré et muet, qu'il entre donc dans la cage…

Manon, indignée, intervient pour la première fois :

— Badi a le droit de refuser et puisqu'il nous faut nous entraider, je commencerai plus tôt le matin et nourrirai les animaux qui mangent du poisson…

Claire et Firmin la remercient.

— Dakar, le lion, est déjà sous votre responsabilité, déclare Laimant en s'adressant aux deux soigneurs, aussi, nous devrions y arriver. Si je suis satisfait de la propreté des cages, déclare Laimant, je vous octroierai une petite rémunération supplémentaire pour la Saint-Jean. En attendant, tous au travail !

Il n'a pas été aisé de convaincre Badi de consacrer quelques heures à Rhino. L'homme, contre toute attente, a peur de cet animal qu'il appelle « *nose horse* ». L'après-midi, Claire a perdu un temps précieux à parlementer avec lui avec des mots mal compris et des gestes maladroits. Jusqu'à son départ, la jeune fille et le cornac vont s'entraîner. Il faut rassurer l'homme, élevé dans la peur ancestrale de l'ennemi de l'éléphant. Il faut aussi habituer Rhino à une présence masculine inconnue. Depuis la mort de Martin, seule Claire s'est approchée de lui. L'Indien n'a guère fait de progrès en français, ce qui oblige Claire à mimer ce qu'elle veut lui dire. Lui parler avant d'entrer, ne pas se trouver sur sa trajectoire, se souvenir qu'il voit très mal. Enfin, deux jours avant son départ, Badi parvient à pénétrer dans l'enclos, à appeler le rhinocéros qui daigne s'approcher d'un trot presque léger. Claire soupire d'aise ; Nala, derrière la grille, cesse sa déambulation, curieuse de voir la suite.

Claire pose sa paume sur l'oreille de Rhino en guise de caresse ; Rhino reconnaît sa peau et, heureux, ne bouge pas. Claire enlève sa main, prend celle de Badi, la pose à la place de la sienne. Le rhinocéros, mécontent, s'ébroue. Claire repose sa main, lui annonce son prochain départ, la nécessité d'être remplacée mais son retour assuré. Rhino se laisse enfin toucher par une autre main que la sienne.

Le jeudi, Badi parvient à masser Rhino ; le vendredi, enfin, il entre seul dans la fosse sans l'effrayer et en l'appelant. Claire bénit le Ciel que le cornac ne connaisse pas le passé de meurtrier de l'animal et se réjouit de raconter sa passation de pouvoirs au Dauphin.

19

Transférer l'aîné des enfants de France du château de Versailles au château de Meudon n'est pas une mince affaire. Selon l'étiquette, tous les membres de la Maison du Dauphin doivent être présents là où il réside. Seulement, Meudon est une résidence démeublée et inhabitée depuis 1737 ! Ses jardins remarquables, ses forêts giboyeuses et sa proximité avec Versailles en font un lieu de promenade, mais pas une villégiature confortable. L'enfant a besoin d'appartements au calme et son entourage aussi. Le duc d'Harcourt, en tant que gouverneur surintendant de la Maison, premier gentilhomme de la chambre et grand maître de la Garde-Robe, doit résider et recevoir dans une habitation digne de son rang, confortablement meublée pour son épouse que l'on sait frileuse.

Les sous-gouverneurs, le chevalier d'Allonville et le chevalier du Pujet, réclament eux aussi un logement digne de leur fonction. Les deux instituteurs, les abbés de Moncroc et Corbin, refusent de partager une même chambre, tandis que l'abbé Buisson, lecteur du Dauphin, prétexte une fluxion de poitrine pour ne pas être du voyage. L'homme, ayant perdu ses vertus chrétiennes au cours de son sacerdoce, enrage de voir Claire auprès de son élève. Il n'a de cesse de se répandre en propos déplaisants et mesquins à son égard, signes de sa jalousie.

Le secrétaire des Commandements, M. de La Chapelle, et le commissaire ordinaire de la Maison, M. Marnier, font depuis huit jours des allers-retours incessants entre les deux châteaux pour loger tous ces messieurs ainsi que leurs multiples serviteurs… Ce déménagement leur semble absurde, mais, de par leur fonction, ils sont habitués à obéir sans discuter.

Meudon possède deux châteaux, dits « le vieux » et « le neuf ». La décision est prise de loger l'enfant et sa suite dans les pièces lambrissées du château neuf, puisque l'humidité ambiante de l'ancienne propriété de M. Louvois serait néfaste pour ses poumons abîmés. M. de La Chapelle et M. Marnier, lors de leurs trajets en carrosse, se parlent sans retenue. Pour eux, la vérité est évidente : le jeune garçon se meurt et il faut l'éloigner de cette mère trop sensible. La Chapelle ose même cette formule lapidaire :

— Elle est si peu reine et beaucoup trop mère !

Il est judicieux d'écarter le Dauphin des milliers de personnes qui travaillent ou résident au château et qui ont la fâcheuse habitude de cancaner. Les couloirs de Versailles sont des lieux propices aux commérages, aux nouvelles alarmantes, aux rumeurs fausses ou vraies mais qui permettent à l'oiseau de mauvais augure de se gonfler d'importance. La maladie du fils aîné du roi est un présage néfaste, un symbole de la monarchie en crise. Ainsi faut-il cacher l'enfant et taire son mal le plus longtemps possible. Éloigner le Dauphin revient à chasser le problème qu'aucun ministre, cardinal ou roi ne sait résoudre.

Transporter l'enfant avec ses multiples serviteurs, comme ceux de la Garde-Robe alors qu'il ne s'habille plus, ou ses écuyers alors qu'il ne monte plus à cheval, s'avère absurde. Aussi le duc d'Harcourt a-t-il soumis au roi, lors d'une réunion, une solution médiane : un départ en parfaite discrétion, avec un nombre restreint de serviteurs et l'annonce d'un séjour court.

— Une promenade de santé, somme toute… conclut le duc.

Louis XVI fait savoir qu'à la demande de la reine, la jeune Claire fera partie de l'escorte réduite qui accompagnera son fils au château de Meudon. Les participants demeurent interdits devant l'outrage à l'ordre établi et voient dans cette décision un nouveau caprice de la souveraine. Le duc d'Harcourt, apprécié sur le terrain militaire pour son courage, ose dire tout haut ce que pense tout bas l'assistance :

— Votre Majesté, la présence de cette personne issue du peuple risque de faire jaser.

— La tranquillité de mon fils et sa guérison me semblent au-dessus de l'étiquette, et j'entends ne plus me justifier de cette décision ni de toute autre ayant trait au Dauphin, affirme d'une voix sévère le monarque, d'habitude courtois et hésitant.

Le chevalier d'Allonville, touché par la souffrance de son souverain, s'exprime à son tour :

— Rassurez-vous, Votre Majesté, nous sommes ici conscients de l'apaisement que cette jeune fille procure au Dauphin. Mais… en ces temps agités (il tousse), pourrais-je suggérer que les serviteurs de la Maison du Dauphin soient exceptionnellement soumis au secret ? (Il tousse à nouveau.) Et qu'en cas de bavardage autour de sa présence, une sanction soit envisagée ?

— Un renvoi ? suggère le roi.

— Par exemple, Votre Majesté, car nous savons tous que vous êtes opposé à la lettre de cachet. Mais un renvoi sans gages et sans recommandation.

Le souverain donne son approbation d'un signe de tête. Il est le premier à détester les gazettes et pamphlets qui circulent dans son pays et qu'aucun lieutenant de police ne parvient à enrayer.

— Messieurs, j'ose espérer que les personnes choisies par vous pour entourer mon fils sauront le servir avec dévouement.

Veillez à ce que l'installation soit sans effet sur sa maladie, et à le rassurer sur son retour prochain à Versailles.

C'est le roi lui-même, le cœur lourd, qui est allé annoncer à son fils chéri la sentence issue de l'avis des médecins.

— Pour ta santé, Louis, pour ta guérison…

L'enfant est dans un mauvais jour, un jour où le cœur l'emporte sur la raison. Alors il pleure et supplie qu'on le laisse avec ses parents. Louis XVI, impuissant à le calmer, lui promet un retour près des siens aux beaux jours et une visite quotidienne. Il lui ment. La préparation des états généraux dévore ses journées et raccourcit ses nuits. De conseil en conseil, ses ministres ne lui parlent que pénurie, déficit, émeutes et autres calamités. Impuissant à donner un travail à son peuple et à le faire manger à sa faim, incompétent à régler la dette de son royaume et, ce soir, incapable de consoler son fils, le roi vit l'une des pires journées de sa vie. L'enfant ne se calme guère. Ses pleurs sont devenus des gémissements et une phrase se fait entendre en boucle dans sa chambre.

— Je ne veux pas y aller, papa, je vous en supplie.

Le roi ne l'entend plus, il a disparu dès les premières supplications.

20

Vicq d'Azyr et Claire se sont retrouvés à la Ménagerie par un bel après-midi printanier. Le froid semble avoir reculé et les oiseaux accueillent la visite de leur premier vétérinaire par un concert de joyeuses piailleries. Si le départ de la jeune fille n'était pas imminent, la journée pourrait s'annoncer délicieuse et insouciante. Vicq d'Azyr a noté les traits tirés de Claire et sa voix fatiguée, mais il ne s'est pas aventuré à lui demander des nouvelles de sa santé. *L'angoisse de rejoindre Meudon doit être la raison de sa petite mine*, pense-t-il.

— La journée est splendide et je suis heureux d'être là car le brouillard des derniers jours a fait souffrir mes articulations, avoue le médecin en guise d'introduction.

— Pourtant vous marchez comme un jeune homme, note Claire en riant.

— Oui, je me sens agile comme une chèvre pour visiter votre domaine. Si vous m'en parliez ?

— Mes connaissances sont assez limitées, mais je sais que le bâtiment central a été construit par l'architecte Le Vau en 1663, qui le décrit comme un château de plaisir !

— Plaisir pour les visiteurs, mais pas pour les pauvres bêtes ! s'exclame Vicq d'Azyr. Poursuivez…

— Les fenêtres du premier étage ouvrent sur un balcon circulaire qui permet une vue sur les sept enclos disposés en éventail. On les nomme « cours » : la cour du pélican, de l'éléphant, des lions… Chacune dispose d'une cabane et d'un bassin avec des jets d'eau, qui ne fonctionnent malheureusement plus, sauf dans la cour du rhinocéros.

Claire s'interrompt et laisse échapper un petit rire.

— Pardon, je suis revenue à mon sujet favori, les animaux, au lieu de vous faire découvrir les tableaux et les meubles de la duchesse de Bourgogne.

— Une autre fois, ma chère, le château de plaisir attendra. Allons voir vos pensionnaires car votre sujet favori est aussi le mien.

— Et si nous commencions par les volières ?

La jeune fille l'entraîne à sa suite. En approchant, Vicq d'Azyr s'arrête, médusé.

— Ces oiseaux sont d'une beauté étonnante, mais je n'ai aucune connaissance relative aux volatiles et serais incapable d'en nommer un, à part la perruche.

Claire rit.

— Mon père m'apprenait à les reconnaître lorsque j'étais enfant, un calao à casque jaune, un guêpier à collier bleu, un ibis vermiculé… ou un trognon de Malabar !

— Le perroquet peut-être, s'amuse le visiteur.

— Vous devez en avoir déjà vu… ? On m'a rapporté que, pour tenir leur rang, les dames élégantes doivent posséder cet oiseau et lui apprendre à parler !

— Heureusement, je n'ai jamais été appelé en consultation, j'aurais été un piètre vétérinaire !

— Ma mère, raconte la jeune fille, est en charge des volières et de la faisanderie. Elle pense que les oiseaux respectent un rituel.

— Ah oui ?

— Lorsqu'elle entre avec les deux seaux de graines, un oiseau de chaque espèce se pose sur ses épaules et sa tête. Tandis qu'elle balaie le sol, observe les nichées, remplit les abreuvoirs, d'autres attendent que les premiers s'éloignent puis se posent sur elle à leur tour.

— Il ne doit pas être aisé de se mouvoir avec un volatile sur la tête ! remarque Vicq d'Azyr, amusé.

— En effet, mais les rares fois où j'ai remplacé ma mère, aucun ne s'est comporté de la sorte.

— C'est intéressant. Ils reconnaissent peut-être sa voix ou son odeur. Sont-ils parfois malades ?

— Nous n'en savons rien. Nous n'arrivons à connaître ni leur sexe, sauf lorsqu'ils couvent, ni leur âge.

— Continuez, je vous prie.

— Ils sont arrivés à la Ménagerie sans précision et le précédent directeur n'a pas noté leur date d'entrée ni ne les a décrits. Laimant m'assure que les responsables du temps de Louis XIV écrivaient tout. Hélas, nous ne connaissons plus leur provenance, ni leurs habitudes alimentaires.

— J'imagine que le seul critère pour leur capture était leur beauté. Comment les nourrissez-vous ?

— Comme les poules ou les pintades, mais certains oiseaux, les plus grands, semblent apprécier les fruits. Aussi, en été, nous parvenons à varier leur nourriture.

— Ils viennent sûrement d'Afrique tropicale et vivent, je pense, dans des arbres, remarque le vétérinaire.

— Oui, les perroquets raffolent des fraises, mais ils aiment aussi les noix ou les graines qu'ils déchiquettent avec leurs pattes.

— On dirait des serres de rapace ! observe-t-il. À ce propos, nous pourrions tenter de les identifier avec un ruban indiquant une date et, pour ceux que vous avez vu pondre, la précision de leur sexe.

— Nous le pourrions, mais nous sommes si peu nombreux pour les attraper…

— Il me suffira de venir avec mes élèves de l'école d'Alfort. Cela les changera de leur cours sur l'anatomie animale, s'amuse l'homme de science.

— Pourriez-vous le faire en mon absence ? Car, comme vous le savez, je ne sais pas très bien quand je vais revenir…

La voix de Claire s'est chargée de tristesse.

— M. Laimant m'accordera d'autres visites lorsque vous serez à Meudon et je vous promets de visiter votre rhinocéros et tout autre animal si vous le désirez. Je vous sens inquiète.

— Oui, j'avoue l'être.

— Mais enfin, on devrait pouvoir engager une personne supplémentaire sans mettre à mal les finances de l'État, si c'est cela qui vous préoccupe ! s'agace Vicq d'Azyr.

— Si vous pouviez dire vrai, monsieur, soupire Claire. Mais la difficulté n'est pas tant la masse de travail pour tenir les enclos propres… La vérité, c'est que je suis la seule à aimer ces animaux et je vois bien qu'ils ont besoin de ma présence. Rhino va rester immobile pendant des heures, à trop manger et donc à grossir. Il ne trotte que lorsque je l'appelle. Et nous jouons. Je lui ai même appris à reculer, et si je lui dis « File », il part en galopant. Dakar, le lion, va rugir tous les soirs à l'heure de ma visite qu'il va attendre, puis ne rien manger et se gratter les pattes jusqu'au sang.

— Vous croyez vraiment que les animaux ont besoin d'amour ?

— Vous avez un chien, n'est-ce pas ? Quand vous rentrez chez vous, il remue la queue et vous manifeste sa joie en sautant sur vous. Il vous aime. Alors pourquoi un animal non domestiqué n'éprouverait-il pas la même émotion avec un humain ?

— Oui, c'est vrai. Mais il est plus facile de communiquer avec un cheval ou un chien.

— J'ai bien réussi avec Nala… Je ne l'ai jamais vue avoir une réaction violente envers moi, alors que si une proie passe à sa portée, elle se jettera sur elle avec férocité. Nala sait qui l'aime et qui a peur d'elle ; tout comme elle sait lorsque je dois me rendre seule à Trianon et traverser le parc. Elle se met alors devant moi pour empêcher un éventuel importun de m'agresser.

— Vous devez rarement être courtisée avec pareil chien de garde, s'amuse Vicq d'Azyr.

— Tous ces fanfarons qui traînent autour du Grand Canal ont une peur bleue de mon serval. Ils sont pathétiques… s'anime Claire.

— Mais dites-moi, vous n'avez quand même pas l'intention de vous rendre à Meudon avec lui ?

Le ton du vétérinaire est devenu grave.

— Avec Nala ? Mais nous ne faisons qu'un, elle et moi…

— Les médecins et le gouverneur n'accepteront jamais !

— Ils auraient tort car le Dauphin l'aime beaucoup et s'endort souvent grâce à elle lorsqu'il est en crise. Elle se couche contre lui, l'apaise et le réchauffe. Elle sent sa douleur.

— Claire, écoutez-moi. La situation est désespérée. Nous ne savons pas si l'enfant souffre d'une forme inconnue de la variole qu'il aurait contractée lors de son inoculation ou s'il a été en contact avec une personne phtisique, sa nourrice peut-être. Ses poumons émettent des bruits sourds comme s'ils étaient remplis d'eau, ses côtes sont toutes cassées et sa colonne tordue…

— Je sais tout cela, je le vois de mes yeux ! l'interrompt Claire en criant soudainement. Il va mourir, j'ai bien compris, et loin de ses parents… C'est une telle barbarie ! Alors pourquoi, en plus, lui refuser son chien ou mon serval ?

— Parce que l'humain a peur de la mort. Alors il fait appel au médecin, qui ne sait rien ou presque, et le supplie de prolonger la vie, admet Vicq d'Azyr.

— Qu'importent l'humidité, le brouillard ! s'insurge Claire. Monseigneur ne quitte plus son lit… Alors, Meudon ou Versailles !… Mais ici, au moins, Sa Majesté vient tous les soirs l'endormir. Qu'on le laisse avec sa mère !

— Sauf qu'il est le fils du roi, et qu'il doit montrer l'exemple. En proposant de l'envoyer à Meudon, certains médecins, qui ont peur de déplaire à la reine, lui offrent un peu d'espoir !

— Cela s'appelle, dans mon langage de fille du peuple, un os à ronger ! Et c'est vraiment prendre la souveraine pour une idiote, ce qu'elle n'est pas.

— Je vous l'accorde, toutefois elle a besoin d'un peu de temps pour admettre que son enfant est condamné.

— Mais ce temps, comme vous dites, n'apporte que tourments et souffrances à son fils. Et quelle mère accepterait cela ?

— Nous n'y pouvons rien, ni vous ni moi.

— Si. Personne, vous m'entendez, ne me séparera de Nala. Pas même cet enfant que j'aime.

— J'admire votre détermination et je ne doute plus que vous réussissiez à entrer à Meudon accompagnée.

Claire se tait mais son visage sévère parle pour elle.

— Si nous revenions à nos oiseaux ? propose le vétérinaire pour clore le sujet douloureux de la santé du Dauphin.

— Bien sûr.

— Je vois que les volières les empêchent de voler haut. Certains doivent pourtant rêver d'altitude ! En somme, le seul danger pour eux est le froid ou la maladie, mais comment distinguer la mort par le froid d'une possible épidémie ? se demande le scientifique d'une voix volontairement enjouée.

— Détrompez-vous, les cages sont si mal maçonnées qu'un renard affamé peut facilement gratter le sol et se glisser sous le grillage. Pour lui, continue Claire, c'est l'indigestion assurée, pour nous, la catastrophe. Le temps que nous soyons alertés par les cris de terreur des oiseaux, en général la nuit, et que nous arrivions avec un fusil de chasse, l'importun se sera régalé et ne nous aura laissé qu'un amas de sang et de plumes.

La jeune fille poursuit :

— Certains oiseaux volent beaucoup moins bien que d'autres et sont des proies faciles, regardez l'élégante aigrette de Nubie. Quant aux flamants roses, ils s'accouplent facilement en captivité mais nous en avons perdu six le mois dernier, annonce-t-elle.

— Savez-vous tirer ?

— Je n'ai jamais voulu apprendre. Tuer un renard me serait impossible. Mon père, lui, n'hésitait pas.

Vicq, devant la tristesse de la jeune fille, tente une diversion.

— Claire, nous pourrions aller voir les autres enclos et discuter d'un éventuel réaménagement.

— Avec plaisir.

En chemin, l'homme lui annonce avoir préparé sa visite et trouvé dans la bibliothèque de l'Académie des sciences le manuscrit d'un voyageur en Afrique.

— Il raconte que, sur le dos du rhinocéros, il y a des insectes qui pondent sous sa peau et le gênent. Certains petits oiseaux se posent alors sur son dos et s'en nourrissent. Il est habituel de voir dans la savane ces animaux accompagnés de leurs soigneurs ailés.

— C'est tout à fait intéressant, mais je n'ai jamais vu un moineau ou une hirondelle agir de la sorte. Faute de place, nous avons mis avec Rhino des pintades qui se sont très bien habituées à lui. D'ailleurs, elles m'évitent de nettoyer l'extérieur de l'enclos.

— Pardon ?

— Rhino, une fois qu'il a déféqué, repousse la bouse avec ses pattes arrière en grattant la terre. En fait, il répand ses excréments au sol, et toujours au même endroit. Et les pintades arrivent et les avalent !

— Étonnant comme la nature est bien faite, ajoute Vicq d'Azyr. Si nous attrapons l'un de ces ravissants oiseaux à huppe, il va s'envoler, trop heureux de découvrir la liberté, plutôt que de soulager votre Rhino. Que diriez-vous de mettre deux moutons avec lui pour qu'il se sente moins seul ?

— Nous n'en avons pas, mais…

— Il y en a à la ferme de Trianon. Nous pourrions faire une demande.

— Mais nous avons des gazelles dans l'enclos des pélicans. Nous pourrions essayer de les transférer, sans passer par l'administration.

— Votre suggestion est intéressante car elles sont peureuses et calmes, comme lui.

— Faut-il deux femelles ou un mâle et une femelle ?

— Je n'en sais rien, reconnaît le vétérinaire. Mais si j'en crois mes lectures, nous devons laisser le rhinocéros dominer son environnement. Mettons-lui plutôt deux femelles pour commencer, et jeunes si possible.

— La difficulté va être de les attraper. Bien qu'elles soient nées à la Ménagerie, elles sont très craintives.

— Ils seront ensemble, avec la même nourriture, ce qui facilitera leur entretien. Et pour les capturer, nous allons demander l'aide des gardes-suisses.

À ces derniers mots, le visage de Claire se colore.

— Avec une corde, nous devrions y parvenir sans dommage, poursuit le vétérinaire, très concentré.

— Elles ne pèsent pas lourd. Un homme devrait pouvoir les porter.

— J'avoue, annonce Vicq d'Azyr, que je trouve les herbivores dans leur enclos assez bien installés, mais le contraste avec la cage exiguë du lion est choquant.

— En effet, Dakar et Pompon mériteraient un espace plus grand. Ce serait cependant contraire au principe de la Ménagerie. Elle n'est pas faite pour le confort des animaux exotiques mais pour le plaisir des yeux de son propriétaire. Si la cage est trop vaste, le féroce mangeur d'hommes peut se cacher aux yeux du visiteur et le décevoir. Au moins, lorsqu'il fait froid, ils sont mieux protégés avec la paille qui, mélangée au fumier, fume et les réchauffe.

— Je préfère me préoccuper du bien-être animal que du plaisir égoïste de l'homme en mal de puissance. Ces ménageries privées m'agacent. Elles ne servent pas les scientifiques, coûtent une fortune et font souffrir des bêtes emprisonnées. Sans bouleverser le domaine ni avoir à demander des autorisations, il suffirait de créer une ouverture entre sa cage et l'enclos voisin, qu'en dites-vous ?

— M. Laimant n'y sera pas opposé. Mais il y a là des paons, des pintades d'Afrique et des dindons d'Amérique. Vous n'imaginez pas les faire cohabiter avec un lion tout de même ?

— Non, il faut les déplacer je ne sais où, et faire venir le lion et son chien. Le plus rapidement possible serait le mieux.

— Personne ne voudra approcher Dakar ! Il était apprivoisé au départ mais depuis qu'il est enfermé dans une cage, il est devenu un peu bizarre.

— C'est-à-dire ?

— Il déambule le soir de long en large devant les grilles et ne s'arrête que lorsque j'arrive. Sinon, il reste allongé contre son chien et ne se lève qu'au moment où son soigneur jette sa nourriture par-dessus le grillage.

— À nous d'avoir un peu d'imagination et d'essayer de le faire sortir en l'appâtant.

— Comment cela ? demande Claire, interloquée.

— Je pense que cet animal a plus de valeur pour la Ménagerie royale que des volatiles. Il suffirait de faire tomber une partie du grillage et de mettre sa viande dans le nouvel enclos. Il suivra… Ainsi, poursuit l'homme de science, il aura plus d'espace, et surtout un arbre pour grimper car je sais les félins très friands d'escalade. Il faut absolument que ce lion retrouve un peu de mobilité, sinon il ne se lèvera bientôt plus du tout.

— Vous avez raison, je crois. Lorsqu'il est arrivé, personne ne s'est intéressé à lui, à part moi, qui joue avec lui. Le pauvre se contente de la compagnie de Pompon. À mon retour, j'essaierai de le promener, comme je le fais avec Nala, achève Claire d'une voix triste.

— Pourquoi ce ton lugubre ? s'alarme Vicq d'Azyr.

— Je ne reviendrai qu'une fois le Dauphin mort et vous le savez fort bien.

— Vous vous trompez. Il faut parfois laisser un enfant malade se reposer pour qu'il reprenne des forces. Vous allez devoir lui sourire, lui parler, trouver des histoires à lui raconter. Aussi, il est très important que vous retourniez vous ressourcer auprès de votre famille et de vos animaux, afin de revenir à son chevet avec de multiples anecdotes. Je serai à vos côtés lors du transfert du lion et vous pourrez décrire cet événement au Dauphin.

— J'ai du mal à vous croire. Monseigneur ne voudra pas que je le quitte.

— Il n'en saura rien. Le docteur Lefèvre et moi-même sommes persuadés que l'enfant souffre de phtisie et qu'il faut augmenter les doses de laudanum pour qu'il dorme davantage et souffre moins.

Claire se cache le visage dans les mains pour éviter de montrer ses yeux soudain emplis de larmes.

— Allons, Claire, mon enfant, nous ne pouvons rien contre la volonté de Dieu.

— Mais comment Dieu pourrait-Il vouloir la mort d'un si jeune innocent ?

— Je ne sais pas et je suis bouleversé moi aussi par ce qui se prépare. Parfois, certaines vies sont plus courtes que d'autres et nous devons l'accepter.

— Je vais me battre pour qu'il souffre moins, et me consacrer à lui.

21

Le jeune Dauphin est transporté le lendemain dans un carrosse matelassé et aménagé en civière. Pour éviter de le bousculer, l'attelage se dirige vers Meudon au pas et parcourt ainsi les deux lieues en plus de trois heures. L'enfant a retenu ses larmes au moment de quitter ses appartements, puis s'est laissé emporter dans les bras protecteurs de Guillaume. Sa mère a renoncé à venir l'embrasser pour ne pas donner trop d'importance à ce départ. Devant son désespoir, Mme Campan lui a fait respirer des sels dits « de pâmoison » et l'a allongée dans l'espoir d'un sommeil réparateur.

Louis-Joseph a déjà habité à Meudon, où il avait pu profiter des jardins enchanteurs en s'appuyant au bras de ses gardes-suisses ou en se promenant sur le dos de son âne Picadon. Cette fois-ci, son entourage sait que ce séjour s'achèvera en tragédie. Les membres de la Maison du Dauphin et les serviteurs attachés au château attendent au pied de l'escalier d'honneur. Ils découvrent un enfant méconnaissable. En six mois, Monseigneur le Dauphin est devenu rachitique et bossu. Son corps recroquevillé sur lui-même laisse ses membres inférieurs pendre dans le vide, sans force. Parmi les personnes venues l'accueillir se trouve le docteur Lefèvre, qui avait prédit en février 1788 l'avancement inexorable du mal.

> À partir de la première vertèbre de l'épine, il y en a déjà trois ou quatre qui sont gangrenées, vermoulues et noires, et il est impossible que le prince puisse vivre longtemps. Les autres vertèbres vont se gangrener plus rapidement que n'ont fait les trois ou quatre premières, et Monseigneur le Dauphin succombera inévitablement quand la dixième ou onzième sera attaquée à son tour.

Marie-Antoinette avait lu son diagnostic avant de s'effondrer en larmes, puis l'avait traité de charlatan. « *Mon fils*, écrivait-elle à son frère l'empereur d'Autriche, *souffre d'une violente poussée dentaire et s'il n'était pas fils de roi, il serait déjà guéri.* »

Au printemps 1789, l'enfant se bat toujours, mais poser un pied au sol lui est désormais atrocement douloureux. Tous ses os, brisés en de multiples fragments, lui transpercent la peau. Devant les visages consternés, le duc d'Harcourt, en homme d'action, fait comprendre d'un regard à Guillaume et à l'autre garde qu'il est temps de prendre l'enfant dans leurs bras et de l'emporter vers ses appartements en remettant à un jour meilleur la cérémonie de bienvenue. Le Dauphin, parfaitement lucide, contredit son gouverneur. D'une voix faible, il s'exprime en héritier des Bourbons :

— Votre accueil me touche et je suis heureux de vous revoir. Le bon air de Meudon et vos bons soins vont me guérir… Gardes, à vous !

Son visage se crispe de douleur tandis qu'il gravit les marches, soulevé par des mains puissantes et attentionnées. Il parvient à lever son bras en guise d'au revoir. L'époque où l'enfant aux boucles blondes paradait joyeusement, habillé en matelot et ceint du cordon bleu de l'ordre de la Toison d'or, est révolue. Louis-Joseph retrouve la chambre du fils de Louis XIV, qu'il a déjà occupée. Fatigué, il ferme les yeux sans noter les bûches volumineuses dans la cheminée, les murs récemment tendus de tapisseries pour lutter contre le froid et les fenêtres enfin calfeutrées. Son dîner, ce premier soir, à base de soupe d'artichaut réputée fortifier les corps anémiés, l'attend dans l'antichambre, mais Louis-Joseph s'endort le ventre vide. Il se réveillera plusieurs fois et son valet, M. de Bourcet, tentera de lui faire boire du lait frais. Malgré sa faiblesse, l'enfant se force pour faire plaisir à ce serviteur si patient et si bon.

Dans la nuit, le Dauphin s'anime et tente de se redresser.

— Et Claire ?

— Elle sera là demain, Monseigneur.

Un pâle sourire éclaire son visage gris.

— Alors je vais dormir pour bien l'accueillir.

22

Claire a quitté la Ménagerie après avoir fait le tour des enclos en bafouillant, prise d'émotion, devant chaque pensionnaire :

— Je vais revenir, leur promet-elle.

Élégamment habillée, la jeune fille évite de caresser Rhino qui court vers elle dès qu'elle l'appelle. Elle sait son odeur âcre et tenace et déplaisante pour les autres. Elle lui crie son départ et l'arrivée prochaine des gazelles. Comme s'il comprenait ou refusait l'absence de son amie, il s'éloigne d'elle, se dirige contre le mur, lui présente son dos et urine d'un jet puissant et interminable. Claire recule de peur de se tacher. *Une vengeance de sa part*, songe-t-elle, dépitée.

Un coupé décoré aux armes du roi de France attend la jeune fille dans la Cour d'honneur. Guillaume en sort prestement.

— J'ai obtenu d'être de service aujourd'hui pour vous aider dans votre emménagement, annonce-t-il, le sourire aux lèvres.

Dans son uniforme, il présente une belle allure qu'elle ne manque pas de remarquer. Claire, vêtue de la robe de velours gris offerte par Marie-Antoinette, s'apprête à monter dans le véhicule lorsque le garde l'arrête. D'une main, elle tient Nala en laisse, sur le point de bondir dans la voiture à sa suite.

— Vous ne comptez pas… ?

— Vous savez bien que si. Personne ne me séparera d'elle.

Le ton est froid et l'allusion directe. Guillaume, interloqué, bredouille.

— Le duc d'Harcourt n'acceptera jamais.

— Alors je repartirai. Nala est comme ma fille, elle est ma raison de vivre.

Elle monte avec le serval et laisse Guillaume abasourdi par les mots qu'elle vient de prononcer. *Cette jeune fille est folle pour ne pas faire de différence entre une bête et un enfant*, pense-t-il, furieux. D'exaspération, il claque la portière, la laissant en tête à tête avec l'animal, et grimpe à côté du cocher.

La voiture s'ébranle, traverse à vive allure le centre de Versailles, puis file vers l'avenue de Paris avant d'atteindre les villages de Viroflay et Chaville. Le trajet, pourtant court, semble interminable à Claire qui s'inquiète déjà de l'entrée de Badi dans l'enclos de Rhino. Toutes ses pensées concernent la Ménagerie et les animaux qu'elle culpabilise d'avoir abandonnés. Ces préoccupations l'empêchent de se projeter vers ce qui l'attend. C'est sans aucune appréhension qu'elle se retrouve face au duc d'Harcourt, dans ce château imposant qu'elle n'a jamais vu. Celui-ci l'accueille aimablement mais ses yeux brillent de colère en voyant le serval. Habitué à obéir, le militaire décide d'ignorer l'affront.

— Mademoiselle, Monseigneur le Dauphin vous attend avec impatience et m'a demandé qu'on le laisse tranquille avec vous.

— Comment se porte Monseigneur le Dauphin ? s'inquiète-t-elle, en prenant soin de répéter la bonne formulation pour parler d'un petit garçon de sept ans.

— Il est moins souffrant aujourd'hui et s'impatiente de votre arrivée. Après votre visite, mon épouse vous montrera vos appartements. Nous serions heureux de partager notre souper avec vous si… vous voulez bien laisser votre félin.

Claire sourit et comprend que le sort du serval a dû être discuté et négocié jusqu'au sommet de la hiérarchie royale.

— Je laisserai Nala, bien entendu. Elle vient d'Afrique mais je l'ai élevée et elle se comporte comme un chat.

— Nous verrons bien, soupire le gouverneur. Je ne vous cache pas que j'ai déjà fort à faire avec la santé du Dauphin et l'état lamentable du château de Meudon… Aussi, je vous serais reconnaissant de ne pas me créer d'autres soucis.

— Je vous le promets.

Dans la chambre royale aux proportions impressionnantes et au plafond somptueusement décoré, une chaleur intense se dégage de la cheminée. Une forte odeur de cire émane des nombreuses torchères. L'enfant, vêtu d'une chemise blanche, le corps à moitié relevé par des oreillers, semble perdu sous les draps et édredons tous immaculés. La vision est saisissante et Claire s'arrête sur le pas de la porte tandis que Nala, très à son aise, saute sur le lit puis s'approche du corps décharné. L'animal se couche près du petit garçon et, pour la première fois, se met à lui lécher les mains.

— Oh ! Nala, tu as une langue râpeuse, tu me chatouilles ! annonce le Dauphin d'une voix soudain réveillée.

— Elle fait votre toilette comme si vous étiez son bébé.

L'enfant se met à rire, hélas aussitôt interrompu par une quinte de toux grasse et sanguinolente. Claire s'approche prestement pour lui tendre un bassin en porcelaine placé opportunément au bord de sa couche. Le garçonnet crache des glaires rouges qu'elle essuie d'un mouchoir de dentelle dont le raffinement semble bien absurde face au mal. Il se redresse. Le visage émacié et les yeux trop brillants, il s'obstine à afficher un sourire ravissant.

Mon Dieu, comme son état s'est encore dégradé en une semaine ! s'affole la jeune fille.

— Ne me faites plus rire, Claire, et venez vous asseoir près de moi. Donnez-moi des nouvelles des animaux. Vous devez être bien triste de les avoir quittés. Mais j'avais tant envie de vous voir. Vous n'êtes pas fâchée ? Sinon, il vous faut repartir…

Claire le rassure et lui ment sans effort.

— Je suis très heureuse de l'honneur que vous me faites en m'invitant à séjourner ici avec vous. Et nous rentrerons à Versailles pour l'été…

— Non, je vais mourir et vous le savez.

Claire ne peut retenir un pathétique « Non ! » qu'elle lance dans un cri, mais Louis-Joseph poursuit calmement.

— Je suis petit mais je sais… Un peu comme vous qui savez avec les animaux. Eh bien, moi je sais que la Sainte Vierge m'attend. Il faut juste que maman me l'autorise.

Claire écoute, dévastée, s'exprimer la résignation de l'enfant. *Ses paroles sont inquiétantes*, pense-t-elle. *Quel homme d'Église lui a encore rebattu les oreilles sur le bonheur qu'il y aurait à mourir ?*

— Je vous préfère plus combatif et vous savez comme moi que la maladie peut s'arrêter comme elle est venue.

— Entre nous, pas de politesses. Il m'est difficile de jouer la comédie et de rassurer ma mère lorsqu'elle vient me voir. Je ne veux pas agir de la même manière avec vous. Le comprenez-vous ?

— Oui, et… je vous admire.

— Ne suis-je pas le fils du roi ? s'amuse l'enfant. Allons, parlez-moi plutôt de votre rhinocéros.

23

Les heures suivantes ont été pénibles pour Claire. Son premier souper avec le duc et la duchesse, un repas au cours duquel tous se sont dévisagés, a été expédié faute d'appétit. La jeune fille au statut étrange a été reconduite à ses appartements tard dans la soirée par la femme du gouverneur en personne et deux valets portant d'imposants bougeoirs.

En entrant dans les deux grandes pièces du rez-de-chaussée qui vont lui servir de résidence, Claire n'a pu s'empêcher de s'exclamer devant tant de somptuosité. Le contraste avec sa modeste chambre enduite de chaux est saisissant. Tableaux, tapisseries, décors de marbre, cheminées sculptées, plafonds à caissons dorés, rideaux de brocart bleu, lit à baldaquin l'ont vivement éblouie. Lors de ses visites à Versailles, elle n'a vu que les pièces relativement modestes des enfants royaux et n'a jamais été invitée à visiter les Grands Appartements. Ce luxe, elle n'a jamais pensé en profiter un jour et s'y sent peu à l'aise. Et que dire de Nala, obligée de manger les restes du souper du gouverneur alors que sa nature sauvage l'incite à tuer et manger crues ses victimes ?!

À sa stupeur, une jeune fille endormie sur une chaise l'attend. Elle s'excuse de s'être assise et se présente comme étant Marie, sa caméristе pour la durée de son séjour. Claire, ahurie, lui rétorque qu'elle n'a besoin de personne. Mais la duchesse, fine mouche, intervient :

— Mademoiselle…

— Claire, réplique celle-ci en sachant que la duchesse ne lui révélera pas son prénom d'usage.

Un geste bien trop familier pour une personne de son rang, se morigène Claire, fatiguée et agacée.

— Il vous faut être à disposition de Monseigneur le Dauphin et votre service risque d'être long. Aussi Sa Majesté la reine a-t-elle voulu adoucir votre séjour à Meudon en vous offrant (le mot heurte Claire qui sursaute comme si la servante était un objet) une personne pour s'occuper de vos repas, de vos besoins, de votre linge. À ce propos, notre souveraine a fait déposer une malle pour vous.

Ces derniers mots prononcés, la duchesse disparaît en omettant de dire bonsoir, la présence du serval la rendant anxieuse. Les deux jeunes filles se regardent et se sourient.

— Nala vous fait peur ? interroge Claire gentiment.

— En principe, j'aime les chats, mais…

— Mon serval ne vous fera aucun mal ; approchez-vous d'elle et caressez-la entre les oreilles ou sous le menton et vous serez son amie.

La jeune servante s'exécute jusqu'à ce que le ronronnement du félin se fasse entendre.

— Pourriez-vous m'aider à la nourrir ou à la sortir lorsque je serai avec le Dauphin ? demande Claire, soudain inquiète. J'ai tendance à souvent agir et décider, puis à réfléchir après. Je ne pouvais pas l'abandonner, je l'ai élevée. J'admets ce soir que le décor est peu propice à un félin… Et à moi, ajoute-t-elle en riant.

— Je ne suis pas sûre d'oser si vite m'en approcher en votre absence. Pour nourrir votre bête, je peux m'arranger avec mon père, qui est l'un des gardes-chasses du domaine.

Il nous déposera un faisan ou un lièvre devant la fenêtre côté jardin. Faudra-t-il le plumer ou le vider ? Ça, je sais le faire, peut-être plus habilement que servir un chocolat dans une tasse en porcelaine fine.

Claire accepte puis lui révèle que Nala mange les plumes, les poils, et ne laisse jamais rien au sol après ses repas. Elle se dirige vers la malle. Elle se souvient avec mélancolie des premiers habits reçus en cadeau, et du camé représentant le Dauphin. Un petit mot manuscrit est posé sur les vêtements. La reine la remercie et lui dit combien elle lui est reconnaissante d'être auprès de son fils. Elle poursuit par ces mots :

Dans cinq semaines, Sa Majesté ouvrira l'Assemblée des états généraux et nous devrons nous plier à un nombre impressionnant de réceptions et d'audiences. Aussi, je souhaite pouvoir me libérer avant cette date. Il nous faudra faire revenir le Dauphin pour la cérémonie à Versailles où j'espère qu'il pourra saluer ses futurs sujets et leur montrer une meilleure santé. Je compte sur vous pour l'y préparer…

Claire, oubliant la présence de la servante, s'exclame à voix haute :

— Elle est folle ! Jamais il ne pourra se lever…

Elle se met soudain à détester cette femme tant admirée auparavant. Son entêtement à ne pas admettre la situation la met en colère et l'empêche de s'émerveiller devant les ravissants effets contenus par la malle.

Allongée pour la première fois sur un matelas de plumes, la jeune fille cherche en vain le sommeil. Elle se sent perdue dans cet univers inconnu. Rien ne lui plaît ce soir-là, et elle pense à la prédiction du jardinier. Non, elle ne se laissera pas séduire par un familier du Dauphin… Elle n'a qu'une hâte : quitter ce monde de faux-semblants et retrouver le huis clos rassurant de la Ménagerie.

Au petit matin, la servante trouve la chambre vide. Claire est sortie par la porte-fenêtre vers les jardins avant de s'engager dans les bois. Le jour naissant, personne ne l'a vue détacher la laisse de Nala ni l'encourager à courir librement.

Dès son réveil, le Dauphin reçoit des soins épuisants et douloureux. Il faut le soulever, changer ses draps, le dévêtir, le laver puis le vêtir. Cette cérémonie fort éloignée du protocolaire Lever du roi est confiée à M. de Bourcet, à l'un des trois médecins de service et à deux des gardes. Louis-Joseph demande la présence de Guillaume car il est le seul à ne pas lui faire mal. Mais le duc d'Harcourt l'oblige à composer pour ne pas heurter les autres serviteurs, tous aux petits soins pour lui.

— Avoir des favoris, mon enfant, est une grave erreur.

— Je saurai m'en souvenir… au Ciel, lui réplique le Dauphin avec un maigre sourire.

Lorsque Claire se présente en fin de matinée, elle est félicitée par l'enfant qui la complimente sur sa jolie tenue.

— Un cadeau de votre mère, précise-t-elle.

— La reine est la plus belle des femmes et lorsque nous serons mariés, elle vous guidera dans le choix de vos tenues.

L'enfant, le regard triste, sourit, tandis que Claire éclate de rire.

— J'ai appris, lui dit-elle, par votre premier valet qu'on avait disposé pour vous, dans votre salon, un lit sur le billard afin que vous puissiez recevoir en position allongée.

— Mais pourquoi encore me changer de pièce, ne sommes-nous pas bien ici ?

— J'ai prononcé les mêmes paroles mais l'un des médecins m'a rudement ramenée à ma condition de fille ignorante.

— Ah… Pourtant, je suis sûr que vous en savez plus sur un rhinocéros que lui !

Claire s'amuse et s'inquiète à la fois. Pourvu que Laimant ou Vicq d'Azyr lui donnent des nouvelles de Rhino et Dakar.

— Alors, quelle nouvelle torture va-t-on encore me faire subir aujourd'hui ?

— Il paraît que votre chambre doit être aérée. Aussi, dans la journée, nous vous allongerons près d'une fenêtre ouverte pour profiter du bon air.

L'après-midi, en prenant son service, Guillaume trouve la jeune fille et l'enfant à moitié endormis. Le Dauphin trône sur une masse haute de douze pieds et respire péniblement. Immobile sous la caisse d'acajou, Nala le veille. Devant ce spectacle touchant, Guillaume s'émeut et laisse son sentiment amoureux l'envahir. Il était venu leur annoncer l'arrivée imminente de la reine mais n'ose pas les réveiller. Heureusement, Nala se révèle un remarquable chat de garde qui bondit au premier bruit et, reconnaissant aussitôt le jeune homme, saute sur les genoux de Claire, l'obligeant à ouvrir les yeux.

— Bonjour, Claire. Vous étiez bien jolie dans vos rêves, chuchote Guillaume. Sa Majesté la reine vient de prévenir qu'elle sera là demain. Elle veillera sur son fils et vous pourrez vous libérer.

24

Les multiples missives envoyées les années précédentes aux quatre coins du monde par le duc de Noailles ont fini par porter leurs fruits. Le gouverneur du Havre, dans un courrier alarmiste, annonce l'arrivée inopinée, en provenance de Dakar, de deux ânes à rayures. L'administrateur doit réunir pour leur transport vers la Ménagerie la modique somme de mille livres, dont il ne dispose pas. L'obligation de recevoir un mâle et une femelle ne peut, selon le comte de Buzançais, être à ce jour garantie, écrit-il, si ce n'est qu'à l'observation les bêtes rayées sont inséparables et paisibles. D'Angiviller, en recevant ce courrier maintes fois ouvert par les multiples administrations du château, soupire puis donne son accord.

— Faites prévenir M. Laimant de la venue sous peu de ces deux bêtes.

Ce samedi, Claire a laissé le Dauphin, impatient de revoir sa mère, pour s'en retourner à la Ménagerie. Sa surprise est grande de découvrir Firmin Laimant à leur table. Sa mère s'affaire entre la cheminée où mijote une potée dans le chaudron et Jacques, qui se sert du vin sans mesure. Ses yeux cernés, sa mine pâle et ses gestes nerveux inquiètent sa sœur. Mais c'est surtout la familiarité de sa mère avec le directeur qui lui saute aux yeux dès les premières minutes. Laimant la regarde avec bonté avant de s'exprimer.

— Claire, il m'est doux de vous revoir. Mais j'imagine que vous êtes là pour votre mère et pour les animaux. Ils vont assez bien. Le printemps leur est favorable. En est-il de même pour M. le Dauphin ?

— Assurément, répond-elle d'une voix fausse.

Claire ne dit rien de plus ; elle caresse sous la table Nala qui, connaissant l'animosité de Manon à son endroit, s'y est glissée sans un bruit dès son arrivée. Laimant, s'adressant maintenant aussi bien à Jacques qu'à Claire, reprend :

— Vous savez tous les deux combien j'étais proche de votre père. Et sa mort m'a bouleversé… Pourtant, si nous sommes privilégiés en vivant dans le domaine de Versailles sous la protection du roi, il nous faut admettre que la situation dans le pays est explosive. J'ai donc proposé à votre mère de vous offrir ma maigre protection de directeur de la Ménagerie.

Jacques ricane :

— Mais enfin, ma sœur côtoie tous les jours l'Autrichienne et ses amants, nous ne risquons rien !

Devant ces propos fielleux, Claire fronce les sourcils. Laimant parvient à rester imperturbable.

— Alors disons que j'ai de l'inclination pour votre mère, et que je lui ai demandé de devenir ma femme.

— Et je partage ce sentiment, ajoute sobrement Manon.

Claire applaudit aussitôt, se lève, embrasse spontanément Firmin et sa mère. Celle-ci, émue, se laisse féliciter et remercie sa fille avec effusion.

— Voici enfin une très bonne nouvelle. Je suis heureuse pour vous mais aussi pour nous. Que Dieu bénisse votre union !

Ces mots aussitôt prononcés, elle s'en étonne, étant si peu croyante… Jacques maugrée quelques paroles que les futurs époux prennent pour un acquiescement puis se ressert un verre. Claire, convaincue que sa mère sera heureuse avec cet homme bienveillant, veut tout savoir, de la date des noces au choix de leur lieu de vie. Par sa joie sincère, elle transforme ce repas en un véritable moment de bonheur. Manon cherche le regard de Firmin avant de répondre.

— Nous avons la chance, avec ce mariage, de bénéficier de deux logements. Je propose de m'installer chez mon futur époux et de vous laisser à vous, mes enfants, le logis de votre père. Je ne pense pas que M. d'Angiviller y sera opposé et, si c'est le cas, nous aviserons. Claire, tu auras ainsi toute latitude pour dormir avec Nala, et toi, Jacques, toute liberté pour rentrer de Versailles à l'aube, conclut leur mère avec un sourire complice.

— Mais nous aimerions que vous veniez prendre vos repas avec nous, sauf quand Claire sera à Meudon, ajoute le futur beau-père.

— Meudon, Meudon, toujours Meudon, grogne Jacques, mais dis-moi, petite sœur, es-tu rémunérée pour tes services en dehors de tes tenues bourgeoises ?

— Jacques, je t'en prie... Cesse. Si tu connaissais cet enfant, tu aurais honte ! Et je crains d'être de retour bientôt auprès de vous et de Rhino.

Consciente d'en avoir trop dit, elle leur demande une complète discrétion. Jacques s'agace.

— Mais tout ne tourne pas autour de Versailles, d'un enfant malade, d'une reine capricieuse et d'un roi incapable ! Ne vois-tu pas au-delà de ton Dauphin et de tes animaux ? La France va mal. Les pauvres n'ont jamais été aussi pauvres ni la Cour aussi riche.

— C'est faux, voyons, l'interrompt Laimant. Les récoltes ont été catastrophiques et le climat déréglé, mais on vit bien mieux qu'au Moyen Âge.

Jacques exprime son doute par une moue peu engageante.

— Quant à la Cour, je peux te dire que tout est y fait pour diminuer drastiquement les coûts, ajoute de bonne foi son futur beau-père.

— Ah oui ! Ne deviez-vous pas nous annoncer l'arrivée de deux animaux exotiques, des zèbres, je crois… insiste Jacques.

— Mais comment sais-tu cela, mon garçon ? demande Laimant, interloqué.

— Avec mes amis du comité de soutien aux états généraux, nous savons tout ! Et instruisons régulièrement les députés du tiers état des folies commises au château. Celle-là n'en est-elle pas une de plus ?

— Mais que faire ? gémit Laimant. La commande a été faite il y a cinq ans et tu peux imaginer les communications difficiles avec le continent africain. Les animaux sont arrivés au Havre. Qu'aurais-tu fait à la place de M. d'Angiviller ?

— Les laisser sur place, les domestiquer et sinon, les manger…

— Décidément, Jacques, tu n'as aucune compassion à l'égard des bêtes, s'emporte Claire.

— Ma petite sœur, je crains que la vie ne t'apprenne bien vite que le monde n'a aucune compassion, comme tu dis, et que pour survivre, il faudra éliminer les profiteurs, les aristocrates et les animaux de la Ménagerie.

— C'est horrible ! s'exclame Manon. Ils ne sont pas responsables d'avoir été capturés et envoyés à Versailles.

— J'en conviens, mais ils coûtent une fortune et je préférerais que les enfants de Satory ou Chevreuse mangent de la viande plutôt que votre lion et son chien.

— Pouvons-nous revenir à notre mariage ? propose Firmin, faisant preuve d'un exceptionnel caractère conciliant.

— Oui, oublions les animaux quelques instants, suggère Claire. Un repas champêtre aux beaux jours de juillet, autour du Grand Canal, avec les employés de la Ménagerie et… Nala, bien sûr, maman, ajoute la jeune fille dans un éclat de rire. Qu'en pensez-vous ?

25

De retour à Meudon, Claire se précipite dans la chambre du Dauphin pour lui raconter l'arrivée prochaine de deux zèbres. Mais Guillaume l'informe que le petit garçon, épuisé, s'est endormi. La visite de sa mère a été une épreuve, pour lui comme pour elle. Quelques intimes ont été autorisés à lui tenir compagnie, comme la princesse de Lamballe ou sa tante Madame Élisabeth, mais aucune présence ni distraction n'a éloigné la douleur. Alors le Dauphin a choisi ceux qui supportent son état et qui lui parlent sans détour, comme à l'enfant mature qu'il est devenu. Les autres courtisans, avides de partager les malheurs de la famille royale, ont été remerciés sans façon par le duc d'Harcourt. Mme de Polignac, pourtant gouvernante des enfants de France, a été priée par le Dauphin lui-même de rebrousser chemin, son parfum trop capiteux le dérangeant.

Désolée, Claire quitte la pièce et rejoint Guillaume dans l'antichambre.

— Que s'est-il passé ?

— Le Dauphin a été installé le plus confortablement possible dans son lit, mais le transport lui a été fort douloureux. Demain, je placerai des oreillers entre son corps et le mien pour ne pas lui toucher les côtes… C'est M. de Bourcet qui va le veiller cette nuit. J'ai fini mon service dans quelques minutes. Voulez-vous que nous allions promener Nala ?

— Je vais rester à côté jusqu'à l'arrivée de son valet, si l'enfant se réveille et demande à me voir.

Guillaume, déçu, s'éloigne.

La nuit a été mauvaise pour le Dauphin et Claire, qui n'a pas quitté son fauteuil, l'a entendu pleurer et réclamer sa mère. Appelé à son chevet au cours de la nuit, le gouverneur a décidé, en l'absence d'un médecin ou de ses parents, de lui donner du vin d'opium adouci par du sucre. L'ancien maréchal de camp, habitué à voir les pires horreurs sur les champs de bataille, devient un homme fragile lorsqu'il entend l'enfant pleurer de douleur. En quelques minutes, Louis-Joseph s'est endormi en gémissant.

Le lendemain, une sérieuse dispute éclate entre l'un des praticiens et le gouverneur.

— De quel droit avez-vous donné du laudanum à Monseigneur le Dauphin ? Vous n'êtes pas médecin, vous ne connaissez pas les doses, vous pourriez le tuer.

— Comment osez-vous me parler de droit ? s'étrangle d'Harcourt. Si vous aviez été la nuit au chevet de l'enfant, vous auriez fait comme moi, à moins que vous n'ayez pas de cœur.

— J'en référerai à Sa Majesté, annonce le médecin, humilié et furieux.

— Faites donc, allez inquiéter encore un peu plus notre souverain…

Le duc d'Harcourt, exaspéré et impuissant face à la lâcheté de ces hommes, se met à crier :

— Vous êtes tous des incapables ! Heureusement que mon épouse et Claire sont plus courageuses que vous. Que ferions-nous sans elles ?

La jeune fille, qui a par hasard assisté à la scène, apprécie l'énergie du militaire et sourit au compliment.

En fin de matinée, un garde tend à la jeune fille un billet cacheté du tampon de la Ménagerie. Elle annonce :
— Un courrier du directeur.
Elle parcourt quelques lignes puis les lit à voix haute.

Ma chère Claire

L'éléphant s'est échappé de son enclos. Nous venons de le retrouver blessé et à demi noyé dans le Grand Canal.
Venez au plus vite nous aider.

Les yeux de Claire supplient le gouverneur de la laisser partir. Le duc s'étonne en son for intérieur qu'une frêle jeune fille puisse sauver un pachyderme, mais il cède et ordonne au garde d'organiser sans retard une voiture pour Versailles.

Informé du départ de son amie, Louis-Joseph applaudit son courage et lui dit attendre le récit du sauvetage de Ganesh. En voyant Claire et Guillaume dévaler le grand escalier du château, le gouverneur esquisse un sourire. *Ces deux jeunes gens ont l'air de s'apprécier*, pense-t-il.

26

Alors que le château de Meudon vivait au rythme de la maladie du Dauphin, à la Ménagerie, le cornac passait de longs moments dans la cage de Rhino. Une méchante crevasse au pied faisait souffrir ce dernier et l'Indien voulait essayer un onguent au camphre pour le soulager, ce qui signifiait convaincre l'animal de lever la patte. L'affaire a été longue et a permis à l'éléphant de montrer sa colère, ou sa jalousie, d'être ainsi abandonné par son cornac. De toute sa masse, il s'est rué contre la porte mal gondée et l'a brisée. Puis, libre de déambuler dans la Ménagerie, il a choisi de s'enfuir et de se diriger vers le Grand Canal.

Dès les premières minutes de liberté, il a goûté un bonheur absolu. Ganesh s'est mis à galoper dans les prés, la trompe en l'air, sans croiser quiconque, avant d'apercevoir l'immense pièce d'eau. Il s'en est approché, en a bu une quantité importante, puis a aspiré à nouveau pour, cette fois-ci, retourner sa trompe et s'asperger. Un enchantement, hélas, vite interrompu par une mémorable glissade de ses antérieurs posés sur le rebord moussu et humide. L'animal, en basculant dans l'eau peu profonde, a heurté le fond et s'est brisé une patte.

Lorsque Badi est retourné à l'enclos de Ganesh, il l'a découvert désert et la porte, enfoncée. Affolé, l'homme a couru en hurlant un mot en anglais que personne ne pouvait comprendre. « *Help, Help !* » Il a fallu qu'il sonne la cloche du portail pour alerter enfin les employés. Depuis combien d'heures l'animal avait-il filé, et où ? Heureusement, les recherches ont été rapides et le directeur a été informé que le fugitif était empêtré dans la partie orientale du Grand Canal.

Sortir l'éléphant de l'eau s'est avéré une tâche quasi impossible. L'animal, affolé, tentait de lui-même de se relever mais retombait lourdement dans l'eau vaseuse. Les employés constataient, désolés, que sans élan, il ne pouvait s'en extraire. Badi n'a été d'aucun secours. L'homme, désespéré, a perdu tout sang-froid. Accroupi, la tête dans les genoux, il pleurait et se parlait sans s'arrêter dans un charabia incompréhensible, comme psalmodiant une prière à l'un des nombreux dieux de l'Inde.

Claire, à peine arrivée, découvre le désastre. L'animal terrifié et en souffrance pourrait, avec sa tête en perpétuel mouvement, tuer de ses défenses quiconque l'approcherait. Les employés de la Ménagerie rassemblés se sentent impuissants, tout comme le pauvre directeur. Et personne n'a songé à réconforter le cornac… Claire, à l'inverse, s'avance vers Badi et lui pose une main sur l'épaule en signe de soutien. Elle lui parle tout en sachant qu'il ne la comprend pas.

— Badi, ce n'est pas ta faute… C'est moi qui t'ai demandé de t'occuper du rhinocéros. Tu n'es pas responsable de sa fuite et il n'y a que toi qui puisses sortir Ganesh de là.

Elle lui tend la main, l'obligeant ainsi à se relever. Le visage du cornac ruisselle de larmes, l'homme est anéanti.

Guillaume vient s'entretenir avec Laimant qui lui donne les détails de la fuite de l'animal tandis que celui-ci, dans un barrissement désespéré, poursuit en vain son épuisante tentative de se relever. Alors le jeune homme décide de prendre les choses en main et ordonne au cornac d'entrer dans l'eau et de s'approcher de l'animal pour le calmer.

— Je vais aller chercher d'autres gardes-suisses. Il faut que nous allions dans le canal nous aussi, afin d'extirper les pattes de cette pauvre bête de la vase. Je sais nager, c'est donc moi qui irai. Quelqu'un veut-il m'accompagner ?

Personne ne répond : tous ont peur, de l'eau et de l'éléphant.

— Je veux bien vous aider mais je ne sais pas nager, lui annonce la jeune fille.

— Hors de question, Claire ! Allez plutôt chercher des couvertures pour nous sécher lorsque nous aurons mené à bien cette opération.

Le militaire a parlé.

Les cris de l'éléphant s'espacent enfin grâce à la présence de Badi, à moitié dans l'eau, qui a réussi à rassurer l'animal en lui parlant. Une heure plus tard, quatre autres suisses, amis de Guillaume, se retrouvent en caleçon et chemise dans l'eau glacée du Grand Canal. Guillaume ne comprend pas pourquoi l'animal ne parvient pas à s'extraire de la boue. Il plonge et touche les membres antérieurs de l'éléphant. Il remonte à la surface quelques instants plus tard…

— Je crains qu'il ne se soit cassé une patte. Ne pouvant s'appuyer dessus, il est prisonnier de la boue.

— Nous pourrions creuser autour de lui et faire un chemin jusqu'à la rive ? suggère l'un des gardes.

— J'ai peur que ce ne soit très long… Il s'épuise et nous ne savons pas depuis combien de temps il est prisonnier.

La tension est perceptible et le sentiment de curiosité qui anime les employés se transforme en crainte pour l'animal. Certaines lingères qui assistent au spectacle s'attendrissent même sur la pauvre bête.

— Il faut absolument que Badi nous aide. Si nous tirons la patte blessée à plusieurs et que son cornac lui donne l'ordre de se soulever, nous pourrions peut-être y arriver, déclare Guillaume.

— Vous n'avez guère d'autre solution, mais attention à ne pas vous blesser, intervient Laimant.

— Vous allez nous aider, vous aussi. Nous allons nous mettre à l'eau et, lorsque l'Indien sera prêt à diriger l'animal, vous nous donnerez l'ordre de plonger, dit-il au directeur. Nous devrons tous attraper la patte blessée en même temps et si possible par en dessous.

Guillaume démontre une autorité naturelle, un calme et une détermination qui laissent penser qu'il connaît son affaire. Pourtant il n'en est rien, mais il a senti qu'il était trop tard pour discuter ou réfléchir. Agir, et vite.

Claire tente d'expliquer son rôle au cornac, transi de froid et de peur. Enfin, Badi comprend ce que l'on attend de lui. Il sort de l'eau et se dirige vers un bosquet pour couper une badine. Il grimpe avec agilité sur l'éléphant, s'assoit entre ses deux oreilles et se met à lui parler. Les palabres sont longues et Guillaume, d'un signe de la main, presse l'Indien d'agir.

— Il faut y aller maintenant ! insiste-t-il.

L'assistance retient son souffle. Claire, tellement inquiète, détourne le regard. Badi, d'un mouvement de la tête, fait comprendre à Guillaume que son éléphant et lui sont prêts. Tandis qu'il lui tape légèrement sur une oreille et hurle un mot bizarre, Laimant crie et les quatre suisses plongent et réussissent à dégager le membre blessé.

L'animal rugit de douleur mais s'arrache à sa prison de vase et remonte sur la rive sur ses trois pattes. La quatrième pend dans le vide, offrant aux regards une profonde entaille. Les hommes de Guillaume sortent du canal et, malgré le froid, prennent le temps de se congratuler tandis que les témoins applaudissent.

— Heureusement que nous avons des lacs en Suisse et que nous supportons l'eau froide ! s'exclame Guillaume, fier d'avoir réussi sa mission.

Claire, impressionnée, le remercie d'un sourire radieux.

— Je vais me changer puis nous repartons aussitôt, Meudon nous attend, lui annonce-t-il.

Laimant, inquiet à la vue de la progression pénible du pauvre Ganesh, s'entretient avec la jeune fille.

— Je ne sais pas comment nous allons le soigner. Si c'est comme pour les chevaux, nous devrons sans doute l'exécuter. Quelle catastrophe !

— Remettons-le dans son enclos car, abîmé, il ne pourra pas en partir. Il va falloir nettoyer sa plaie et sûrement la recoudre, mais j'en serais bien incapable ! Envoyez un message à Vicq d'Azyr, peut-être saura-t-il vous conseiller, lui répond Claire avant d'ajouter : Ganesh va s'en sortir.

Avant de repartir vers Meudon, la jeune fille passe rendre visite à Rhino. Seule avec lui dans l'enclos, elle lui raconte l'accident de l'éléphant. L'animal, cherchant peut-être à la réconforter, pose avec délicatesse son énorme tête contre son buste.

27

L'arrivée des beaux jours n'apporte aucune amélioration à la santé de Louis-Joseph. L'enfant est intransportable et ne bénéficie pas du prétendu bon air de Meudon. Les médecins, à tour de rôle, constatent qu'il respire mal et que ses forces déclinent. Lever un bras le fatigue tant que Claire choisit de le nourrir à la cuillère. Certaines de ses dents sont tombées, ce qui l'oblige à mastiquer longtemps ; fatigué par l'effort, le prince abandonne vite. Il ne cherche d'ailleurs plus à se battre et, en dehors de la parole, se comporte presque comme un nourrisson endormi la plupart de temps. Il ne désire rien, sauf des fruits ou des laitages, alors que les médecins insistent pour le nourrir de faisan rôti, de purée de lentilles ou d'artichaut. M. de Lassone, premier médecin du roi et fondateur de la Société royale de médecine, persiste à penser que l'enfant souffre d'une infection du sang. Il estime nécessaire de nettoyer son foie par des extraits de radis noir ou de pissenlit. Vicq d'Azyr s'étrangle de la bêtise de son collègue et manque de l'attraper par la perruque ! Adepte du médecin persan Avicenne, il estime leur jeune patient au troisième stade dit caverneux de la phtisie et le pressent condamné.

Claire, escortée par Nala, est désormais à son chevet toute la journée et cherche à lui faire oublier son triste sort.

La jeune fille ne lui parle jamais de sa maladie et lorsque l'enfant lui pose des questions, elle se dérobe, préférant le cajoler ou lui chanter des paroles douces. Parfois, elle lui lit La Fontaine, lorsqu'il est un peu éveillé. Mais dès que le jour décline, le petit garçon s'enfonce dans une torpeur que seule la douleur réveille. Commencent alors de longues heures pour Claire et Nala, allongées de chaque côté de l'enfant, assistant en silence à la dégradation de son état. Le duc d'Harcourt et sa femme, ayant désormais une attitude bienveillante, obligent souvent la garde-malade à prendre du repos ou à se nourrir. Ils reconnaissent que, sans elle, le Dauphin loin de ses parents, séparé de ses frère et sœur, isolé dans un château délabré, serait mille fois plus malheureux. Cette jeune femme et son animal, contre toute attente, calment ses douleurs et ses angoisses. Le couple, qui aime sincèrement le Dauphin, partage avec le roi et la reine l'idée de lui offrir encore quelques instants de bonheur et de ne plus l'inquiéter.

Pourtant, l'abbé Corbin a encore essayé de discuter avec le petit garçon de ce qui l'attend au-delà de la mort, mais l'enfant, terrifié, a fermé les yeux. Le confesseur veut l'obliger à regarder son crucifix avant de lui parler des péchés qu'il devrait expier s'il veut rejoindre le Père éternel. Claire, présente lorsque l'homme d'Église a parlé, n'a pas su répondre à la question touchante de Louis-Joseph.

— Est-ce que je serai encore Dauphin au paradis ? Car alors je veux monter au Ciel avec mon pourpoint d'hermine blanche et mes escarpins de velours ! confie de sa voix d'enfant le petit prince.

L'homme d'Église lui rétorque que, devant Dieu, il sera dévêtu de ses atours de Dauphin et jugé pour ses péchés. Claire, horrifiée par la dureté de l'abbé, décide de mettre un terme à cette odieuse relation et de relater la scène au gouverneur. Le duc d'Harcourt ne choisit pas longtemps entre sa foi et son amour pour l'enfant. Il convoque le prêtre dans la soirée et lui intime l'ordre de ne plus jamais évoquer la mort prochaine du Dauphin.

— Monseigneur n'a que sept ans, il est d'un courage extraordinaire. Mais de grâce, donnez-lui un peu d'espoir !

— De quoi voulez-vous que je lui parle ? Je dois le préparer à son départ, rétorque l'homme d'Église, sans la moindre contrition.

— Évoquez ses parents, le temps qu'il fait, ce que vous voulez… mais si je vous prends encore à l'inquiéter sur son sort, je vous jette dehors comme un vulgaire manant !

Claire a bien sûr raconté à Louis-Joseph le sauvetage de Ganesh, sans dire que l'éléphant ne se remet pas. Le sort des animaux n'est-il pas leur lien intime ?

Vicq d'Azyr s'est rendu à la Ménagerie le lendemain pour nettoyer avec une eau alcoolisée la plaie de Ganesh, mais n'a pas pu la recoudre. L'aiguille s'est cassée avant de pénétrer la peau. Le vétérinaire n'a pas non plus réussi à réduire la fracture, ni à poser une attelle sur la jambe blessée. Ganesh est resté debout sur ses trois pattes pendant deux jours tandis que Badi le massait, lui offrait des fruits et éloignait les insectes de la plaie en la couvrant d'un linge blanc. Durant ces longues heures, le cornac, loin des regards, a prié la multitude de dieux hindous, les suppliant d'accorder la vie à son éléphant, symbole de sagesse et de fidélité.

Hélas, les dieux de l'Orient en ont décidé différemment et, au troisième jour, Laimant a constaté que l'animal s'était couché, son linge souillé de sang noir. Malgré les supplications de son cornac, il ne s'est plus relevé. Huit jours après la chute de l'éléphant, Claire apprend par Vicq d'Azyr la mort de Ganesh, et son inévitable transport à l'école d'Alfort pour y être disséqué. Elle ne cache plus ses larmes, désolée de la mort de cet animal mystérieux et attachant. Se sentant coupable de son accident, elle s'inquiète.

— Et Badi ?

— Le cornac a disparu, avoue le vétérinaire. Laimant m'a dit avoir trouvé au matin l'enclos ouvert, l'animal mort et les quelques affaires de l'Indien envolées, tout comme lui.

28

Les jours s'écoulent dans une pénible lenteur pour les habitants du château neuf de Meudon qui tentent de s'adapter au déclin du Dauphin. Une torpeur nouvelle l'a envahi et le rend à moitié inconscient. Désormais, pour lui, les heures du jour et de la nuit se confondent, accentuées par le silence que le gouverneur impose avec une rigueur militaire à ses rares visiteurs comme à ses serviteurs. Tel celui du conte de Perrault, le château a sombré dans une somnolence où seul le chuchotement est toléré. L'extraordinaire personnalité de l'enfant, sa maturité comme son courage à supporter la douleur et son acceptation de sa mort prochaine en font un héros pour chaque personne qui le côtoie de près ou de loin.

Tous vivent dans l'attente des bonnes ou des mauvaises nouvelles distillées par M. de Bourcet, présent le jour, le soir, la nuit… L'homme s'épuise, tout comme Claire, mais rien ne le fera dévier de sa mission : accompagner dans sa fin de vie le fils de son roi. Le sens du devoir qui le tenaillait lorsqu'il a accepté cette fonction a laissé place à un dévouement empli d'amour et d'admiration. Le premier enfant de Louis XVI et de Marie-Antoinette est une exception d'humanité, d'intelligence et d'esprit que la mort va faucher. Sa vie sera courte, mais sa grandeur d'âme exceptionnelle mérite d'être reconnue, s'accordent à penser le soir autour d'un armagnac Bourcet et d'Harcourt. De mémoire des deux hommes d'armes, jamais ils n'ont rencontré un être pareil, ni plus valeureux.

Les parents du Dauphin poursuivent leurs visites tout au long de ce mois de mai, s'appliquant à baisser le ton sans chercher à converser avec leur fils assoupi. Ils constatent qu'il ne souffre quasiment plus, un effet du laudanum enfin prescrit sans restriction ou une nouvelle étape dans cette mystérieuse maladie ? Tous attendent, sans oser se l'avouer, que ce petit cœur cesse de battre. Tous, à l'exception de Claire, qui ne se résigne pas. Avec Nala, elle poursuit son rituel et vient lui raconter la vie des animaux, tandis que son serval enveloppe de son corps chaud celui, glacé, de l'enfant. Chaque jour, Claire évoque le voyage imaginaire des zèbres et l'excitation du rhinocéros à l'idée de retrouver deux compères de son pays natal. Elle ne cesse d'inciter le Dauphin à se reposer pour accueillir bientôt les nouveaux occupants de la Ménagerie.

À Versailles comme à Meudon, la Cour se prépare à un tout autre événement. Exhiber la famille royale et l'héritier du trône à la tribune lors de l'ouverture des états généraux.

— Pire que les jeux du cirque chez les Romains ! s'exclame le malheureux duc devant sa femme, lorsqu'il prend connaissance de la terrible journée qui attend son protégé.

— Autant faire voyager un moribond ! se lamente la duchesse.

Alors que chaque habitant du château neuf ne parle que politique, réforme, impôts et changements, Claire sombre dans la culpabilité de la disparition de Ganesh. Elle remplit avec abnégation sa mission auprès du Dauphin et ne le quitte pas, sauf lors des visites éclair de la reine. La jeune fille la salue brièvement avant de s'éclipser avec son serval dans les bois de Meudon. Là, elle peut laisser libre cours à sa peine et pleurer la mort de l'éléphant et la fuite de Badi. Huit jours sans nouvelles de lui. Comment cet étranger pourrait-il survivre dans un pays inconnu ? *Il n'a pas un sou,* pense Claire, *il doit se laisser dépérir dans une forêt ou s'être jeté d'un pont !*

Un après-midi, alors que l'enfant dort dans le salon d'apparat sur son curieux billard, elle confie ses tourments à Guillaume à côté de la porte. Censé ne pas bouger ni parler, le garde désobéit.

— Vous n'êtes pas responsable, Claire.

— C'était mon idée d'engager Badi comme soigneur pour Rhino.

— Soit, mais vous n'êtes pas propriétaire de cet animal qui, pour commencer, n'aurait jamais dû quitter Pondichéry.

Claire veut discuter mais Guillaume l'interrompt, décidé à lui faire entendre raison.

— Vous n'êtes pas non plus responsable du mauvais état de la Ménagerie, car là encore, vous n'en êtes pas la propriétaire, lui martèle Guillaume. Et enfin, vous n'êtes pas responsable de la blessure qui a entraîné la mort de l'éléphant... Ni de la décision imbécile du cornac de s'enfuir, ajoute-t-il. Il s'est comporté comme un enfant pris en faute ! Et cela me met en colère car je vous sens bouleversée.

— Mais j'aurais fait pareil à sa place, il ne pouvait pas rester !

— Mais non, voyons ! Jamais vous n'auriez abandonné...

Claire se met à pleurer doucement.

— Au moins, Badi ne sait pas que Ganesh est devenu une peau desséchée et ses organes, un trophée dans un bocal.

— Claire, il faut vous reprendre. Nous avons tout fait pour le sauver... Maintenant, vous ne pouvez pas porter tous les malheurs des animaux dans votre cœur.

— Si, je le peux ! réplique-t-elle, agacée.

— Je sais ce qui vous tracasse, avance Guillaume.

— Quoi donc ?

— Rhino, répond avec gentillesse le jeune homme.

— Oui, c'est vrai, concède-t-elle. Laimant vient d'engager un soigneur qui a travaillé à la ménagerie de Chantilly mais…

— S'il allait mal, vous seriez prévenue. Le directeur ne sait pas vivre sans vous, s'amuse le garde.

— Je sais qu'il est tard, mais j'aimerais tant vérifier par moi-même.

— Alors laissez Nala et je vous emmène, car j'imagine que vous ne savez pas monter à cheval.

— Je suis une fille du peuple, l'auriez-vous oublié ? s'amuse Claire.

— Et moi, un paysan, qui grâce à l'armée monte aussi bien qu'un général de cavalerie !

29

À la Ménagerie, Claire découvre le rhinocéros et les deux gazelles serrés sous l'unique arbre de l'enclos, un modeste tilleul. Elle s'en réjouit, ravie de cette cohabitation réussie.

— Rhino, Rhino, crie-t-elle, viens !

L'animal dresse les oreilles, la jeune fille l'appelle à nouveau et Rhino trotte vers elle. Claire ouvre l'enclos et s'approche de lui sans la moindre crainte. Elle le dirige de sa voix.

— Là, je suis là, avance encore un peu. Voilà, ne bouge plus.

Rhino s'immobilise à quelques mètres d'elle et balance sa queue. S'il la distingue mal, il sent son odeur. Claire pose sa main sur son dos et remonte vers sa tête entre ses oreilles. Elle les lui gratte.

— Je suis soulagée de voir que tu vas bien. Je te remercie d'avoir accepté un autre soigneur que moi. Je vais revenir bientôt.

Elle dépose un baiser au-dessus de sa corne très élimée.

Laimant a la surprise de voir les deux jeunes gens pénétrer dans son bureau. Malgré l'heure tardive, le directeur, penché sur des papiers, travaille.

— Ah, mes enfants ! Quel bon vent vous amène ? Pas de mauvaises nouvelles, j'espère ?

— Non, Monseigneur le Dauphin est calme aujourd'hui, réplique Claire d'une voix qu'elle veut enjouée.

— Vous m'en voyez ravi. Avez-vous remarqué, en venant, combien la ville de Versailles s'est remplie ? Ces fameux états généraux drainent une population de curieux en plus des députés. Il paraît qu'il n'y a plus une soupente à louer.

— Vous pourriez proposer l'enclos de Ganesh, annonce Claire, consciente de frôler le mauvais goût.

— Claire, soupire le directeur, mon enfant, nous avons tous de la peine et nous nous sentons tous coupables de cette double disparition, mais se révolter ne sert qu'à assombrir les cœurs…

— Avouez que commencer sa vie dans une jungle des Indes pour finir à moitié noyé au château de Versailles est un destin affreux pour un éléphant ! Quand l'homme cessera-t-il de décider du sort des animaux ?

— Mais l'homme décide aussi du sort des plus faibles. Voyons, Claire, quand accepterez-vous que la vie est injuste ?

— Jamais…

La révolte de Claire se lit dans ses yeux. Les deux hommes se regardent, impuissants à convaincre la jeune fille.

— Bien, j'espère que vous avez dîné, car je n'ai rien à vous offrir qu'un peu de pain, et une carafe de vin.

— Cela me changera des repas raffinés servis à Meudon ! se réjouit Claire, son sourire retrouvé.

— Il est vrai que la table est excellente, même pour les soldats et les serviteurs en charge de Monseigneur le Dauphin, ajoute Guillaume.

— Pourquoi travailler si tard ? s'inquiète Claire.

— Je vis un moment pénible, avoue le directeur. M. d'Angiviller est harcelé par les services du ministre des Finances, ce M. Necker. Ils veulent tout savoir des dépenses royales, jusqu'au coût par animal de la Ménagerie. Et je n'y arrive pas…

— Nous pouvons vous aider, annonce Claire. Avez-vous la liste des animaux que j'avais rédigée à la demande de Vicq d'Azyr ?

— Oui.

Il cherche dans ses papiers, peine à la trouver, jusqu'à ce que Claire reconnaisse sa propre écriture.

- 1 rhinocéros
- 1 quagga
- 1 mandrill
- 2 babouins
- 2 chimpanzés
- 1 éléphant et son cornac
- 1 lion et 1 épagneul
- 1 serval
- 1 orang-outang
- 8 gazelles
- 6 antilopes
- 1 phoque
- 5 pélicans
- des ibis et flamants roses
- pintades d'Afrique et dindons d'Amérique
- 1 porc-épic
- 2 volières avec une centaine d'oiseaux
- 1 faisanderie avec faisans
- des paons
- 2 zèbres à venir

Rageusement, Claire raye les mots « serval », « éléphant » et « cornac ».

— Nous allons la recopier et, devant chaque animal, mettre un chiffre, propose-t-elle. Ce ne seront que des suppositions, car personne ne peut dire ce que coûte en graines la perruche de Madagascar !

Elle ne peut réprimer son rire.

— Et le quagga ? s'exclame Laimant. C'est un herbivore mais il aime aussi les écorces d'arbres et les racines ! Et que dire des deux zèbres qui vont arriver ? Je n'ai aucune idée de la quantité de foin qu'ils vont avaler…

— Évaluons les coûts pour les animaux présents à la Ménagerie à ce jour. Pas de zèbres, pas d'éléphant, ajoute-t-elle fermement.

Guillaume intervient.

— Claire a raison, d'autant que ces messieurs des Finances ne pourront jamais vérifier. L'essentiel est de les satisfaire d'un papier.

Jusque tard dans la soirée, ils dressent des listes et indiquent des chiffres supposés exacts. Il leur sera néanmoins impossible de calculer la quantité d'eau nécessaire à la Ménagerie.

— Vous n'avez qu'à considérer que l'eau du Grand Canal vous est fournie gracieusement par Sa Majesté, conclut le jeune suisse, très à son aise.

Laimant essuie ses yeux fatigués et les remercie de leur précieuse aide.

— Demain, je devrai aussi fournir les salaires des employés et le coût des logements. Je regrette d'avoir si peu étudié, déplore Laimant. Toute cette paperasserie me paralyse…

— Vous devriez avoir un employé pour cette charge, réplique Claire.

— Pour qu'il nous vole… Non merci, je préfère encore le faire moi-même.

La nuit s'est avancée sans que les jeunes gens s'en soient aperçus. La route n'étant pas éclairée, Laimant leur propose de dormir dans la pièce attenante et de repartir à l'aube. Comme le gouverneur, il pressent qu'un lien se crée entre ses deux visiteurs. Mais Claire refuse net.

— Je dormirai dans ma chambre et nous vous quitterons tôt. Je n'ai encore jamais laissé Nala seule une nuit, et je crains pour elle.

30

À l'aube, Claire est rentrée sur la pointe des pieds dans ses appartements de Meudon. Marie, la servante, dort à poings fermés sur le lit de sa maîtresse sans avoir osé se glisser sous les draps, Nala lui ayant servi de couverture. Un brin de jalousie traverse le cœur de Claire qui s'avance vers son serval.

— Alors ma belle, tu m'as déjà remplacée ? lui chuchote-t-elle.

L'animal refuse la caresse de sa maîtresse, saute du lit pour s'installer sur le rebord de la fenêtre. De là, il guette les oiseaux du parc et reste ainsi immobile à les observer. Claire s'amuse de sa fâcherie et s'assoit à ses côtés.

— Tu penses que je t'ai abandonnée ? Tu m'en veux ? J'espère que tu me pardonneras et m'accompagneras chez M. le Dauphin.

Marie, réveillée, se confond en excuses et annonce qu'une lettre et un petit paquet l'attendent. La reine la remercie de l'amour qu'elle prodigue à son fils et lui offre l'*Almanach de Versailles*, un petit ouvrage de poche. La souveraine précise :

Un jour viendra où vous serez libre de quitter Meudon. Ce jour-là, mon cœur déchiré ne saura vous remercier. Il vous faudra retrouver la joie de vivre de vos vingt ans et je vous propose, à travers ce livre, d'apprendre à connaître la ville et le château de Versailles. J'aimerais alors me promener avec vous et évoquer mon Dauphin aimé, mais mon devoir de reine me l'interdira. Aussi, profitez de votre liberté, de votre jeunesse, et conservez-moi dans votre cœur.

Bouleversée par sa lecture et entendant le profond malheur révélé par ses mots, Claire reste interdite.

— J'ai eu tort de lui en vouloir, elle n'est pas libre de décider, comprend-elle à cet instant. Elle est enfin prête à laisser son fils partir.

Elle dépose un rapide baiser sur la couverture de l'ouvrage décorée aux armes de la bibliothèque royale puis le glisse sous son oreiller.

— Je le lirai chaque soir, se promet-elle.

De retour au chevet de l'enfant dans la matinée, elle y trouve le duc d'Harcourt qui l'informe de la visite du roi dans l'après-midi. Désormais, le Dauphin demeure dans sa petite chambre surchauffée et n'accueille que de très rares visiteurs. Louis-Joseph, les yeux ouverts, sourit à son amie et tapote à peine son lit en signe d'autorisation pour Nala d'y grimper. Ainsi, leur rituel peut reprendre, le serval lui lèche les mains puis l'avant-bras ; l'enfant frôle son pelage d'une fragile caresse. Nala ronronne, Louis-Joseph rit.

Claire passe quelques heures avec lui, réussit à lui faire avaler un bouillon de légumes, un flan au caramel, lui raconte l'arrivée prochaine des zèbres, et omet de parler de la disparition de Ganesh. Elle s'étend longuement sur sa visite de la veille à la Ménagerie où elle a constaté une bonne entente entre Rhino et ses pensionnaires. L'enfant, bercé par sa voix, oscille entre la vie et l'inconnu sans paraître inquiet. Son visage, moins marqué par la douleur, s'anime lorsque Claire exprime le contentement du rhinocéros.

C'est un petit garçon serein qui accueillera cet après-midi-là son père. Louis XVI est venu à cheval à travers les bois de Chaville et Meudon. Le roi, malgré sa corpulence, est un très bon cavalier qui n'hésite pas à lancer sa monture au galop. L'air vivifiant de ce printemps humide apaise ses nerfs mis à vif. Le souverain est confronté à une hostilité croissante du Parlement, de son ministre Necker, d'une partie des membres de la Cour, dont son cousin Orléans, et du peuple. Face à cette crise, Louis XVI, de tempérament réservé et bienveillant, se sent impuissant. Il voit son royaume, tout comme son fils, se déliter. Lorsque Sa Majesté est introduite dans la pièce, Louis-Joseph, veillé par la duchesse d'Harcourt et Claire, repose, endormi. À la surprise de cette dernière, le roi, d'un signe, lui enjoint de sortir et de le suivre dans l'antichambre. Nala, couchée contre le Dauphin, n'a pas bougé.

Le roi se sert un peu d'eau fraîche, lui en propose, qu'elle décline, trop intimidée.

— Il est temps que nous fassions connaissance, mademoiselle l'effrontée, annonce-t-il brutalement. Vous faites l'admiration de MM. de Bourcet et d'Harcourt et leur jugement m'importe. Mais qui êtes-vous vraiment ? demande-t-il d'une voix rude.

— Une personne sans intérêt que le hasard a introduite auprès de votre famille, bredouille Claire.

— Le hasard, voilà un mot pour les révolutionnaires ou les encyclopédistes. Et pourquoi pas Dieu ?

La jeune fille se raidit, réfutant l'allusion à ce Dieu qu'elle fuit. Sa timidité vient de disparaître…

— Si Dieu existait, Il ne pourrait imposer à un ange de sept ans pareille infortune.

— Je vois…

Le roi reste un instant songeur.

— Il m'a été rapporté qu'en dehors de M. le Dauphin, vous n'aimiez personne sauf vos bêtes.

— Il est vrai, Votre Majesté, qu'à choisir, je préfère les animaux aux hommes.

— Vraiment ?

— Je suis née dans votre Ménagerie et elle est devenue mon royaume, comme la France est le vôtre. Un royaume en mauvais état, ose-t-elle, qui a besoin de vous.

— Comme le mien, ajoute le souverain, avec un sourire triste.

— Mais le sort de ces animaux sauvages, mis en prison pour votre simple amusement, est tout aussi pénible que celui de certains Français ! persiste Claire.

— Votre surnom vous va bien…

— Pardon, Votre Majesté, mes paroles ont dépassé mes pensées.

— Vos idées sont audacieuses et je vois de la similitude entre nos deux situations. Ces animaux, comme une partie de mon peuple, n'ont pas choisi leur existence.

— Vous avez le pouvoir d'améliorer leur condition, s'enflamme Claire.

— Je m'y emploie, sans grand succès je vous l'accorde, mais mes animaux ne sont pas ma priorité.

— Alors confiez la direction de la Ménagerie à la Société royale des vétérinaires avec un budget défini pour étudier le comportement animal. Et ouvrez, comme cela se fait en Autriche, le lieu au public.

— Vous en savez, des choses !

— Sa Majesté la reine me l'a raconté.

— Un lieu d'intérêt général, pour tous les habitants de Versailles… J'y réfléchirai. Mon fils est très attaché à votre personne et je vous en remercie.

— Monseigneur le Dauphin et moi partageons l'amour des animaux.

— Oui, c'est curieux, et je vois bien qu'il est le premier Bourbon à détester la chasse. Savez-vous pourquoi ?

— Parce qu'il a compris, je pense depuis tout petit, que les bêtes ne savent ni tricher ni mentir.

— Comment pouvez-vous affirmer pareille sottise alors qu'elles ne parlent pas ?

— Qu'en savez-vous ? réplique Claire avec une folle audace. Les animaux ont peut-être un langage que nous ne comprenons pas.

Soudain, le roi se met à rire, enchanté de la repartie qu'il vient d'entendre.

— Merci, mademoiselle, de ce délicieux intermède. Je m'en vais rejoindre mon fils.

31

Le 1er mai, le Dauphin de France est ramené dans le plus grand secret dans ses appartements de Versailles. La voiture du duc d'Harcourt a été modifiée pour permettre au malade d'y être allongé le temps du trajet. Une escorte de quatre gardes-suisses, dont Guillaume, précède le convoi. Claire s'est voulue légère lorsqu'elle a pris congé de l'enfant.

— Je vais aller saluer Rhino de votre part en attendant votre retour.

Mais le garçon, inquiet, a agrippé le bras de son amie.

— Claire, pourquoi dois-je partir ? Je ne comprends pas ce séjour de quelques jours à Versailles… Pourquoi ne pas me garder avec vous ?

— Parce que vous êtes le fils du roi, Monseigneur. Et qu'en cette qualité, vous devez participer à cette grande manifestation qui aura lieu dans quelque temps.

— Ils ont vraiment besoin de moi ? s'est encore inquiété l'enfant.

— Bien sûr, l'ouverture des états généraux ne peut se faire sans vous, a affirmé Claire pour l'encourager.

Deux jours plus tôt, un député du tiers état a publiquement annoncé que M. le Dauphin était au plus mal. Dès le lendemain, les gazettes et publications, qui fleurissent en ces temps troublés, ont repris la nouvelle. Certaines affirment que la reine, indifférente au sort de son fils, ne lui rend jamais visite et qu'elle persiste à jouer au pharaon toutes les nuits avec le comte d'Artois... « Calomniez, calomniez, il en restera toujours quelque chose », aurait commenté M. de Beaumarchais à la lecture de ces accusations.

La reine est pourtant bien présente lorsque son fils intègre ses appartements, et ne peut retenir ses larmes devant son état. Soutenue par Madame Élisabeth, elle s'oblige à se ressaisir, attrape la main de son fils et l'écoute gémir. Le voyage, malgré toutes les précautions prises, a réveillé ses douleurs. Pire, la peau de son abdomen s'est fissurée, laissant à vif les côtes noircies par la gangrène. Louis XVI, dans la soirée, retrouve sa femme et sa sœur effondrées et l'enfant, inconscient, le corps secoué par d'impressionnantes convulsions. Il réagit en père et rassure son épouse :

— Louis-Joseph ne sera pas livré en pâture et ne participera pas à la procession.

— Nous n'aurions pas dû le faire rentrer, nous avons eu tort, dénonce la reine.

— Je vous l'accorde, ma chère, mais les torts ne ramèneront pas sa santé. Je regrette d'avoir insisté pour qu'il soit inoculé contre la variole alors qu'il était fragile. Aussi, ne nous flagellons pas, les temps sont trop difficiles.

La reine choisit le silence en guise d'accord et lui signifie vouloir demeurer à son chevet.

— Si le Dauphin se réveille, faites-moi chercher, je reviendrai m'entretenir avec lui.

Grâce aux événements politiques, Claire et Nala ont pu retrouver, pour quelques jours, leur maison et leur famille. Si les animaux de la Ménagerie sont indifférents à la politique, il n'en va pas de même chez Manon. Jacques est dans un état d'extrême fébrilité. Il est persuadé que la révolution est en marche, que, d'ici la fin de l'été, le roi aura perdu tous ses privilèges et que le tiers état gouvernera.

— Comme en Amérique ! s'enthousiasme-t-il.

Discuter avec lui s'avère impossible, alors Laimant et Manon laissent le jeune homme pérorer. Il sait tout ce qui se passe en ville, de la préparation des cérémonies aux réunions les plus secrètes, et affirme travailler sous les ordres de l'abbé Sieyès, un intime du duc d'Orléans.

— Figurez-vous que nous avons failli perdre notre bon roi, comme vous aimez l'appeler ! Le mois dernier, il est venu visiter le chantier en construction d'une grande salle pour les états généraux. Il est tellement pataud qu'il a glissé sur un échafaudage et a manqué de se casser la bobine.

Jacques s'esclaffe d'un rire cruel.

— Heureusement qu'un ouvrier, un de ces gagne-petit qu'il ignore, l'a rattrapé de justesse ! Mais c'est la dernière fois que le peuple sauve le roi, je vous le dis…

Manon, Claire et Firmin se regardent, désolés et inquiets pour lui, pour eux et pour leur pays.

32

Au matin du 4 mai, une pluie fine s'est abattue sur la ville. Ce désagrément n'empêche pas la population de Versailles d'assister à l'une de ces cérémonies, dignes du Roi-Soleil, dont la monarchie a coutume. L'intendant royal, Denis Papillon de La Ferté, a su magistralement organiser la procession. Partie de l'église Notre-Dame, elle traverse la place d'Armes pour arriver à l'église Saint-Louis où l'évêque de Nancy l'attend pour une messe solennelle. En tête, Sa Majesté, entourée des grands officiers de la Couronne, est vêtue d'un habit de drap d'or et porte sur son chapeau le fameux diamant le Régent. Tout au long du parcours, elle sera acclamée. La reine, dans une robe d'or et d'argent, sera, elle, ignorée ou, pire, huée.

Les mille deux cents députés, venus de tout le royaume, s'avancent, un cierge à la main. Les trois ordres se différencient par leur tenue. Les membres du tiers état défilent dans un sobre manteau de soie noir et or, arborent une cravate blanche et un curieux tricorne. La noblesse parade en chapeau à plumes et manteau brodé sombre, mais les applaudissements de la foule se font moins généreux à leur passage. Le clergé s'avance en ordre dispersé, les curés n'étant pas autorisés à côtoyer les évêques !

Tous attendent de cette journée inaugurale un changement profond dans leur existence. Les soixante-dix mille habitants de la ville veulent des gages réguliers et la baisse du prix du pain. Certains députés défilent pour renforcer l'autorité du roi, d'autres, au contraire, revendiquent un monde libre sans lui. Même l'armée attend un changement. Elle ne veut plus tirer sur la foule lors des émeutes mais aimerait se battre contre un ennemi étranger alors que le roi persiste, depuis le début de son règne, à rechercher la paix. Une paix qui ne lui assure ni promotion ni solde ! Quant aux princes et membres de la Cour, ils prient en silence pour que leurs privilèges soient maintenus et que la violence, qui a gagné les villes et les campagnes, soit réprimée.

Et Louis XVI et sa femme, que peuvent-ils souhaiter tout au long de cette interminable procession ? Une longue vie pour leur fils, la fin de la misère qui s'est abattue après des hivers glacials, la fin des médisances pour la reine, et la fin des déficits pour le pays. Personne n'imagine que cela sera la dernière cérémonie à Versailles et qu'elle deviendra le symbole d'un temps révolu, bientôt nommé « Ancien Régime ».

Louis-Joseph, après deux jours de souffrance et de somnolence inquiétante, a montré une meilleure forme le 4 au matin. M. Papillon a été informé d'un changement d'avis de la part de son roi : Sa Majesté consolide sa réputation d'indécis, soupire le malheureux intendant, épuisé. Il vient de recevoir l'ordre de transporter en urgence le Dauphin dans un logement au-dessus des Petites Écuries, pour que, bien qu'allongé, ce dernier puisse voir la cérémonie d'une des fenêtres. Le duc d'Harcourt n'applaudit pas cette décision, mais l'enfant semble heureux et prêt à souffrir pour assister à la procession. Guillaume, à nouveau, sera son porteur et se tiendra à ses côtés avec le gouverneur et sa femme. La présence de l'enfant à cette grande cérémonie ne sera pas divulguée.

Louis-Joseph a vaillamment supporté le déplacement mais, à peine allongé, il a fermé les yeux. Il s'est réveillé lorsque le bruit des porteurs de bannière et des fauconniers du roi a signifié l'arrivée de Sa Majesté. Alors, le Dauphin s'est animé et a salué son père de sa petite main. Le duc lui a assuré que le souverain avait agi de même, en passant près du bâtiment. Puis, le petit garçon s'est assoupi, en attendant que l'imposant cortège défile. En fin de journée, il a pu discrètement traverser la place d'Armes en voiture, sans se faire remarquer par la foule. Tard le soir, ses parents, épuisés et défaits par l'hostilité de leurs sujets à l'égard de la reine, s'attardent encore dans la chambre de leur fils.

— Vous allez repartir demain afin d'être guéri par le meilleur air de Meudon, lui affirme le roi.

La reine se cache derrière son mari pour que l'enfant ne s'inquiète pas de son visage rougi de larmes. Louis-Joseph, malgré son mal, n'a rien perdu de son esprit et de sa lucidité.

— Pourquoi pleurez-vous, ma mère ?

— Je ne pleure plus mon fils, je suis si heureuse de vous voir.

— Je suis le Dauphin et je ne mourrai pas ce soir, je vous le promets. Allez dormir et revenez me voir à Meudon. Nous y serons plus tranquilles…

33

Guillaume, le soir de l'ouverture des états généraux, est venu donner des nouvelles du Dauphin à Claire. Conviée à partager une potée de légumes et de lard chez Manon, sa fille se rend compte qu'elle ne lui a jamais demandé où et comment il se logeait. Guillaume explique que les gardes-suisses ont à leur disposition trois casernes dans les environs du château, mais qu'il s'y rend rarement, préférant se réserver pour le Dauphin ou pour la Ménagerie. L'allusion directe fait rougir la jeune fille qui baisse la tête. Manon, en femme pragmatique, lui demande :

— Comment faites-vous avec votre linge et vos effets personnels ?

— Nous sommes toujours quatre. Aussi, si je reste à Meudon, un des suisses me prend mon linge et me rapporte une tenue propre, mais je reconnais que c'est un peu compliqué.

— Les suisses n'ont-ils pas le droit de se loger avec leur solde ? demande Laimant.

— Non, nous sommes au service du roi le temps de notre engagement. Mais nous ne sommes pas à plaindre : logés, nourris et rémunérés…

— Et à la fin de ce service ?

— Un retour au pays pour la majorité d'entre nous.

Guillaume, ce soir, retrouvera la pièce attenante au bureau de Laimant et Claire, sa chambre. Manon voit sa fille résister et s'en désole, elle qui se glisse chaque soir dans les bras de son adorable Firmin. Le voyage à Meudon est prévu pour le lendemain. Guillaume escortera le malade et Claire sera transportée dans une voiture des écuries royales.

Lorsque Claire pénètre dans la chambre du Dauphin, elle trouve Vicq d'Azyr et Lassone à son chevet. Plusieurs côtes se sont brisées lors du voyage et perforent son poumon en lui faisant horriblement mal. Il faut le maintenir pour qu'il laisse les médecins l'ausculter. Ce n'est plus le fils héroïque du roi mais un petit garçon terrifié par la douleur que Claire retrouve. Les deux médecins s'entendent, pour une fois, à lui bander le torse puis à l'endormir de sirop de pavot. Son amie obtient de rester à son chevet pour la nuit.

— Si sa respiration venait à changer, demandez à nous faire venir, précisent les deux médecins, impuissants.

Guillaume, sur un accord tacite, reste près d'elle, tandis que Nala, pour la première fois, ne saute pas sur le lit.

La nuit est longue, l'enfant parle dans son sommeil, demande de l'aide, appelle son père. À l'aube, il attrape la main de la jeune fille et lui annonce d'une voix faible qu'il est temps pour lui de rejoindre son vrai père, le Seigneur au Ciel. Claire frémit à ces mots et lui conjure d'attendre.

— Attendre ? Mais j'ai trop mal…

— Attendre le soleil, l'été, Trianon, et l'arrivée des zèbres ! s'écrie la jeune fille dans un élan désespéré.

— Ils tardent trop, vos zèbres, je vais bientôt partir, mais ne dites rien à mes parents. Je préfère rester avec vous et Guillaume… Je n'ai pas besoin de mentir avec vous, comme avec ma mère… (Il s'arrête, cherche sa respiration.) Elle me fait tant de peine.

— Guillaume, approchez-vous, demande l'enfant. Je voudrais plusieurs choses… Je sens que le temps presse.

— Je vous écoute, monsieur le Dauphin. Demandez-moi la lune et j'irai la chercher.

— Si vous pouviez, avec votre arme, rejeter la mort lorsqu'elle se présentera, je vous en serais très reconnaissant.

— Bien entendu, je le ferai, bredouille Guillaume, bouleversé.

— Vous n'y arriverez pas mais je vous remercie d'essayer.

La voix de l'enfant se fait plus faible et sa respiration, sifflante.

— Je voudrais dire au revoir à Moufflet et qu'il soit donné à mon jeune frère, à ma mort.

— Je vous l'apporterai demain, sans tarder, je vous le promets.

— Je voudrais aussi des ciseaux.

— Des ciseaux ? demande Guillaume, intrigué.

— Oui.

Claire rapporte l'objet du cabinet attenant où reposent les ustensiles des médecins.

— Claire, voulez-vous bien me couper deux mèches de cheveux ? N'ayant rien à vous offrir, je vous donne ce gage de mon amour. Vous m'avez offert les meilleurs moments de ma vie.

— Monseigneur, arrêtez. Vous allez nous faire pleurer ! s'écrie Claire.

— J'arrête, si vous me promettez tous les deux de vous marier après ma mort.

Claire suffoque puis sort, incapable de maîtriser son émotion, tandis que Guillaume, les yeux brillants, promet.

34

Malgré les obligations officielles liées aux états généraux, la reine viendra treize fois à Meudon en mai 1789. Le roi ne ratera aucune occasion de sauter sur un cheval et de passer quelques minutes avec son fils. Selon les jours, l'enfant se maintient dans un état de veille, de douleurs intenses ou de mieux-être. Personne ne peut prédire l'évolution de sa maladie. Il reste étonnamment lucide et fascine son entourage en parlant, désormais sans crainte, de son prochain départ. Depuis que l'abbé a été remercié, le prince sans confesseur ne craint plus la mort ni l'enfer. La duchesse d'Harcourt l'a rassuré. Il est fils de roi, il montera au Ciel et vivra dans le bonheur.

— Ce n'est pas votre statut de Dauphin qui vous permettra de connaître le bonheur céleste, affirme le duc d'Harcourt, contredisant son épouse, mais parce que vous êtes la bonté même. Vous ressemblez à l'Enfant Jésus et Dieu saura le reconnaître.

Le 1er juin 1789, dans une totale indifférence, les deux zèbres du Havre arrivent enfin à la Ménagerie. Très nerveux et affolés en descendant de leur carriole, ils ne se laissent pas approcher, au désespoir de Laimant qui s'imaginait recueillir des ânes à rayures. L'enclos de Ganesh resté vide les attend. Firmin envoie un mot à Claire, qui le lit au chevet de l'enfant. Ce sera leur dernière conversation.

— Ne voulez-vous pas connaître les zèbres ? supplie doucement Claire. Ils sont arrivés…

— Sont-ils rayés ? murmure Louis-Joseph comme dans un songe.

— Oui, M. de Buffon ne s'est pas trompé, mais ils sont très peureux et il est impossible de les toucher.

— Après ma mort, vous aurez le temps de les apprivoiser.

Chaque mot prononcé par le Dauphin lui demande un terrible effort d'élocution mais sa pensée reste remarquable.

— Il nous faut leur trouver des prénoms car vous êtes leur parrain, insiste encore la jeune fille.

— Demain alors, car je suis fatigué.

Le Dauphin ne se réveillera pas et restera inconscient jusqu'à sa mort, qui survient le 4 juin[1]. Veillé par le duc et la duchesse, il s'endort à jamais avec un sourire aux lèvres, laissant ses parents, Claire, Guillaume et tous ceux qui l'ont accompagné dévastés par le chagrin.

Le protocole envahit le château de Meudon dès le lendemain, mettant à l'écart la jeune fille et le garde. Le Dauphin est exposé neuf jours dans une chapelle ardente où des moines en prière veillent sa dépouille. Puis, son corps est transporté dans la crypte royale de Saint-Denis pour y être inhumé, sans que ses parents soient autorisés à y assister, selon les règles d'une étiquette inhumaine. Claire, en colère, observe à distance ce cérémonial d'un autre temps. Elle a fait savoir à Laimant et à sa mère que le Dauphin n'était plus et leur a annoncé que les deux zèbres, peu importe qu'ils soient mâles ou femelles, devraient être nommés Louis et Joseph, en hommage à ce merveilleux petit garçon.

1. Les historiens pensent que le Dauphin est décédé d'une tuberculose osseuse.

DEUXIÈME PARTIE

1789-1792

35

Une voiture aux armes des Bourbons dépose Claire, sa malle et Nala à la Ménagerie, le 8 juin 1789. Ultime privilège pour avoir veillé, jusqu'à la fin, le fils du roi. En disant adieu à Meudon, à ses serviteurs, elle a su qu'elle ne reverrait jamais les acteurs de la tragédie qu'ils venaient tous de jouer. Le duc d'Harcourt a pris le temps de la remercier.

— Dans cette bataille que nous savions perdue d'avance, vous avez été mon meilleur lieutenant et vous méritez une médaille… Claire.

Enfin, il a prononcé son nom, alors que Claire va retrouver l'anonymat de sa condition.

Devant la maison de son enfance, la jeune fille amaigrie est accueillie par sa mère avec gentillesse.

— Tu dois être épuisée.

— Je suis malheureuse. Il me manque déjà…

— Je comprends. Ce que tu as fait pour lui, Dieu te le rendra.

Claire hausse les épaules et se tait. Depuis que Firmin est entré dans la vie de la famille, sa mère s'est considérablement adoucie : son fiancé lui a fait comprendre qu'elle était trop exigeante envers sa fille.

— Claire est une personne remarquable. Il est temps que vous vous en rendiez compte, lui a-t-il déclaré, la veille de son retour, sur un ton plus ferme qu'à l'accoutumée.

Nala, elle aussi amaigrie, retrouve ses habitudes. Elle partage ses premières heures de liberté entre la chasse, pour se nourrir de proies fraîches, et le repos auprès de sa maîtresse devenue si fragile. Nala sent que celle-ci va mal. Les premières nuits, Claire pleure longuement avant de s'endormir, pour se réveiller victime de cauchemars. Les souvenirs des crises du Dauphin, de ses vomissements ou de ses quintes de toux l'assaillent. L'animal gémit avec elle, nettoie de sa langue les larmes sur les joues de sa maîtresse jusqu'à ce qu'elle s'apaise. Il se couche près d'elle et colle son souffle contre son cou. La jeune femme n'a jamais imaginé pouvoir tant souffrir. Elle a déjà connu le deuil de son père, mais cette douleur n'est en rien similaire. L'enfant lui manque sans cesse. Ses yeux s'ouvrent dans l'espoir de le voir, ses rêves s'animent de sa présence. La sensation insupportable qu'il est là, tout à côté, qu'elle ne le voit pas mais que lui la voit, l'envahit sans relâche. Comment faire semblant lorsque le chagrin vous empêche de respirer, vous oppresse au point de ne rien manger et vous tient éveillée toutes les nuits ?

Épuisée, Claire n'a pas repris ses tâches quotidiennes à la Ménagerie et attend que le temps s'écoule en marchant de longues heures, seule avec Nala. Elle évite de croiser des connaissances et se réfugie dans les pièces abandonnées du château de plaisir. Elle marche dans les salles décorées de tableaux représentant des animaux, qu'elle admirait dans son enfance, sans parvenir à y retrouver le même contentement.

Rhino est l'unique pensionnaire qu'elle visite. Elle entre dans son enclos sans prendre garde à sa position et ignore le danger. Il est le seul, en dehors de Nala, avec qui elle peut communiquer, mais le résultat s'avère décevant. L'animal l'a reconnue, répond à son nom, se frotte contre elle, reçoit ses friandises, mais n'apaise en rien son chagrin.

Un matin, Claire ne trouve plus la force de se lever et, malgré la chaleur estivale, passe la journée entière dans l'obscurité de sa chambre. Manon, inquiète de l'absence de sa fille, entre sans frapper.

— Tu es malade ? Je t'ai dit de dormir, mais pas dans la journée !

— Je ne sais pas, lui répond-elle faiblement.

— As-tu oublié que le soigneur de Rhino s'est absenté ? Il n'a pas été nourri depuis hier.

— Depuis quand vous préoccupez-vous de cet animal ? trouve-t-elle la force de répliquer, ironique.

— C'est de toi que je me préoccupe. Je croyais que les bêtes passaient avant tout pour toi.

— Je le pensais aussi.

Alors Manon enlève vivement le drap, attrape sa fille par le bras et la tire hors du lit.

— Dehors, je te veux dehors… Viens, je t'accompagne, tu entreras seule dans l'enclos mais je t'aiderai à pousser les brouettes de foin, tu n'as plus aucune force…

— Je veux bien, mais ensuite promettez-moi de me laisser retourner dans ma chambre.

— Une chambre n'est pas une grotte et, où que tu te trouves, le souvenir de cet enfant t'accompagnera, alors autant te fatiguer, travailler, ainsi, tu dormiras mieux. Aujourd'hui, je ne te demande qu'une chose : nourrir ce satané rhinocéros.

Le mariage de Firmin et Manon est prévu pour le dernier samedi de juillet dans l'église où a été enterré Martin. Une cérémonie simple et un repas champêtre, si le temps instable l'autorise. Mais la future mariée n'a guère le loisir de s'occuper des préparatifs. En dehors de son travail dans les volières et des heures passées à blanchir le linge des dames du château, elle ne lâche plus sa fille. Dès le matin, elle la réveille, l'oblige à se laver, à se vêtir proprement, puis elle balaie sa chambre et l'accompagne en promenade avec Nala. Une fois qu'elles sont arrivées au bord du Grand Canal, elle demande à Claire de l'aider avec le linge. La jeune fille suit sa mère comme une automate et obéit. Elles vont ensemble nettoyer les volières, distribuer la nourriture aux oiseaux. Manon leur parle et rit de leur cacophonie. Puis, de retour, elles travaillent dans le potager, sarclent, binent, arrosent les légumes, et enfin préparent le dîner. Claire qui, depuis son enfance, refusait l'autorité de sa mère accepte tout d'elle, sauf de parler. Les journées se déroulent dans un silence pesant qui déroute Manon.

Rhino attend patiemment son tour mais Claire ne reste pas longtemps auprès de lui. L'animal a chaud et passe de longues heures dans sa mare, à se protéger des insectes. Le mardi précédant la cérémonie, Claire découvre une hirondelle délicatement posée sur sa corne abîmée. Un deuxième oiseau, un pinson ou un pic-vert, s'est installé sur le dos de l'animal et lui picore la peau. La jeune femme reçoit de plein fouet le souvenir de Louis-Joseph riant à l'idée qu'un oiseau puisse enlever des vers sur le dos d'un rhinocéros. Manon, restée à l'extérieur, voit sa fille fondre en larmes. Oubliant sa peur, elle entre dans la loge de Rhino et la prend fermement dans ses bras pour la faire sortir.

À quelques mètres de l'enclos, dans son bureau, Firmin est en grande conversation avec Vicq d'Azyr. Pensant leur faire plaisir, ce dernier s'est invité à dîner. Lorsqu'il voit apparaître les deux femmes, le visage inquiet de Manon et les larmes de Claire, Vicq d'Azyr se lève aussitôt.

— Je crois, docteur, que ma fille a besoin de vous, déclare Manon en la poussant vers le médecin. Viens, Firmin, laissons-les.

Vicq d'Azyr laisse la jeune fille pleurer longuement, puis l'écoute s'épancher en reprenant le récit de ses effroyables souvenirs, de la lente agonie et de la mort obsédante du Dauphin.

— J'ai besoin de lui dire au revoir, je n'arrive pas à vivre sans lui. Guillaume, mes parents, Nala, Rhino, tout ce qui faisait ma vie jusqu'ici me paraît inutile, répète inlassablement la jeune fille. Vous me pensez folle, j'imagine ?

— Non, sourit Vicq d'Azyr, simplement triste, profondément triste, tout comme notre reine. Elle n'est guère plus vaillante que vous, mais elle a d'autres enfants qui l'aident à affronter son chagrin… Comme vous, elle pleure pour un détail et n'a plus goût à rien.

— La pauvre, comme je la comprends. Vous êtes son médecin, ne pouvez-vous l'aider ?

— J'essaie… Comme je vais essayer avec vous. Nous connaissons mal la différence entre la tristesse passagère, à la suite d'un deuil par exemple, et la mélancolie qui, elle, peut persister. Il va falloir m'aider en luttant contre cette envie de vous isoler, de vous coucher, de rester dans le noir. Établissons ensemble un programme, si vous le voulez bien.

Claire, un peu perplexe, acquiesce d'un signe de tête. Elle a d'emblée accordé toute sa confiance à l'homme de science. Il poursuit :

— Dites-vous, à partir de demain : « Je suis dehors pendant deux heures, jeudi trois heures », et ainsi de suite… Nous avons de la chance, nous sommes à la belle saison, car je crois que le soleil et la lumière nous aident. Ne vous couchez pas parce que vous êtes malheureuse, mais parce que vous êtes fatiguée. Au matin, reprenez vos activités pour ne pas laisser le chagrin s'installer en vous.

Il ajoute :

— Je vais vous préparer des gouttes qui vont vous apporter un sommeil profond afin de vous aider à différencier le jour et la nuit.

— Des gouttes comme celles de notre pauvre Dauphin ?

— Non, des gouttes pour vivre, mon enfant. De la camomille que les Anciens nommaient la plante du sommeil, et du tilleul… Vous les prendrez ?

Claire accepte enfin une aide.

— Venez, il fait encore jour et je voudrais que vous me présentiez les zèbres.

La jeune fille esquisse un premier sourire.

— Je vous préviens, il est impossible de les approcher… Je n'ai jamais vu d'animaux aussi craintifs !

36

Les émeutes à Paris et la prise de la Bastille ont laissé Claire sans surprise et sans émotion. Alors que Jacques semble vivre chaque décision des séances du tiers état comme s'il les dirigeait, la jeune fille tente de s'extraire du marasme dans lequel elle se trouve. Certes, elle dort mieux, mais ses matinées sont éprouvantes, et Manon doit revenir à plusieurs reprises pour la convaincre de se lever. Une fois debout, tel un pantin, elle exécute les tâches qui la rendaient si heureuses auparavant... Avant, quand elle ne connaissait pas encore le petit Dauphin aux yeux ensorceleurs.

Guillaume aurait voulu venir chaque jour consoler Claire et partager avec elle ses souvenirs de Meudon, mais sa vie ne ressemble en rien à ce qu'il a connu. Depuis l'ouverture des états généraux, des troubles ne cessent d'éclater, obligeant les soldats à intervenir. Quant aux gardes-suisses, ils sont sollicités nuit et jour pour protéger la famille royale et le château. La Cour a décidé de limiter ses déplacements entre Marly, le Trianon et Versailles, et le monarque évite de sortir, craignant de se retrouver face à ses sujets. Ils ont beau crier « Vive le roi » sur son passage, l'ambiance explosive inquiète les ministres. Le frère du souverain, le comte d'Artois, et les Polignac ont d'ailleurs quitté le pays dès les premiers jours de juillet, inquiets pour leur vie.

Le comte de Gouvernet, devenu gouverneur à la place du duc de Noailles, relégué au château de Saint-Germain, a réorganisé le service des gardes. En militaire aguerri, il est conscient que le château est mal protégé et qu'il suffit d'un chapeau et d'une épée pour y pénétrer. Guillaume, sous son commandement, s'oblige à des horaires éprouvants. Se placer dans l'encoignure d'une porte et y rester six heures d'affilée sans bouger nécessite un entraînement qu'il maîtrise désormais. Mais la même station debout devant l'entrée de la Cour d'honneur est une autre affaire. Une foule, désormais hostile à la monarchie et surtout à la reine, se masse devant les grilles et lance insultes et crachats aux suisses. Guillaume parfois se sent dévisagé comme l'orang-outang de la Ménagerie…

Arrivé par les jardins, le garde a croisé Laimant qui l'a convié à son mariage et lui a avoué s'inquiéter pour Claire.

— Elle est mieux, et se montre quelques heures parmi les animaux. Mais elle refuse de parler avec ses proches et s'isole, je ne sais même pas où.

Guillaume, lui, sait. Il se souvient qu'elle lui a décrit le château de la Ménagerie, les fresques peintes avec des porcs-épics ou des autruches. Il pense qu'elle s'est réfugiée en ces lieux pour donner libre cours à ses souvenirs, et il décide de l'y rejoindre.

Déterminé à la trouver, il a ouvert chaque porte de ce palais endormi et jeté un coup d'œil rapide sur les représentations animales, dont certaines sont en piètre état. Peu lui importe, il veut la voir, elle. Il a besoin d'elle. Il se dirige en vain vers les appartements d'été sans s'arrêter sur les boiseries bleues et grises ni sur les délicates peintures champêtres. Agacé, il repasse par les appartements d'hiver, s'arrête dans la chambre de Vénus, se souvenant que Claire lui a vanté sa richesse décorative et la beauté des représentations de la déesse. Un lit, un fauteuil, des banquettes garnies de vert et d'or attendent depuis un siècle un visiteur fatigué. Il s'y refuse. Alors qu'il s'apprête à rebrousser chemin, Nala vient tourner autour de lui.

— Où est Claire, Nala ? Dis-moi, la supplie-t-il en la caressant furtivement.

Le serval file et s'engage dans un escalier dérobé entre la galerie et le salon d'été. Guillaume suit le félin et découvre l'endroit insolite. Une grotte où coule une délicieuse source au son réconfortant, un lieu de fraîcheur recouvert de coquillages et de mosaïques. À la beauté du lieu s'ajoute la mélodie délicieuse d'un jet d'eau tournant autour de la pièce octogonale et répandant une pluie d'eau fraîche. Claire repose à même le sol, profondément endormie. Guillaume, attendri, ne sait que faire, alors Nala agit pour lui. Elle tourne autour de sa maîtresse avant de bondir sur son dos et de se poser sur elle. Claire, aussitôt réveillée, s'amuse d'être découverte.

— Bonjour, Guillaume, je suis démasquée... Dans mon lieu secret. Bientôt la Ménagerie n'aura plus de secrets pour vous.

— Je l'espère. Quel endroit étonnant !

— Fort agréable en ces fortes chaleurs mais assez peu confortable pour converser. Il est l'heure de nourrir Rhino, annonce-t-elle en se levant.

— Et si nous restions dans cet endroit magique ? propose Guillaume.

— Rhino ne saurait attendre...

Plus tard, sous le tilleul, devant la maison de la jeune fille, Guillaume se voit servir un peu de cidre. Manon, heureuse de retrouver Claire avec le jeune homme, a entraîné à l'intérieur son fils Jacques qui s'est invité à dîner. Depuis quelque temps, ce dernier vend les journaux autour de la salle des Menus-Plaisirs où se tiennent les réunions des représentants des états généraux. Si les séances de la noblesse et du clergé se déroulent à huis clos, celles du tiers état sont ouvertes au public et Jacques y assiste souvent.

À la nuit tombante, les animaux nourris et cajolés laissent aux deux jeunes gens un rare moment d'intimité.

— Comment allez-vous, Claire ? Vous avez été malade. Je regrette de n'avoir pu venir plus tôt…

Claire l'interrompt.

— Oui, j'ai été malade de chagrin, pas vous ?

— Je n'en ai guère eu le temps… Une révolte peut intervenir à tout moment en ville.

— Vous parlez comme Jacques ! s'étonne-t-elle. La fureur côté cour, la paix côté jardin.

— Je reconnais pour une fois être de son avis, bien que ses amis et lui fassent tout pour pousser le peuple à envahir le château, à le piller et je ne sais quoi d'autre ! Je redoute de me trouver un jour face à votre frère, moi avec mon fusil et lui avec son couteau ! Aussi, je me console en espérant le Dauphin heureux au Ciel, loin de cette violence.

— Mon Dieu, mais voilà à peine trois semaines qu'il a disparu et vous me parlez de révolte comme si dix années s'étaient écoulées.

— Nous sommes en alerte permanente, nous patrouillons, nous montrons nos forces pour impressionner les fauteurs de troubles, mais nous ne sommes guère efficaces, hélas… À tout moment, la situation peut basculer et l'ordre du roi de ne pas tirer sur la foule ne fait qu'aggraver mon anxiété. Quand le peuple comprendra-t-il que, par son nombre, il peut aisément entrer et massacrer les acteurs de son malheur ? Deux régiments étrangers, un régiment de suisses et une garde nationale composée de volontaires peu préparés ne pourront rien contre une marée humaine.

— Mais que faire ?

— Envoyer les politiques pérorer dans une ville éloignée de Paris… Et mettre à l'abri le roi et sa famille !

— Je n'aurais jamais imaginé que vous aviez des idées politiques. Je vous ai mésestimé, reconnaît Claire.

— Je parle en simple soldat, c'est tout. Et j'ai peur…

— Peur ?

— Le château est une véritable passoire, n'importe qui peut y pénétrer, à commencer par la Ménagerie, et ce n'est pas le pauvre garde à l'entrée qui va vous défendre. Le nouveau gouverneur en est conscient, tout comme nos supérieurs, mais il est un peu tard pour s'organiser. Quant aux régiments étrangers, le ministre de la Guerre vient d'augmenter leur solde de trente livres pour être sûr qu'ils tireront le moment venu.

— Et vous ? demande Claire

— Oui, j'ai peur de devoir un jour tirer sur la foule…

— Vous le feriez ?

— Pour défendre le roi, je tirerais et je donnerais ma vie. Je m'y suis engagé. Vous le savez.

Jacques vient les interrompre, il a entendu une partie de leur conversation. Guillaume représente un monde qu'il ne comprend pas et dont il souhaite l'abolition, mais il respecte la personnalité de cet homme calme. *Tout l'inverse de moi*, pense-t-il à cet instant. Toutefois, son profond penchant pour la provocation et la jalousie qu'il éprouve envers sa sœur le poussent à les tourmenter :

— Savez-vous la dernière bêtise de votre reine chérie ? Elle s'est présentée avec son coquin de beau-frère et sa Polignac à un banquet dans les jardins de l'Orangerie de Versailles. C'était le régiment de Nassau. Elle leur a parlé en allemand, a ri, chanté, s'est saoulée avec eux et leur a donné une bourse bien garnie pour que ces braves soldats la protègent des méchants révolutionnaires.

— Mais tu dis n'importe quoi, Jacques ! La reine ne boit pas de vin et n'aime que l'eau de Ville-d'Avray !

— Voilà une information passionnante, ma petite sœur.

Guillaume intervient.

— Jacques, pardon, mais Artois et Polignac sont en exil, je ne sais où !

— Quant à la reine, ajoute Claire, si elle parlait allemand, qui peut savoir ce qu'elle disait ?

— En tout cas, c'est écrit noir sur blanc dans le courrier de Versailles que j'ai distribué aux députés !

Le frère et la sœur s'affrontent du regard. Fatiguée des perpétuelles provocations et de la paresse de Jacques, Claire ne cherche plus à s'entendre avec lui. Guillaume, afin d'apaiser les tensions, tente de faire diversion.

— J'ai reçu une gratification pour toutes les heures passées à supporter les insultes et les crachats devant la grille, annonce-t-il. Je serais heureux de vous en faire cadeau, Manon, Firmin, pour vos noces.

Jacques lui jette un regard noir tandis que les futurs mariés le remercient pour son offre généreuse mais la refusent.

— Cet argent doit être conservé pour des temps difficiles, lui dit Firmin, la mine sombre.

— Non, j'insiste. Sans vouloir être un oiseau de mauvais augure, je vous demande de rester à la Ménagerie et de sortir en ville le moins possible, tant que les états généraux siègent, ajoute Guillaume.

— Je suis du même avis que notre suisse ! s'exclame un peu trop fort Jacques. Je vous parie que le château sera envahi d'ici peu, à moins que Capet ne se décide enfin à nourrir son peuple ! Après tout, il suffit de contourner la place d'Armes pour entrer par Trianon ou la Ménagerie, de remonter par les jardins… et vous pénétrez dans le château sans y avoir été invité ! ajoute-t-il, l'air triomphant

— C'est terrifiant, avoue Manon.

— Non, maman, c'est nécessaire. Ce sera mieux après, lui prédit Jacques.

37

Claire a mal dormi. Entre les heures d'insomnie à se demander ce qu'elle ressent pour Guillaume et les rêves violents d'animaux massacrés, sa nuit ressemble à un champ de bataille après une défaite. À l'aube, exténuée, elle rejette son drap, se lève, attrape Nala dans ses bras et se rallonge. Elle se retourne contre le mur et supplie que le sommeil l'emporte. Il est dix heures passées lorsque Manon ouvre la porte avec fracas. Découvrant le félin et sa fille enlacés, elle interpelle d'une voix vive la jeune endormie.

— Claire, lève-toi, vite ! Le comte d'Angiviller est là en personne et manifeste son impatience. Il veut te parler. Allez, debout, enlève ta chemise, relève tes cheveux, un peu d'eau sur ton visage, un peu de lotion à la lavande, la robe de la reine et tu seras ravissante ! Courage, ma fille…

— Il n'est pas là par courtoisie, voyons… Il n'est encore jamais venu jusqu'ici ! maugrée Claire.

Charles Flahaut de La Billarderie, comte d'Angiviller, directeur général des Bâtiments du roi, s'est présenté avec trois collaborateurs affairés. L'homme, âgé d'une soixantaine d'années, impressionne par son élégance et son langage raffiné. Ami reconnu de Louis XVI, il est passionné d'architecture et de peinture. Débordant d'énergie et d'enthousiasme, il travaille du matin au soir, épuise ses collaborateurs et sa femme, la ravissante Élisabeth de Laborde. Laimant, très intimidé, tente de répondre aux multiples questions que d'Angiviller lui pose sur l'édifice, sans s'intéresser à la Ménagerie. Le comte est un esthète qui se moque éperdument de la collection de bêtes exotiques de son souverain.

Claire accourt, escortée de son serval, esquisse une rapide révérence et demande à être excusée pour son retard. *Elle est ravissante,* pense l'amateur de jeunes femmes, *et la présence du félin lui donne un regard sauvage comme je les aime.*

— Voulez-vous visiter la Ménagerie ? s'enquiert la jeune fille.

— Je suis ici à la demande de Sa Majesté, annonce-t-il avec une pointe de condescendance. Le roi souhaite restaurer cette partie de son domaine.

— C'est une merveilleuse nouvelle ! s'exclament d'une même voix Claire et Laimant.

— Montrez-moi les bâtiments, je vous prie.

— Ne voulez-vous pas commencer par les enclos des animaux qui nécessitent des travaux urgents ? propose Claire.

— Il n'y a pas d'urgence pour des bêtes, voyons ! s'agace le visiteur.

— Pardonnez mon audace, mais nous avons perdu notre unique éléphant, mort parce que son grillage était défectueux, réplique-t-elle d'un ton vif.

D'une voix autoritaire, le comte commande à l'un de ses secrétaires de faire le tour des cages avec M. Laimant, d'examiner la situation pour estimer les coûts. Au deuxième secrétaire, il donne pour instruction de visiter les habitations du personnel afin d'établir les travaux de réfection. Les toits, les cheminées, les huisseries des fenêtres, l'empierrement des sols… L'homme, tout aristocrate qu'il est, connaît son affaire.

— À nous, mademoiselle, dit-il en se tournant vers elle.

Claire se retrouve seule et s'inquiète de cette situation inédite.

— Je ne suis pas un bon guide pour vous montrer le château, car je n'ai aucune instruction…

— J'en sais suffisamment pour deux, ne vous inquiétez pas. Racontez-moi, ordonne-t-il avec le ton d'un homme habitué à commander.

— Les intérieurs du château, dit Claire, hésitante, tout en essayant de paraître à l'aise, sont exceptionnels, étant restés dans l'état que voulait Louis XIV lorsqu'il a offert ce lieu… à sa petite-fille, je crois.

— Je sais que la duchesse de Bourgogne a reçu ce domaine en 1698 et que le roi l'a fait décorer de splendeurs. Mais à sa mort, le bâtiment a été oublié, confirme-t-il.

— Oui, un château endormi, que nous essayons de ne pas réveiller tant il est émouvant. Les tableaux représentant les animaux me semblent particulièrement remarquables.

Le comte fait la moue et précise :

— Je préfère les boiseries, les marbres et les bronzes d'une époque que certains trouvent démodée mais que pour ma part j'apprécie beaucoup.

D'Angiviller et la jeune fille arpentent les appartements d'été et d'hiver du premier étage. Le comte a perdu sa suffisance et son autorité en chemin ; il partage désormais avec simplicité ses connaissances avec Claire. Elle apprend ainsi que le tableau du *Loup poursuivi par trois chiens* est dû au célèbre peintre animalier Desportes et que les petites tables dites « encoignures » sont l'œuvre d'une famille d'ébénistes renommée, les Boulle. Ils accèdent à la grande galerie où le directeur découvre, pour la première fois, les frises des animaux domestiques. D'un rapide coup d'œil, il constate leur mauvais état de conservation.

— Hélas, M. le peintre Durameau avait raison. Il m'a écrit il y a deux ans pour m'alerter sur cette situation, mais nous avions d'autres priorités alors…

Il poursuit :

— Je vois que l'humidité et la chaleur les ont desséchées et blanchies au point que l'on ne peut distinguer ce qu'elles représentent qu'en les mouillant.

Tout en parlant, l'esthète a léché son index, puis l'a fait glisser sur la toile, dévoilant ainsi deux charmants canards au plumage coloré.

La visite est longue, chaque toile scrutée avec attention ; parfois, il griffonne sur un carnet prestement rangé dans sa veste brodée de motifs de feuilles en fil d'argent. Claire connaît désormais le peintre Nicasius Bernaerts, l'auteur de ces merveilles. Arrivée dans le salon octogone, elle présente à d'Angiviller sa toile préférée.

— Voici le porc-épic, je le trouve magnifique !

Perdant sa retenue, elle donne un avis personnel et espère faire partager son enthousiasme à l'impressionnant directeur des Bâtiments du roi de France.

— Je ne connais pas cet animal, avoue le comte avec un sourire amusé.

— Je me souviens que quand j'étais enfant, il y en avait un à la Ménagerie. Il venait d'Afrique, je crois…

— Peut-être, admet le visiteur, pressé d'aller ailleurs.

Le mobilier de la duchesse de Bourgogne, comme immuable, les attend. Malgré la poussière, le comte prend place le premier et, d'un geste, fait signe à la jeune fille de s'asseoir sur un fauteuil en face de lui.

— Vous imaginez bien, mademoiselle, qu'en ces temps difficiles j'ai d'autres choses à faire que de m'intéresser aux tableaux ou aux hérissons.

— J'avoue n'y avoir pas réfléchi.

— Je suis ici à la demande du roi. Je me flatte d'être son conseiller.

Claire ne semble pas impressionnée.

— Comment se porte Sa Majesté ? Je pense si souvent à son épouse, à lui, à leur chagrin.

— Notre souverain n'a pas un tempérament à s'épancher, surtout lorsque ses journées ne sont que palabres et disputes avec des députés passionnés ou des ministres terrorisés...

— Quelle tristesse ! J'espère qu'il trouve auprès de sa famille une sorte de consolation.

— Je le lui souhaite mais, il semble affecté par l'émigration de son frère et celle du prince de Condé.

Claire songe à Chantilly, ce château dont on lui a décrit les merveilles, tout comme la ménagerie de ce prince qui cherchait à concurrencer celle de Versailles.

— Heureusement, les officiers de la Couronne sont à pied d'œuvre et poursuivent leur tâche, annonce d'Angiviller avec fierté.

— Je n'en doute pas, réplique son interlocutrice d'une voix moqueuse car elle connaît un certain nombre d'employés du domaine qui, depuis les premières violences de mai, désertent leur poste.

— Le roi, dans sa bonté, ne vous a pas oubliée. Il m'a raconté votre conversation de Meudon et a décidé de vous remercier pour votre dévouement. Pour, selon ses propres termes, avoir offert un peu de bonheur à son fils...

Claire détourne le regard pour dissimuler ses larmes.

— Le souvenir de ma rencontre avec Monseigneur le Dauphin m'est encore difficile. Excusez-moi.

— Le roi, poursuit, impassible, le fonctionnaire royal, a décidé de restaurer la Ménagerie, mademoiselle, à savoir les habitations des employés et les enclos des animaux, puis le château de plaisir. Étant donné la situation du royaume, il réglera les frais sur sa cassette personnelle, tout comme votre dot.

— Je vous demande pardon ?

— Sa Majesté a décidé de vous octroyer une pension de dix mille livres pour vous établir lors de votre mariage.

Claire est abasourdie.

— Mais il n'est pas prévu que je me marie…

— Le roi ne vous oblige en rien, bien sûr ! Cette somme est sa manière de vous remercier et, sans ces temps agités, il vous l'aurait remise lui-même. À propos, quels sont vos gages à la Ménagerie ?

— Je n'en ai pas.

— Demain, vous recevrez une cassette contenant la somme de dix mille livres en louis d'or pour vos bons services pendant toutes ces années. Voici mes deux conseils pour gérer au mieux cette somme importante.

Avant de poursuivre, il marque un silence afin de s'assurer que la jeune fille l'écoute avec attention.

— Ne parlez à personne de cet argent. Personne. Et si vous vous mariez, n'en dites rien à votre époux. Surtout pas avant le mariage, ni durant les premières années de votre union.

Le comte insiste :

— Pas même à vos proches. Votre dot vous offre votre liberté, souvenez-vous-en. Et s'il fallait un jour fermer la Ménagerie, elle serait votre salut, car si j'ai bien compris…

Claire l'interrompt pour terminer sa phrase :

— Je ne sais rien faire d'autre que m'occuper des animaux. Je ne dirai rien alors, pas même à ma mère… Mais je le regrette déjà, avoue-t-elle d'un ton triste.

— Oui, mais un jour vous me remercierez, ajoute avec bienveillance le comte, désormais sous son charme.

— Et votre second conseil ?

— Cachez très soigneusement cette cassette.

— Bien sûr, mais cela me sera facile. Entre les pattes du lion ou du rhinocéros…

Claire rit, avant d'ajouter :

— Comment puis-je remercier Sa Majesté ?

— Demain, un garde suisse déposera pour vous une petite malle, comme si c'était un cadeau de la reine, mais l'argent y sera dissimulé. Vous pourrez remettre un mot au soldat et le roi le recevra. Il ne vous oubliera pas. Vous êtes maintenant sous ma protection, comme Sa Majesté me l'a demandé. Si, un jour, vous avez besoin d'aide, faites-le-moi savoir en déposant un billet à mon domicile, à Versailles, à l'hôtel de Laborde, achève le comte en se levant. Au revoir, mademoiselle.

— Claire, je m'appelle Claire, précise-t-elle.

— Au revoir, Claire.

38

L'atmosphère belliqueuse qui s'est répandue dans la ville de Versailles n'a pas encore atteint le domaine où travaillent les jardiniers, les fontainiers et autres employés au service du monarque. Les habitants de la ville royale connaissent déjà une dégradation de leur situation économique. Les auberges ont vu leurs clients déserter, les fournisseurs de la Maison du roi ne savent que faire de leurs invendus et les lingères n'ont plus aucun drap ni dentelles à blanchir. L'inquiétude est grande chez les employés du domaine qui redoutent de perdre leur emploi. Alors, le mariage de Manon et Firmin se doit d'être une parenthèse légère et festive au milieu de cet été tumultueux.

Manon a fait le tour des invités, tous employés à la Ménagerie et à Trianon, en leur indiquant l'heure de la cérémonie et du repas. Elle leur a précisé :

— On dansera, et on ne parlera pas politique !

En prononçant ces mots, elle a pensé naturellement à son fils Jacques et a prié le Ciel qu'il sache se contenir. M. Antoine Richard, le jardinier de la reine à Trianon, et Félix Vicq d'Azyr ont été invités par un courrier qu'ont rédigé, non sans difficulté, les fiancés. Quant à Guillaume, il a été prié d'arriver la veille pour aider à préparer les festivités.

Le comte d'Angiviller a tenu parole. Une malle contenant deux billets des souverains a été livrée à Claire un matin. Celui du roi est laconique.

Je compte sur votre dévouement pour prendre soin des animaux et qu'ils ne souffrent pas de la cruauté des hommes.

La signature, « Louis », écrite en lettres anglaises penchées avec un immense L majuscule, l'impressionne.

La missive de Marie-Antoinette déclenche chez elle une violente émotion.

J'espère que vous trouverez le bonheur sans jamais oublier notre enfant. Je vous prie d'accepter sa timbale reçue lors de son baptême et ses couverts d'argent, cadeau de ma mère l'impératrice. Je vous souhaite de connaître un jour le bonheur d'être mère.

Gardez-moi dans votre cœur, mademoiselle l'effrontée.

Sous prétexte d'aller déposer la malle dans sa petite maison, Claire s'éloigne du regard des autres. Elle en extrait une cassette qu'elle dissimule sous sa houppelande. Puis elle se dirige seule, là où elle sait que personne n'ira. L'enclos de Rhino.

L'animal, une fois le rituel des caresses et des fruits offerts, s'éloigne vers sa mare, laissant la jeune femme libre d'agir. Une poutre horizontale à hauteur de sa tête lui permet de poser l'objet en équilibre. Elle le dissimule avec un peu de paille, comme si un oiseau préparait un nid.

Son avenir, sa liberté…

39

Le matin de leur mariage, Firmin et Manon découvrent, catastrophés, que la pluie s'est invitée à leurs noces. Un comble pour un 28 juillet ! La pelouse autour du Grand Canal, où était prévu le banquet, est détrempée par une nuit d'averses. Pire, un vent glacial fait frissonner la future mariée. Claire, qui subit encore des nuits difficiles et des matinées moroses, a réussi à se lever, consciente de l'importance que revêt cette journée.

— Nala, nous allons faire une rapide promenade puis je te laisserai à la maison, puisque tu n'es pas autorisée à m'accompagner à l'église. Je te raconterai, promis…

Trempée, elle rejoint ensuite le bureau de Laimant, devenu l'état-major des préparatifs. Elle y trouve les fiancés abattus et Guillaume désolé. Elle prend sur elle, affiche un sourire éclatant et décide de diriger les opérations.

— Il nous faut un intérieur spacieux où vous pourrez recevoir vos invités sans crainte de la pluie ou du bruit que ferait la musique. Réfléchissons… La volière ? Mais les oiseaux risquent de faire peur aux convives. La loge abandonnée des pélicans ? Mais la moitié des invités n'y sera pas protégée du vent et de la pluie.

— Quelle tristesse de devoir composer avec le mauvais temps en juillet, reprend Laimant, incapable de trouver une solution.

— Cherchons, agissons, car le temps presse, puis vous écrirez une pétition au président de la nouvelle Assemblée pour le rendre responsable de ce mauvais temps, le provoque Claire pour détendre l'atmosphère.

Guillaume intervient.

— Et l'orangerie du château ? Elle est vide.

— Mais elle appartient à Sa Majesté, s'insurge Laimant.

— Et la galerie et le salon octogone ? Au moins, nous resterons à la Ménagerie et personne n'en saura rien, suggère Claire.

— Non, sans autorisation, je ne l'accepterai pas. Ce serait profiter d'un odieux passe-droit.

Guillaume se propose, d'un galop de cheval, d'aller obtenir du comte d'Angiviller l'autorisation exceptionnelle de célébrer le repas de mariage dans la galerie.

— Dites-lui bien que nous ne toucherons pas aux tableaux, précise Claire.

— Aurez-vous la réponse dans la matinée ? s'inquiète Manon.

— Je vous invite à monter les tables et les bancs pendant mon absence ; de mon côté, je reviendrai avec un accord, je n'en doute pas, affirme Guillaume d'un ton convaincant.

— Il a raison, approuve Claire. Il faut juste s'assurer qu'il n'y aura aucune dégradation… ou que nulle personne malintentionnée nous jalousant ne se répande en médisances.

L'allusion est tellement évidente que Manon intervient.

— J'ai précisé à Jacques qu'aucun de ses nouveaux amis n'était invité. Il s'est vexé et ne viendra pas nous aider.

— Ne t'inquiète pas, nous nous débrouillerons sans lui. Pas de nuage le jour de notre mariage ! affirme Laimant en embrassant Manon.

Le comte d'Angiviller a eu vent du projet d'union de son employé. Conscient d'avoir un directeur honnête et travailleur, il a décidé de faire porter à Laimant, le matin de la cérémonie, trois pâtés en croûte issus des cuisines royales et un tonneau de vin d'Angers. Aussi, lorsque Guillaume se présente avec sa requête auprès de son secrétaire particulier, dans les locaux de l'aile nord des ministres, il est accueilli avec amabilité.

— Le gouverneur est en réunion, mais attendez ici, je vais lui glisser un petit billet.

Quelques minutes s'écoulent, pendant lesquelles le garde suisse observe les allées et venues des commis d'État, les bras chargés de documents volumineux ou de rouleaux de plans. *Je ne crois pas que j'aimerais cette vie*, songe-t-il. *En fils de paysan, j'ai besoin d'action et de plein air.*

Le secrétaire de d'Angiviller, le sourire aux lèvres, revient avec un billet plié mais sans cachet, qu'il tend au garde.

— Lisez…

Guillaume s'exécute.

Je me réjouis du mariage de M. Laimant et de savoir qu'à cette occasion la galerie retrouvera un peu de vie. Comme dit l'adage, mariage pluvieux, mariage heureux. Félicitez les mariés pour moi.

Guillaume rit, avoue ne pas connaître le dicton, et file annoncer la bonne nouvelle à la Ménagerie.

Trempé par sa chevauchée, le jeune homme saute à terre et rassure aussitôt les futurs époux, soulagés et radieux.

— Vite, il nous faut balayer le sol, monter les meubles, et napper les tables, ordonne Manon, qui a retrouvé son entrain.

Sa fille, bien décidée à lui prêter main-forte, lui obéit sur-le-champ. Avec l'aide de Guillaume, ils installent la salle pour le repas. Laimant, tout sourire, parcourt le billet de son supérieur avant d'annoncer à la cantonade :

— Écoutez, M. le comte se trompe. Le dicton n'a rien à voir avec la pluie. Mariage plus vieux, mariage heureux !

Fier de montrer son savoir, le futur marié se fait applaudir dans la bonne humeur.

Chacun participe à la mise en place du banquet. Manon a composé de ravissants bouquets de feuillages et de marguerites qu'elle dispose sur les tables, tandis que Laimant croule sous les assiettes prêtées par les convives. Lorsque le cadeau du comte est déposé dans la Cour d'honneur, des cris de joie éclatent.

Les cheveux relevés et piqués de fleurs, vêtue d'une robe rayée et d'un corset jaune qu'elle a cousu elle-même, Manon s'avance dans l'allée de l'église au bras de son fils, telle une jeune fille. Firmin, habillé de son unique veste noire, l'a égayée d'un œillet à la boutonnière ; il l'attend devant l'autel, le cœur battant.

L'échange des consentements et la remise des anneaux forment un moment particulièrement émouvant, d'autant que l'abbé Jacob a tenu à associer à ses prières le souvenir de Martin ; Claire lui en est reconnaissante. Elle porte l'une des robes offertes lors du séjour à Meudon et a noué autour de son cou un ruban de soie bleue qui supporte le médaillon de Louis-Joseph.

Soulagée de savoir sa mère protégée par un homme sérieux et bon, la jeune femme sourit enfin. Le caractère autoritaire de Manon s'est déjà adouci en quelques mois, songe sa fille. *Et moi ? Ai-je envie de vivre avec un homme ? Je devrais être impatiente d'être un jour à sa place. Guillaume n'est-il pas comme Firmin, un homme bien ? Pourquoi cette crainte de me donner à lui, de dire oui, de partager ma vie ? J'aimerais tant être comme les autres femmes, désirer un homme, vouloir des enfants.*

Perdue dans ses pensées, elle n'a pas entendu Guillaume s'approcher d'elle et passer son bras sous le sien. Ensemble, ils sortent de l'église. Un cortège joyeux s'avance vers la Ménagerie, la pluie ayant laissé place à un ciel dégagé. L'air est frais, le vent accompagne les mariés et leurs invités, découvrant les jambes des femmes qui s'en amusent. Crosnier, le jardinier, pourtant d'ordinaire bougon, a revêtu son meilleur pourpoint et dirige gaiement la procession en jouant du pipeau. Des airs légers, des chansons populaires reprises à la cantonade.

La fête se poursuit tout l'après-midi dans la bonne humeur autour du vin d'honneur servi dans les jardins. Jacques parade de groupe en groupe, sert les invités et offre le meilleur de lui-même en les faisant rire. Enfin, une cloche vient annoncer que le souper est servi. Un souper sans façon, clame Laimant, comme s'il voulait atténuer la beauté du lieu ! Certains invités, bien qu'employés à la Ménagerie, n'ont jamais visité la galerie. C'est avec curiosité et timidité qu'ils pénètrent dans l'univers de la petite-fille du Roi-Soleil.

Les acclamations fusent, les groupes se dispersent pour aller de pièce en pièce, d'un tableau au suivant, d'une dorure à une autre. Manon attend, impatiente de faire asseoir ses invités. Jacques ne peut contenir son agacement et reproche à Firmin d'avoir choisi ce lieu. Le nouveau marié en convient, la fête est en train de se transformer en visite de musée. Claire, désolée, chuchote :

— Nous avons commis une erreur, le salon est trop impressionnant pour simplement s'y amuser.

— Tu as malheureusement raison.

Guillaume vient de tutoyer Claire, qui sourit.

Malgré la bonne volonté des jeunes gens, le souper s'éternise et peu de rires fusent. Vicq d'Azyr a rejoint le banquet et s'est glissé à côté de Claire. Il ne fait aucun commentaire mais perçoit le malaise de ces gens simples, écrasés par les ors de ce décor surchargé. Le discours de Laimant, remerciant les invités pour leur présence, et sa femme de l'avoir choisi, ne parvient pas à détendre l'atmosphère. Soudain, l'époux de la lingère, une amie de Manon, interpelle le directeur :

— Qui habite ici ?

— Personne, ce sont des pièces de réception pour la famille royale, répond Laimant prestement.

— Elle n'y met jamais les pieds, réplique Jacques, enchanté de la question.

Sa mère, assise en face de lui, ne l'a pas quitté du regard. Il a fanfaronné avec sa voisine qui, ravie d'être servie d'un vin meilleur qu'à l'ordinaire, l'a écouté pérorer toute la soirée et affirmer son rôle dans les événements qui bouleversent le pays.

— Bientôt, nous pourrons tous y habiter, annonce-t-il. Je lève mon verre au peuple de Versailles !

Les invités s'exécutent, même Claire, qui ne souhaite pas gâcher la noce ; tous, sauf Guillaume. D'un signe, celui-ci s'adresse au jardinier pour qu'il prenne son pipeau, à un soigneur qui joue de la viole de gambe à ses heures perdues, afin qu'ensemble ils lancent la musique et attaquent une bourrée. Le soldat se lève pour annoncer qu'il est grand temps pour les mariés d'ouvrir le bal. Manon et Firmin lui adressent des regards pleins de reconnaissance et se mettent aussitôt à danser. Claire profite alors de l'occasion pour fuir ces faux instants de bonheur. Elle est heureuse pour sa mère, heureuse que Firmin entre dans sa vie mais ne parvient toujours pas à rire et à apprécier la fête.

Vicq d'Azyr, qui a lu le désarroi sur le visage de la jeune fille, la suit sans se faire remarquer et la retrouve du côté des enclos des animaux. Ensemble, sans échanger une parole, ils offrent dans la nuit quelques pommes à Rhino, avant de se séparer. N'ayant pas sommeil, elle préfère errer dans les bois, seule avec son serval, cherchant à faire disparaître le visage du Dauphin qui l'obsède.

40

Le jeune garde suisse a de son côté retrouvé sa caserne, son lit de camp trop étroit et ses camarades bruyants. Allongé, il se remémore la soirée et s'en désole. Il n'a guère apprécié le brusque départ de la jeune fille et sa relative froideur à son égard. Les derniers invités partis, il a aidé à remettre en état les différentes pièces utilisées pour la noce. Heureusement, aucun tableau n'a été vandalisé ni aucun fauteuil abîmé. Une fois n'est pas coutume, Guillaume a abusé de l'alcool de poire que confectionne Manon et s'est confié aux mariés.

— Je ne sais comment me comporter avec Claire. Je vais devoir choisir si je rentre chez moi ou si je prolonge mon service, mais elle élude toute conversation nous concernant.

— Vous ne pouvez pas lui demander de décider de votre avenir, objecte Manon. Soit vous souhaitez protéger la famille royale, soit vous voulez retrouver les vôtres et retourner à la vie civile.

— Mais je ne suis pas indispensable ici ! Le jour où je partirai, un autre suisse prendra ma place.

— Peut-être, mais pas avec la même conscience professionnelle que vous ! rétorque Laimant.

— Et puis, vous êtes attaché à la famille royale, ajoute Manon.

La moue de Guillaume n'est guère convaincante.

— Sans l'amour de Claire, je ne resterai pas.

— Alors prétextez que les événements et un service chargé vous empêchent de vous présenter à la Ménagerie pendant quelque temps. Nous verrons si Claire en souffre et nous vous le ferons savoir.

Guillaume, décidé à suivre le conseil de Manon, n'est pas revenu, ni le lendemain de la noce, ni les jours suivants. La vie à la Ménagerie a repris son cours, un peu bousculée par les travaux de rénovation. L'intérêt du roi pour le lieu galvanise les employés et, bien entendu, Firmin. Claire renoue doucement avec son ancienne vie. Ses nuits hantées par les images du Dauphin en souffrance sont encore difficiles. Pourtant, au matin, lorsqu'elle retrouve les odeurs et les bruits familiers des animaux, elle se redresse et son énergie revient aussitôt.

Les animaux, d'abord, se dit-elle sans cesse, reconnaissant qu'agir lui est profitable.

Les deux zèbres récemment arrivés ont été répertoriés comme étant deux mâles, au grand désespoir de Laimant, bien obligé de reconnaître que, même si l'on n'était pas un brillant naturaliste, l'évidence s'imposait en Afrique comme au Havre ! Une naissance en captivité, signe du bien-être animal, l'aurait empli de fierté. Il y aurait eu plus de visites, des rapports scientifiques, des colloques à la Société des vétérinaires, et la Ménagerie et son directeur auraient été applaudis !

L'ancien espace de vie de Ganesh est, en cet été 1789, bien désolé, l'herbe et les feuillages n'ayant pas repoussé. La faute aux zèbres qui, à défaut de gambader, mâchent sans arrêt tout ce qui pousse de vert. Les deux herbivores cloîtrés dans un espace réduit ne bougent que si un humain s'approche d'eux. Claire s'en inquiète.

— Et si nous faisions abattre le mur entre les loges du rhinocéros et de l'éléphant ?

— Mais pourquoi ? interroge Laimant.

— Pour leur offrir plus d'espace et qu'ils puissent courir un peu, propose Claire, sur le ton de l'évidence.

— Je ne sais pas si nous pouvons détruire l'aménagement d'origine ! Et si le rhinocéros se satisfait de la compagnie des gazelles, pourquoi lui ajouter…

— Mais, si j'en crois Vicq d'Azyr, tous ces animaux vivent ensemble en Afrique, l'interrompt vivement Claire.

— Nous n'avons qu'à leur adjoindre le lion alors ! Non, Claire, non… s'agace Laimant.

La jeune fille hésite, puis abandonne, sachant qu'elle reviendra à la charge un jour meilleur. Pour l'heure, elle décide de concentrer ses efforts sur Dakar. Son épagneul et lui sont nourris, mais l'enclos est dégoûtant, jonché de leurs excréments, car personne n'a osé y entrer pendant le séjour de Claire à Meudon. De plus, la présence du lion en haut de l'arbre mort effraie les rares visiteurs. Sa belle crinière n'est plus qu'une masse emmêlée et sale qu'il gratte frénétiquement lorsqu'il n'est pas observé. Des poux, imagine Claire, navrée et confuse de l'avoir délaissé.

Les premiers jours, elle appelle Pompon, le chien, lui offre quelques biscuits à travers le grillage et le caresse. Le lion, à quelques mètres de là, observe la scène sans bouger. Elle a même un jour tenté de faire sortir l'épagneul pour qu'il retrouve un semblant de liberté, mais l'animal a regardé son compagnon avant de refuser. *Une belle leçon de solidarité*, a pensé la jeune fille.

La semaine suivante, en la voyant, le chien accourt bientôt, suivi du lion. Elle réussit à les approcher tous les deux et à les caresser à travers les barreaux. Elle y retourne le soir même, et un rituel se met en place. Enfin, le 15 août se présente un moment propice pour essayer de pénétrer dans l'enclos, le lieu étant déserté en raison de la célébration de l'Assomption. Sans aucune appréhension, Claire ouvre la porte, les appelle et s'avance vers eux. Ils accourent et l'accueillent par des jappements et des rugissements. Dakar se couche au sol et attend d'être caressé par la jeune fille, qui s'assoit contre lui. Le lion retrouve des sensations laissées au Sénégal, lorsqu'il était un animal domestique. Seule Nala, de l'autre côté de la grille, manifeste sa jalousie en faisant les cent pas le long de la cage.

Les repas du soir partagés avec les jeunes mariés demeurent des moments plaisants. Rien n'a changé, songe Manon avec soulagement, si ce n'est son fils, désormais installé en ville. *De quoi vit-il ?* se demande-t-elle avec inquiétude chaque fois qu'elle pense à lui.

Chacun évoque ses journées chargées, la progression des travaux… L'absence de Jacques entraîne une situation curieuse : les informations ne circulent quasiment plus entre les employés et le monde extérieur ; la Ménagerie est devenue un lieu de neutralité, en dehors des événements politiques. L'abolition des droits seigneuriaux, l'élaboration de la Déclaration des Droits de l'homme et du citoyen, les révoltes paysannes ou encore le saccage des premiers châteaux ne les concernent pas encore.

Pour Claire, l'éloignement de Guillaume s'explique par la réunion des états généraux et leurs interminables dissensions. Il n'est pas revenu depuis dix jours et n'a pas écrit. Pourtant, dans ses rares moments de solitude, elle associe souvent Louis-Joseph à Guillaume et regrette de ne pas partager avec lui leurs souvenirs de Meudon.

Le garde suisse, seul dans sa caserne, se tourmente de la froideur de Claire. Épuisé par des journées inutiles à rester debout, la main sur le fusil, à guetter le moindre ennemi, il cherche en vain le sommeil.

41

Au matin du dimanche 30 août, Vicq d'Azyr, vêtu élégamment d'une redingote d'un beau gris pâle et les cheveux poudrés, s'annonce à la Ménagerie. Avec stupeur, il découvre Claire assise sur le sol, une brosse à la main, en train de nettoyer l'un des pieds de Rhino. L'animal ne bouge pas lorsque la jeune fille anticipe la question du vétérinaire.

— Il a des cailloux entre les doigts des pieds et ses sabots sont fendus.

— Et s'il vous tue ?! s'alarme le vétérinaire.

— Mais que faites-vous ici de bon matin ? esquive la jeune fille.

— Je viens vous chercher pour vous emmener à Trianon. La reine se languit de vous et voudrait que ses enfants connaissent votre serval.

— Oh, non !

— Claire, il est temps que vous retrouviez la société, et si la souveraine vous demande…

— Mais je suis sale et je dois sentir le fauve !

— Oseriez-vous désobéir à la reine ? Allez-vous arranger !

La jeune fille obtempère ; elle obtient en échange du vétérinaire qu'il nourrisse les zèbres et jette quelques poires à Rhino par-dessus son enclos. Vicq d'Azyr laisse tomber sa veste pour attraper une fourche. *Un comble,* pense-t-il, *à quelques minutes de converser avec la reine de France !*

À Trianon, l'époque des fêtes, des rires et de l'insouciance a disparu, laissant place à une société restreinte respectueuse du deuil de la reine. Celle-ci s'y est réfugiée sitôt les cérémonies des états généraux achevées. Elle tente de cacher son chagrin entourée de ses enfants et de quelques rares intimes, des femmes, comme la princesse de Lamballe ou sa camériste, Mme Campan. Il lui faut accepter la disparition de son fils tout comme la haine des Français à son égard.

Dans l'exquis boudoir de ses appartements de Trianon, elle se confie à son médecin personnel venu avec Claire. La jeune fille est restée dans les jardins où l'ombre du Dauphin l'a accueillie.

— Suis-je responsable de tous les malheurs du royaume ? On me dit que le froid a tué dix mille malheureux cet hiver, mais si j'avais su, je me serais manifestée ! s'exclame la reine.

Vicq d'Azyr, dubitatif, ne l'imagine pas se transformer en saint Vincent de Paul.

— Je suis fatiguée, docteur, épuisée, et si vos gouttes me font sombrer dans un sommeil lourd, elles m'engourdissent le matin.

Ses traits tirés et ses yeux soulignés de cernes mauves inquiètent le médecin. Après quelques questions, la souveraine reconnaît souffrir de douleurs menstruelles violentes et de saignements fréquents. Le visage du praticien s'assombrit.

— Je vais vous prescrire de la poudre de quinquina et une décoction de fleurs d'oranger pour apaiser l'inflammation. Et surtout, du repos ! Mais un vrai repos, allongée, les yeux fermés, dans une chambre sombre, sans personne pour vous déranger. Pas même le roi.

La patiente accepte, tout en redoutant déjà ces longues heures de solitude où son fils viendra la hanter.

— Et tant que vos douleurs persisteront, je vous demande de ne pas recevoir Sa Majesté dans votre chambre.

Elle émet un rire singulier.

— Ce n'est pas à l'ordre du jour. Le roi ne dort jamais à Trianon pour respecter l'étiquette du Lever, et moi, je redoute de dormir à Versailles. Les enfants sont plus en sécurité à Trianon qu'au château où j'ai tant d'ennemis qui rôdent.

Le médecin, désolé, soupire, impuissant face à la gravité de la situation.

— Allons retrouver notre invitée. Je suis si heureuse de la revoir. Comment est-elle ?

— Dévastée par la mort du Dauphin, elle a sombré dans une inquiétante mélancolie, mais elle est mieux depuis peu, lui raconte Vicq d'Azyr.

— Je l'envie presque de s'y être autorisée, réplique la reine, laissant percer une pointe de jalousie.

Claire a fait connaissance de la duchesse de Tourzel. Nommée à la hâte gouvernante des enfants de France après l'exil de la duchesse de Polignac, elle vient de prendre ses fonctions. Son sérieux et sa probité ont décidé de son engagement afin de corriger les absences de la précédente, piètre éducatrice mais amie délicieuse de la reine. Désormais, aucune complicité, aucune intimité, ne viendra perturber la relation entre les enfants et leur gouvernante. L'austère Mme de Tourzel s'est, bien entendu, offusquée de la présence d'un félin et a évoqué un danger possible pour ses ouailles s'il venait à bondir.

La reine apparaît avec pour unique escorte son médecin et deux gardes-suisses, dont Guillaume. Claire ne sait si elle ressent du plaisir à le revoir. Nala, plus prosaïque, tire sur sa laisse pour saluer son ami. La reine lui présente ses deux enfants.

— Marie-Thérèse, mon aînée de onze ans, que j'aime surnommer « Mousseline la sérieuse » pour son caractère sage et la douceur de ses cheveux.

La petite fille au regard pourtant mature sourit, fière du compliment.

— Et Louis-Charles, que j'ai renommé « Chou d'amour », avoue sa mère avec un rire charmant. Je tiens cette habitude de mon enfance en Autriche où les enfants portent tous des surnoms, parfois même jusqu'à l'âge adulte. Il n'est pas rare de croiser un vieux général ou une dame d'honneur édentée et de les entendre se saluer d'un *Putzi* ou autre *Mummi* !

L'assistance rit, l'instant est léger, sauf pour Claire. En voyant le duc de Normandie devenu, par la force des choses, le Dauphin, elle n'a pu empêcher des larmes de couler de ses yeux.

— Pardon, Votre Majesté, pardon, parvient-elle à bredouiller avant de se ressaisir.

Marie-Antoinette comprend enfin et lui tend un mouchoir de batiste.

— Gardez-le, j'en utilise tant ces temps-ci… Ne dites rien, je sais, la ressemblance est troublante.

Le petit garçon est déjà loin et n'a pas perçu le malaise de l'invitée de sa mère. Mais Marie-Thérèse, grave et silencieuse, est restée auprès des deux femmes.

— Ma mère m'a dit que vous aviez soigné notre frère ? interroge la jeune princesse d'un ton froid.

— Oui, mademoiselle.

La pauvre Claire ne sait pas comment s'adresser à la fille de la reine et espère ne pas commettre d'impair.

— M. le Dauphin avait une grande affection pour mon serval, ajoute-t-elle.

— Moi, je n'aime guère les bêtes et surtout pas les chats, déclare l'enfant sans aucune délicatesse.

Elle veut se différencier de son frère, pense Claire, heurtée.

— Et les chiens ?

— Je préfère les livres, rétorque avec brutalité la fillette.

La reine se tait, sa gouvernante pince les lèvres, consciente que la petite princesse fait un mauvais usage de la conversation « de salon ». L'animosité de la fille de Louis XVI à l'égard de la visiteuse ne fait guère de doute. *Serait-elle jalouse de la relation que j'ai pu entretenir avec son frère ?* s'imagine Claire. Marie-Thérèse, comme pour répondre à la question, s'assoit au plus près de Marie-Antoinette et lui prend la main dans un geste de protection. La petite fille ne veut plus voir le malheur sur le visage de sa mère, alors elle tente avec son corps d'empêcher les souvenirs de Louis-Joseph de l'atteindre. Claire persiste pourtant à vouloir faire sourire Marie-Antoinette, à qui rien n'est épargné.

— Votre frère aimait aussi les livres et, lorsqu'il était à Meudon, je lui ai souvent lu les *Fables* de La Fontaine.

— Je n'ai pas été autorisée à m'y rendre, concède la petite fille d'une voix soudain fragile.

— La contagion, mon enfant, rappelle Mme de Tourzel.

Chou d'amour surgit à cet instant et se jette en riant dans les bras de sa mère, qui retrouve aussitôt un air joyeux.

— Je peux caresser le chat ?

— Avec Claire, répond la reine.

Nala, comme si elle avait suivi la conversation, entend ne pas s'y soumettre et file se coucher aux pieds de Guillaume.

— Tu le connais ? lui demande le jeune prince.

— Oui, Monseigneur, nous nous connaissons. C'est un serval né en Afrique.

— Qui s'appelle Nala, achève Claire en regardant Guillaume droit dans les yeux.

Elle pourrait être en colère. Il s'agit de son animal, elle seule peut en parler… Sauf si Guillaume revendique un droit à l'aimer. À aimer le serval ou la maîtresse ? Les deux jeunes gens, malgré la présence de leur reine, se dévisagent et, pour la première fois, Claire sent une émotion inconnue l'envahir. Les joues rosies par l'émoi, elle masque son trouble en s'autorisant à prendre la main de l'enfant et à la poser doucement entre les oreilles de Nala.

— Vous pouvez le caresser, lui parler et, s'il ronronne, c'est que vous serez son ami.

L'enfant, enchanté, triture maladroitement les oreilles du félin. Mais Nala, conciliante, exprime son plaisir par des ronronnements réguliers. La reine et Claire, conscientes de cette émouvante passation de pouvoirs, se gardent bien d'évoquer le lien qu'il y avait entre le premier Dauphin et le serval. *Désormais, la vie avancera avec le duc de Normandie, si Dieu le veut*, pensent les deux femmes.

Quelques minutes plus tard, Marie-Antoinette convie ses invités à se restaurer d'un sorbet au melon et d'une citronnade rafraîchissante.

— C'est absolument succulent, déclare Claire, n'ayant jusqu'alors jamais goûté pareil délice.

Vicq d'Azyr, plus au fait des privilèges, acquiesce néanmoins bien volontiers. La jeune fille s'interroge sur la manière de maintenir au froid le dessert et se promet de questionner l'un des nombreux employés des cuisines. Elle a l'étrange sentiment d'être aux côtés d'une amie, qu'elle n'a jamais eue, et non auprès d'une reine. Une amie vêtue d'une simple tunique blanche ceinturée à la taille et d'un chapeau de paille identique au sien. Pourtant, l'une porte ses vingt ans avec insolence, tandis que la seconde accuse les malheurs et les années. Le dessert dégusté, la reine, d'une voix distante, s'enquiert de la santé et de la vie de Claire.

— Les animaux occupent mes journées et m'obligent à demeurer vigilante. Nous venons de recevoir des zèbres. (Elle sent l'écoute se disperser.) Mais… (elle se lance) je n'oublie pas votre fils, Votre Majesté, et le privilège qui m'a été donné de… si vous me le permettez, de l'aimer.

Elle veut remercier les parents du Dauphin d'avoir sauvé la Ménagerie ; elle sent toutefois la reine absente, ne l'écoutant que d'une oreille. Son regard au loin semble se concentrer sur son fils gambadant avec son garde suisse et le serval. La présence de cette jeune Claire lui est trop douloureuse, elle le comprend enfin, elle n'aurait jamais dû l'inviter. Sans ménagement, Marie-Antoinette annonce qu'il est temps pour elle de se retirer pour se reposer, comme son médecin le lui a recommandé.

— Prenez soin de vous, Votre Majesté.

— Au revoir, mademoiselle, répond la reine, déjà ailleurs.

Les deux femmes savent que cet au revoir est un adieu.

42

En ce doux mois de septembre 1789, la Ménagerie coule des jours paisibles à l'abri des discussions et des révoltes. Jacques n'est pas revenu depuis le mariage, mais sa mère l'imagine vivant d'expédients et se passionnant pour la vie politique. Avec son bagou, il devrait survivre, lui affirme Firmin, content de ne pas l'avoir à la maison.

Les premiers travaux ont permis de sécuriser les enclos, de réparer certaines canalisations d'eau vieilles de plus d'un siècle et de commander du fourrage pour l'hiver à venir. Certes, Laimant est obligé de justifier chaque dépense et se fatigue à les rédiger, mais il constate que ses six employés travaillent avec plus d'entrain que jamais. La restauration de leurs maisons apporte dans tout le domaine un vent d'optimisme et un regain de vie. Les cheminées ne fumeront plus en cas de grand froid et les toitures, mieux isolées, offriront un meilleur abri. Les animaux, eux, renoncent à défoncer leurs grilles et à bramer leur désespoir. Après des années d'abandon, la Ménagerie retrouve un semblant de confort.

Claire a réussi à s'extraire de sa mélancolie et, suivant les conseils de Vicq d'Azyr à la lettre, associe une vie active à des nuits apaisées par des plantes. Chaque jour, elle file se réfugier avec Nala dans les bois. À l'abri des regards, elle court, elle pleure, elle rit et parle au Dauphin. Elle lui raconte sa journée, s'attarde sur celle des zèbres qu'elle commence à approcher et lui demande de prendre soin de la Ménagerie. « Après tout, si le bon Dieu existe, pourquoi ne s'occuperait-il pas des animaux ? » lui crie-t-elle en regardant le ciel.

Ses crises de larmes tout comme sa fatigue chronique disparaissent avec l'arrivée de l'automne. Deux éléments importants contribuent à restaurer la confiance de Claire en l'avenir : une meilleure relation avec sa mère, devenue depuis son mariage une alliée à la Ménagerie, et l'admiration que lui manifeste son beau-père. Lorsque Laimant la voit, il ne peut d'ailleurs s'empêcher de penser que les bêtes l'écoutent et la comprennent, à la différence des autres soigneurs.

Claire n'a pas l'impression d'être une héroïne, elle ne fait qu'appliquer ce que son instinct lui dicte : elle sait désormais comment se comporter face à une bête apeurée, comment la calmer et même la soigner – en lui offrant les remèdes prescrits aux hommes selon son poids. Grâce à l'enseignement de Vicq d'Azyr, elle sait aussi cautériser une plaie et recoudre une blessure. Avec patience, elle est même parvenue à faire boire une décoction à une gazelle pour libérer ses bronches. Et le résultat a été probant.

Le savant, lui, est devenu un familier pour elle, une relation improbable entre un homme élu à l'Académie française et une jeune fille sans instruction. Leurs rapports sont empreints de respect et de complicité, construits autour de leur rencontre avec un enfant hors du commun. Élu au siège de Buffon, le scientifique, chargé de rédiger un rapport sur les épidémies, est accablé de travail. Néanmoins, chaque fois que la reine fait appel à lui pour une consultation, il en profite pour rendre visite à Claire et la féliciter des progrès de la Ménagerie, de la propreté des animaux et de leur relative félicité.

Le garde suisse a suivi le conseil des parents de Claire. Il s'est éloigné, espérant provoquer chez elle, par son absence, une réaction salutaire. Il est resté dans sa caserne le soir, à jouer au trictrac avec les sous-officiers. Mais la patience a des limites, même pour un suisse ! Guillaume estime que le moment est venu de connaître les sentiments de celle qu'il aime, au risque de la perdre. L'esprit inquiet, il se présente le 1er octobre à la Ménagerie, après son service. L'air est encore agréable et les lumières déclinantes offrent une douce clarté, propice aux confidences. Le jeune homme trouve Claire en train de jouer avec le lion tandis que Nala, derrière la grille, les observe sans enthousiasme.

— Un brin de jalousie, ma belle, déclare Guillaume en la caressant.

En l'apercevant, Claire abandonne aussitôt le félin et le rejoint.

— Bonjour, quel bon vent t'amène ?

Ses cheveux blonds relevés maladroitement encadrent son visage ravissant. Sa longue et fine silhouette lui donne une élégance particulière que n'entament ni sa tenue simple ni ses lourds sabots.

— Es-tu contente de me voir ? ose-t-il lui demander abruptement.

— Bien sûr, quelle question !

Claire l'observe à la dérobée, le trouve aminci et les traits tirés.

— Je souhaite te parler. Veux-tu bien m'offrir un lieu calme loin de tes admirateurs, le lion et le rhinocéros ?

Claire sourit mais devine que le moment est sérieux. Elle a bien remarqué ses absences récentes mais ne s'en est pas inquiétée, persuadée qu'ils allaient se retrouver prochainement. Elle l'entraîne vers le château de plaisir à l'abri des regards curieux des humains et affectueux des animaux. Réfugié dans les appartements du Sud, Guillaume ne perd pas un instant pour dévoiler le motif de sa visite.

— Mes sentiments pour toi sont chaque jour plus forts et ne pas connaître les tiens me rend malheureux comme jamais. Si tu acceptes de devenir ma femme, je renoncerai à ma patrie et m'installerai avec toi en France, ici, à la Ménagerie. J'ai compris dès le premier jour que je devrais te partager avec ses pensionnaires.

Très ému, il marque un silence avant de poursuivre d'une voix assurée :

— Claire, veux-tu être ma femme ?

Elle, qui pensait n'attirer que des animaux privés de parole, a devant elle un homme prêt à unir son destin au sien. Se sentir aimée par quelqu'un capable de renoncer à sa famille et son pays la bouleverse. Elle s'en sait, pour sa part, incapable. Elle capitule cependant lorsque Guillaume lui annonce qu'il doit donner cette semaine-là sa réponse quant à un prolongement de son service en France et qu'il n'acceptera que si Claire veut bien devenir son épouse. Elle devrait être terrifiée par sa proposition, terrifiée d'être mise ainsi au pied du mur, mais elle ne l'est pas. Envahie par un bonheur inconnu, elle se jette dans ses bras. Guillaume, soulagé, l'accueille contre lui.

— Embrasse-moi, lui dit-elle avec une fougue insoupçonnée.

— Ce n'est pas une réponse, Claire, se défend le jeune homme. Je veux une réponse et…

— Je veux vivre ma vie entière à la Ménagerie, mais je te veux aussi… Je ne sais pas si je serai une mère aimante et une femme tendre, le quotidien me terrifie, mais je sais que je ne peux te laisser partir, avoue-t-elle, chancelante.

— Moi non plus… J'ai promis au Dauphin de t'épouser et je sais que je serai malheureux ma vie entière sans toi.

— Alors, embrasse-moi…

La chambre ornée de fresques représentant une Vénus passionnée offre aux jeunes gens un havre amoureux. Certes, la poussière a recouvert la soierie damassée du lit, et la solennité du lieu confère à l'instant une intensité supplémentaire, mais Guillaume s'en moque. Claire le laisse explorer son corps, délacer son corset et relever sa jupe. Jamais une main d'homme ne s'est avancée si loin, aussi devrait-elle avoir peur ou éprouver de la pudeur, mais Claire ronronne de bonheur et s'offre aux mains de Guillaume. La pénombre s'installant, leurs corps se découvrent et s'aiment dans une extase partagée. Leurs soupirs, leurs cris, leurs mots d'amour ne sont entendus que par Nala, qui s'est installée le long de la porte et veille à ce que le couple ne soit pas dérangé.

43

Claire a tenu secrète sa nuit avec Guillaume mais son visage a perdu l'empreinte de son chagrin et ses activités auprès des animaux sont enfin accompagnées de rires, de sifflements et de chants qui ne laissent planer aucun doute sur son récent bonheur.

Manon et Firmin accueillent Guillaume chaque soir à leur table sans poser la moindre question. L'atmosphère est paisible, d'autant que Jacques a déserté les lieux. L'ancienne petite maison de Martin est désormais celle des jeunes gens et de Nala, qui ne les quitte jamais. Tandis que les amoureux se découvrent chaque nuit, le serval, lui, galope dans les bois et s'offre un dîner de lapins ou d'oiseaux, avant de rentrer s'allonger au pied de leur lit. D'elle-même, Nala a accepté la présence de Guillaume dans la couche de sa maîtresse et ne la rejoint qu'en l'absence de son nouveau maître.

Le matin du 5 octobre, Guillaume, dès l'aube, se glisse hors de la chambre, revêt son uniforme et parcourt à pied le trajet qui le conduit au château où ses fonctions journalières vont lui être attribuées. Il est prévu qu'il garde les appartements des enfants de France situés au rez-de-chaussée, avec un accès par la Cour de marbre. Le suisse, comme tant d'autres, redoute toujours la présence d'un importun qui se serait introduit en passant par les jardins. Le temps est long, à se tenir immobile dans l'embrasure d'une porte, mais il s'y est accoutumé en deux ans de service. Le petit Dauphin, âgé de quatre ans, est tenu d'apprendre ses leçons. Pourtant, l'enfant comme son garde s'ennuient. Lorsqu'il doit réciter les lettres de l'alphabet, le petit garçon oublie fréquemment les dernières, que Guillaume tente de lui mimer derrière la silhouette de sa gouvernante. Tous deux rient sous cape, mais Louis-Charles ne saura jamais combien ce soldat n'est pas un anonyme parmi la multitude de serviteurs attachés à son service. Il est l'un des rares à avoir soulagé et aimé son frère… Ce moment de complicité est interrompu par l'arrivée soudaine du capitaine des gardes qui demande à parler à Guillaume de toute urgence.

— Des manifestants ont franchi le pont de Meudon et s'avancent vers le château. Sa Majesté est à la chasse et n'a laissé aucune instruction, soupire l'officier. La reine, qui résidait à Trianon, est sur le chemin du retour. Elle vient de nous donner l'ordre de fermer les grilles et de nous masser à l'arrière. Je vous y attends. Prévenez Mme de Tourzel qu'elle rejoigne avec les enfants sans tarder les appartements royaux.

L'homme, pressé de faire le tour de son régiment dispersé dans les différents appartements princiers, tourne les talons sans attendre de réponse.

À dix-sept heures, Guillaume entend d'abord puis découvre une foule, composée en majorité de femmes. Venues des faubourgs parisiens, épuisées par la marche et la pluie, elles s'agglutinent devant les grilles d'honneur du château. Elles ne savent plus ce qu'elles veulent, elles crient aussi bien « Du pain » que « Vive le roi » ou « À bas la reine ». Guillaume et les autres suisses restent stoïques. *Serais-je capable de tirer sur une femme ?* s'alarme le jeune homme, conscient de l'Histoire qui s'écrit sous ses yeux.

Plusieurs heures plus tard, le gouverneur de Versailles, le comte de Gouvernet, passe parmi leurs rangs. Le militaire annonce, d'une voix maîtrisée, que la famille royale est à l'abri.

— Sa Majesté, dès son arrivée, a précisé qu'elle ne voulait aucune violence contre les manifestants. Devant la gravité de la situation, vous avez ordre de ne pas tirer et de ne pas bouger jusqu'au matin.

Guillaume et ses compagnons vont devoir rester immobiles et vigilants une nuit entière, dans la fraîcheur d'octobre, sans aucun vêtement chaud et le ventre vide ! La foule s'est presque dispersée ; certaines femmes se sont couchées à même le sol, d'autres ont trouvé refuge sur les bancs de l'Assemblée. Quelques audacieuses ont investi les bâtiments voisins, comme ceux des ministères ou du Grand Couvert, et ont été accueillies avec mansuétude. Des feux se sont allumés de part et d'autre, du pain a été distribué pour les suisses. Ils se détournent pour le dévorer, à l'abri du regard des manifestantes.

Après une journée ordinaire et sans savoir ce qui se passe sur la place d'Armes de Versailles, Claire attend le retour de Guillaume. Le soir venu, elle s'inquiète. La distance entre la Ménagerie et le château ponctuée par les jardins, bassins et autres chefs-d'œuvre de M. Le Nôtre offre un paravent protecteur. Les employés ne peuvent imaginer la situation explosive qui se déroule à moins d'une lieue de chez eux. La nuit tombée, le garde suisse de la Ménagerie, maigre protection à lui seul, est informé de l'insurrection. Le soldat a ordre de fermer la grille d'honneur. Laimant, lorsqu'il apprend l'événement, se souvient dans l'instant des prédictions de Jacques. *Il suffit de contourner la place d'Armes pour entrer par Trianon ou la Ménagerie, de remonter par les jardins… et vous pénétrez dans le château sans y avoir été invité !* Terrifié, il court prévenir Claire et lui ordonne de se vêtir et de le suivre chez Manon et lui.

— Nous allons vivre cette abomination en famille.

Une nuit de veille, de paroles inutiles, de suppositions et de rares minutes d'un mauvais sommeil. Au matin, un petit groupe d'insurgés réussit à entrer dans le château par un passage curieusement laissé ouvert. L'homme, jeune, le visage dissimulé par un chapeau à large bord, n'est autre que Jacques. Avec une parfaite connaissance des lieux, il les entraîne vers la salle des gardes de la reine où ses compagnons massacrent au passage les premiers suisses. Guillaume, toujours dans la Cour d'honneur, posté en sentinelle contre la grille, subit insultes et jets de pierres.

Des femmes, des hommes, des hommes vêtus en femmes surgissent dans tout le palais et, ne sachant ce qu'ils y cherchent, crient, demandent à voir le roi et bousculent les rares courtisans munis d'épées d'apparat. Le marquis de La Fayette, venu de Paris à la rescousse avec sa garde nationale, tente en vain de calmer et de menacer les intrus. Enfin, le monarque paraît au balcon et, dans un discours parfaitement décousu, promet d'endiguer la pénurie de pain dans la capitale. Il présente à la foule ses deux enfants et sa femme. Les cris d'hostilité fusent dès l'apparition de cette dernière et la font reculer, tandis que le petit Dauphin est applaudi.

Il est onze heures lorsqu'un officier relève enfin Guillaume. Ses jambes ne le portent plus, un besoin d'uriner l'obsède et lui fait oublier la faim et la soif. Durant toutes ces heures de veille, il a résisté en ne pensant qu'à Claire. *Je devrais m'inquiéter pour la famille royale puisque ma charge me l'ordonne, mais je suis amoureux au point de ne songer qu'à elle, de vouloir vivre dans ce pays de violence et d'oublier les miens*, pense le malheureux en s'endormant sur un lit de fortune dans la caserne. Son sommeil, de courte durée, est interrompu par son capitaine.

— Le roi vient de donner l'ordre de préparer les voitures. Un cortège quittera Versailles pour les Tuileries où la Cour résidera jusqu'à nouvel ordre.

Guillaume, interloqué, se redresse.

— Vous êtes bon cavalier, vous escorterez les voitures de la famille royale, désarmé, à la demande du marquis de La Fayette. Votre affectation est dorénavant à Paris.

Le jeune homme n'a ni le temps de réfléchir, ni celui de le contredire, ni même celui de comprendre que son destin vient de basculer.

44

Si la Ménagerie a été totalement épargnée par ces journées d'émeute, Claire, ayant appris la mort de trois gardes-suisses, vit depuis lors dans l'angoisse. Après deux longues journées à attendre un signe de vie de Guillaume, un bref billet dans lequel il lui annonce sa mutation aux Tuileries lui parvient. Guillaume est vivant et en bonne santé ! Entre rires et larmes, la jeune femme fait le tour des enclos pour annoncer à Dakar et à Rhino la bonne nouvelle.

Le soir, Manon, en versant leur soupe à laquelle elle a ajouté un œuf, commente la situation.

— Claire, je pense que tu n'as plus aucun doute quant à tes sentiments pour Guillaume. Je lève mon verre à sa santé.

Sa fille la remercie d'un sourire.

— Ce qui est certain, c'est que nous allons vivre des moments difficiles, ajoute Laimant. Si nous profitions du château déserté pour le visiter ? J'ai toujours espéré y être reçu, aussi vais-je m'y inviter puisqu'il est ouvert à tout vent.

— Mais le roi va revenir ? s'inquiète la jeune femme.

— Personne n'en sait rien. Sa Majesté, en montant dans le carrosse, aurait dit au gouverneur : « Tâchez de me sauver mon pauvre Versailles. »

— Je n'ai pas vraiment envie de le connaître, moi, ce château. Je pense que j'aurais trop de peine pour la reine et ses enfants, ajoute Manon.

— Le roi rentrera, tente de la rassurer Laimant.

— Espérons, concède Manon, mais d'après ce que les lingères m'ont raconté ce matin, Louis XVI n'est pas parti de son plein gré. Il a été obligé d'accepter de quitter les lieux, sans quoi les émeutiers détruisaient tout.

— Il ne voulait pas que les soldats usent de leur fusil, les suisses avaient des instructions très strictes à ce sujet, explique Claire. Mais je ne comprends pas, ne m'avez-vous pas dit hier que c'étaient des femmes qui voulaient du pain ?

— Oui, mais depuis ce matin, une rumeur circule. Certaines d'entre elles auraient été des hommes déguisés à la solde du duc d'Orléans, et qui voulaient en découdre… ajoute Manon, bien informée.

— Il va falloir, ma chère Claire, que vous commenciez à vous intéresser à la politique si vous voulez suivre les événements, car je pense que nous allons traverser des mois compliqués, répète Laimant.

— Sûrement pas. Une Assemblée nationale où des députés ne changeront rien à ma vie de tous les jours. Il faut juste se battre contre la misère, et le roi en est parfaitement capable. C'est un homme bon.

— Mais faible et indécis, conclut Laimant. Comment a-t-il pu accepter de quitter Versailles ? Je suis terriblement déçu.

— Peut-être pour que Guillaume ne tire pas sur la foule et ne tue pas Jacques, déclare Manon, car si nous n'avons pas de nouvelles de lui, il est à craindre qu'il ait été de la partie.

Guillaume n'a pas quitté la famille royale depuis son arrivée aux Tuileries. Il s'endort sur une banquette dans un grenier du palais avec d'autres gardes. La nourriture leur arrive sans régularité et leurs uniformes commencent à pâtir du manque d'hygiène. Après avoir ramené à Paris « le boulanger, la boulangère et le petit mitron » le soir du 6 octobre, la foule s'est dispersée, laissant la famille et sa nombreuse suite découvrir leur nouvelle résidence. Un lieu inconnu dans une ville devenue hostile.

Aux Tuileries, chacun tente de s'adapter à l'insolite et à l'imprévu. Une étiquette impossible à appliquer, une partie des membres de la Cour en exil, des pièces immenses mais vides et envahies de moisissure... Contrainte de s'installer dans les anciens appartements privés de la reine Anne d'Autriche aménagés un siècle auparavant, la reine espère encore regagner Versailles ou Saint-Cloud lorsque la crise sera réglée. Les rares fidèles de Marie-Antoinette, à l'instar de Mme de Lamballe et Mme Campan, tentent de la rassurer et d'offrir à ses enfants inquiets leur sourire apaisant.

M. d'Angiviller fait front. Il fait revenir de Versailles les meubles et effets personnels de son roi pour offrir un peu de confort et d'intimité à ce dernier, mais aussi à Madame Élisabeth, au comte de Provence et aux autres princes de sang encore dévoués à la famille royale. Mais pour combien de temps ?

Le capitaine des gardes-suisses, lui, supplie Sa Majesté de ne pas sortir en ville. Il est conscient que son régiment serait ridicule face à la vindicte populaire, Louis XVI étant désormais calomnié dans la presse et caricaturé, représenté sous la forme d'un cochon ou d'une poire ! En attendant que le roi retrouve son autorité, Guillaume aide les arrivants à s'adapter à un rez-de-chaussée humide et sombre, donnant sur un jardin ouvert à tous les vents. Devant l'impréparation de leur installation, le jeune homme s'est distingué par son dévouement. Il a servi de porteur, de déménageur et même de livreur de pain blanc pour les enfants peu habitués à sauter un repas.

À Versailles, loin du tumulte de la capitale, Laimant et Claire s'accordent une promenade aux abords du château. Nala n'a pas été autorisée à les suivre, ce qu'elle n'a guère apprécié, la queue et les oreilles baissées en signe de mauvaise humeur. Les jardins à la française, les bosquets, l'allée royale conduisant à la fontaine de Latone sont quasiment déserts. Seuls quelques gardes nationaux se promènent, le fusil en bandoulière, comme s'ils allaient chasser. Aucun visiteur ne profite de cette merveilleuse journée d'automne ni n'admire les tilleuls jaunissants.

— C'est curieux, je suis née dans ce domaine mais cet endroit ne m'est pas familier... Je ne me suis jamais intéressée aux plantes ou aux arbres. Je ne connais aucune de ces sculptures qui pourraient raconter tant d'histoires.

— Vous êtes si jeune et passionnée par les animaux... Rien ne vous empêche d'apprendre, assure son beau-père.

— Peut-être vais-je devoir m'intéresser à d'autres choses qu'à un rhinocéros pour plaire à un homme ? s'amuse Claire. J'imagine que bientôt, vous allez me pousser à Paris pour voir Guillaume et visiter la capitale.

— En effet, oui. Il a besoin de vous.

— Mais je ne suis bien qu'ici ! Rien d'autre ne m'intéresse, vous le savez.

— Je sais aussi que vous avez de grandes qualités d'adaptation et que vous allez devoir les mettre en pratique.

— Pourquoi ?

— Parce que la Ménagerie est en danger.

— Pardon ?

— J'ai reçu des lettres de menace et je n'y ai pas pris garde, nous estimant protégés par d'Angiviller et le roi... Mais ils sont tous les deux aux Tuileries désormais, et avec quels soucis ! soupire Laimant. Les premières lettres ne faisaient que recopier les termes de l'article « Ménagerie » de l'*Encyclopédie*, article écrit par Diderot en personne.

— Et qu'écrit-il ?

— Oh, quelque chose comme : « Bâtiment où l'on entretient, pour la curiosité d'un roi, un grand nombre d'animaux. Il faut détruire les ménageries lorsque les peuples manquent de pain… »

— Oh non ! s'exclame Claire.

— Le pire est à venir : « Il serait honteux de nourrir des bêtes à grands frais, lorsqu'on a autour de soi des hommes qui meurent de faim… »

— Les imbéciles… gronde Claire, ne pouvant contenir sa colère.

— Puis les auteurs des courriers suivants ont menacé de venir tuer le rhinocéros ou le lion… J'ai prévenu d'Angiviller qui a doublé la garde sans que personne s'en rende compte. Le printemps, les états généraux, les événements nous ont offert un répit… Mais, cette semaine, un nouveau billet anonyme m'a prévenu qu'ils viendraient bientôt chercher les animaux comme ils étaient venus chercher leur tyran.

— Mon Dieu ! Et Guillaume qui n'est pas là.

— Il nous faut savoir au plus vite si le départ de la famille est définitif et, si cela devait être le cas, connaître le statut réservé au château et à ses deux mille employés. Tant que nous sommes payés et les bâtiments entretenus, nous pouvons être protégés, nous et les animaux, insiste Laimant.

— Vous êtes bien optimiste !

— Je dois m'entretenir avec le nouveau maire de Versailles. J'espère que ce M. de Ville-d'Avray pourra nous offrir une protection.

— Je crois qu'il est temps que j'apprenne moi aussi à me défendre et à défendre nos pensionnaires.

— Je ne voulais pas évoquer ce sujet devant votre mère. Elle est déjà si inquiète pour Jacques, comme elle l'a été pour vous récemment.

— Pour moi ? s'étonne la jeune femme.

— Claire, vous avez été très affectée par la mort du Dauphin et nous avons eu très peur de vous voir sombrer définitivement…

— Dans la folie ? s'exclame Claire.

— Non, mais dans une fatale mélancolie… lui avoue-t-il.

— Bien, le temps des états d'âme est terminé, vous pouvez compter sur moi pour défendre la Ménagerie, annonce-t-elle, furieuse.

— Prenez garde, Claire, vous êtes en première ligne. Votre proximité avec la famille royale a fait de vous une royaliste, votre relation avec un garde de Sa Majesté et votre désaccord avec votre frère vous mettent en danger.

— Il ne me restera plus qu'à émigrer en Suisse chez mon fiancé, conclut Claire, le visage sombre.

45

Firmin et Claire poursuivent leur découverte des splendeurs du parc en silence, comme s'ils étaient des visiteurs désœuvrés. Ils s'arrêtent devant le monument d'Apollon, admirent le corps sculpté du dieu et s'amusent des monstres marins qui ne ressemblent en rien à leurs paisibles animaux aquatiques. S'engageant dans l'Allée royale, ils remontent vers la façade dorée du château, admirent les bosquets taillés et les groupes sculptés. Au pied de l'escalier menant au palais, ils s'arrêtent devant un bassin. Une femme en marbre, le regard orienté vers le Grand Canal, serre contre elle deux enfants. Autour d'eux, baignant dans une eau croupie, une vingtaine de grenouilles entourent la fontaine.

— Savez-vous pourquoi il y a toutes ces grenouilles ? demande Claire.

— Non, je l'ignore. Enfant, j'ai toujours entendu mes parents l'appeler « la fontaine aux crapauds ».

— Vicq d'Azyr le saurait, c'est un homme d'une telle culture, mais j'imagine qu'il a suivi la reine aux Tuileries.

— Sa Majesté aura sûrement besoin de lui, nous allons devoir nous passer de ses services. Cependant, aucun employé ne voudra quitter son poste avec la foule de Versaillais sans emploi, se rassure Laimant.

— Oui, tant que les salaires seront versés, ils viendront, affirme Claire, bien consciente qu'ils ne travaillent pas pour l'amour des animaux.

— J'espère que d'Angiviller réglera le prix des foins que j'ai réservés à la ferme des Coteaux, car nos champs ne suffisent pas à nourrir les bêtes.

— Rhino ne fait que manger ! Nous en sommes à vingt brouettes par jour, soupire Claire. Et que dire de Dakar ? Nous allons finir par le lâcher dans le parc pour qu'il attrape une biche et s'en délecte pendant quelques jours…

— Quelques heures, vous voulez dire ! ironise Laimant.

Le château, portes et grilles ouvertes, les attend. Ils y accèdent par la Cour de marbre et s'engagent rapidement à l'intérieur. Claire a troqué ses sabots, avec lesquels elle a coutume de travailler, pour des ballerines offertes par la reine. Sa démarche n'en est que plus gracile et elle s'en félicite. Le bruit du bois sur les parquets de chêne l'aurait rendue honteuse. La majorité des meubles est recouverte de draps blancs et les rideaux de damas, tirés, offrent une curieuse atmosphère.

— On dirait la maison d'un mort, chuchote-t-elle.

Quelques rares gardes passent d'une pièce à l'autre sans s'arrêter ni admirer le majestueux décor d'un autre siècle. Firmin et Claire, qui n'ont jamais pénétré dans ces salles, s'immobilisent devant la richesse ornementale du salon d'Hercule, stupéfaits. Alors qu'ils se croyaient seuls, un petit bonhomme replet s'approche d'eux.

— Bonjour, je suis employé au château. Puis-je vous guider dans votre visite ?

— Mais je pensais que nous pouvions nous y promener en toute liberté, s'agace Firmin.

— Oh, vous pouvez ! Mais sans moi, vous n'aurez pas accès aux Grands Appartements, ni à la chapelle.

Et, d'un geste bruyant, il fait sonner une quantité impressionnante de clefs de toutes tailles qu'il porte à la ceinture. Laimant n'est guère tenté, appréciant ce moment avec la jeune femme, mais Claire interroge le guide improvisé.

— Et pour quelques sols supplémentaires, vous pourriez nous faire visiter les appartements des enfants ?

— Ah, mademoiselle aime les petits, je vois ! Ils n'ont aucun intérêt et tout est parti aux Tuileries. Ce sont des décors modestes comparés à ce que vous voyez au salon d'Hercule, mais…

— J'y tiens, insiste-t-elle.

L'homme lui jette un regard oblique. Laimant, inquiet, s'empresse d'ajouter que sa fille adore les enfants.

— En attendant, voici le salon d'Hercule, le héros romain. Louis XIV se voulait aussi fort et puissant que lui. Le décor est en marbre et… (L'homme cherche ses mots pour cacher son manque de connaissances.) Et surtout, c'est l'un des plus grands plafonds peints qui soient.

— Impressionnant, en effet, et c'est l'œuvre d'un seul artiste ? interroge Laimant.

— Il se nommait Lemoyne et il a travaillé comme un damné. Lorsque Louis XV a vu le résultat, il l'a félicité, mais sans réelle conviction, alors le peintre s'est donné la mort.

— Quelle affreuse histoire ! s'écrie Claire.

— Ce n'est pas toujours de tout repos de travailler pour les grands de ce monde, ajoute le gardien avec suffisance. Venez, suivez-moi.

Claire, bientôt rejointe par Laimant, est entraînée dans une immense pièce, ignorant qu'elle a le privilège de fouler le parquet de la galerie des Glaces. Interdite devant sa dimension, la profusion d'or et de peintures, elle s'immobilise. L'homme s'amuse de sa stupéfaction.

— C'est ce qu'il voulait, le Roi-Soleil, montrer qu'il était le plus grand, le plus fort, le plus riche ! Ça ne l'a pas empêché de mourir gangrené comme un pouilleux. Je crois que les souverains des pays voisins ont tous copié cette galerie. En moins beau, car nous avons les meilleurs artisans du monde. Regardez ces miroirs, ils ont été faits en France, près de Cherbourg. Je le sais car je viens de ce coin-là !

Les deux visiteurs se taisent, émerveillés.

— Voulez-vous voir les Grands Appartements ? Depuis le départ des suisses, c'est moi qui les garde, dit-il en faisant tinter son impressionnant trousseau de clefs.

— Et comment cela ? interroge Laimant, méfiant.

— Mon frère s'occupe des cheminées du château et moi je suis frotteur de parquets, mais en ce moment nous ne servons plus à rien, lui et moi. Sauf à faire visiter.

Le gardien les entraîne dans les pièces suivantes en leur racontant ce qu'il sait du protocole. Un Grand Lever, un Grand Coucher, lors desquels Claire imagine les monarques obligés de paraître et de supporter la foule des courtisans. Quand ils s'avancent vers la chambre de la reine, le gardien dévoile, l'œil brillant, que toutes les souveraines de France ont accouché dans cette pièce.

— Dix-neuf enfants de France, dont dix rien que pour la femme de Louis XV ! s'enorgueillit le guide avant d'ajouter : Mais que des filles et juste un Dauphin.

Alors Claire imagine Marie-Antoinette, si délicate et raffinée, obligée de dévoiler son corps terrassé par la douleur de l'enfantement au milieu de cette pièce soudain trop richement ornée. Des hommes et des femmes, ivres de fierté d'être présents, et curieux de voir si la fille de l'impératrice d'Autriche se comportera enfin en reine de France comme les précédentes, ou si elle criera, suppliera pour qu'on la laisse souffrir en paix ! *Ainsi, Louis-Joseph a commencé sa courte vie dans cette pièce au décor fleuri*, songe Claire, soudain très émue. L'immense lit à baldaquin aura été un lieu de douleur et d'espoir, puis de bonheur avec des fleurs en abondance, comme la reine les aime. Le gardien, satisfait de son effet, propose, pour quelques pièces de plus, de les faire passer par les appartements intimes de Marie-Antoinette.

— Là où elle s'est cachée quand les Parisiens sont venus les chercher. J'étais pas loin, elle a dû avoir peur car ils étaient prêts à la tuer, l'Autrichienne, annonce-t-il d'un air satisfait.

Lorsqu'ils pénètrent dans l'antichambre, ils sont refoulés par des laquais en livrée qui, une liste à la main, emballent certains bibelots et objets. Un homme au regard sévère surveille l'opération et fait l'inventaire des pièces à emporter. Ne voulant pas abîmer son souvenir de Marie-Antoinette, Claire passe dans la pièce suivante et s'extasie devant le décor d'un cabinet. Des livres à la reliure bleu et or tapissent les murs.

— C'est le cabinet des poètes, là où elle recevait ses favoris, si vous voyez ce que je veux dire... Le beau Fersen, par exemple ! précise le gardien avec un sourire entendu.

Claire voudrait qu'il se taise afin qu'elle puisse s'imprégner en silence des boiseries laquées de blanc, bleu et vert, et du décor fleuri des scènes pastorales. De toute la visite, la jeune femme se souviendra particulièrement de ce lieu où elle a retrouvé l'esprit et la grâce de celle qu'elle ne peut oublier.

— Les autres pièces sont trop imposantes, celle-ci me plaît beaucoup, confie-t-elle à Firmin.

Il est temps pour eux de descendre vers les appartements des enfants, mais, par un signe du destin, aucune des clefs du gardien ne parvient à dévoiler le sanctuaire de Louis-Joseph.

— Au revoir, Monseigneur, murmure la jeune femme en s'éloignant.

46

Anticiper et prévenir sont devenus depuis deux jours les maîtres mots du directeur de la Ménagerie. Inquiet de se retrouver sans ressources avec le départ de d'Angiviller à Paris, il veut tout devancer. Devant la mine dubitative de Claire et du nouveau soigneur, arrivé récemment en renfort de la ménagerie de Chantilly, ils les apostrophent :

— Et si d'Angiviller avait lu l'*Encyclopédie* ?

— Ils ont d'autres chats à fouetter que de fermer la Ménagerie, prédit Claire, et ils ont achevé les réparations promises par le roi.

Nala a déjà revêtu son pelage d'hiver, et sa fourrure, plus épaisse, s'est assombrie, cachant ses belles taches dorées.

— Pour un animal africain, tu t'es bien adapté ! Tu vas finir par hiberner, déclare Claire en l'embrassant sur le museau.

— Espérons que le thermomètre ne descende pas aussi bas que l'année dernière car les foyers dans les loges n'y suffiront pas, estime le soigneur, dénommé Bernard, qui s'avère être une bonne recrue et porte une attention inédite aux animaux.

— Ne faudrait-il pas enfermer le lion et le rhinocéros dans leurs cages, si le temps devenait glacial ? Ce sont nos animaux les plus prestigieux, s'enquiert Laimant.

— Ils ont déjà tellement peu d'activité que si nous les confinons, ils vont dépérir, répond Claire. Les singes, à la rigueur…

— Il nous faut anticiper notre besoin de bois qui était insuffisant l'année passée. Puisque la surveillance a été relâchée dans cette partie du domaine, organisons une coupe des sujets jeunes et faisons-les sécher dans chacun des enclos avant de devoir en acheter à des prix astronomiques, ordonne Laimant. Et je vais aller à la ferme des Coteaux acheter du fourrage et des poules. Ils ont peut-être abaissé leurs prétentions… Nous partagerons leurs œufs avec tous les employés.

Le directeur sait sa décision impopulaire car elle ressemble aux servitudes du Moyen Âge. L'homme de ménage, le surnuméraire, le soigneur, les deux gardiens et lui-même vont, à la tombée de la nuit, s'approprier le bois de leur roi. Leurs épouses et Claire participent à la corvée. Elles transportent les rondins vers la Ménagerie après un détour discret par chez elles, pour y déposer quelques bûches dérobées. La plupart pensent, sans l'exprimer, que les familles devraient être servies avant les animaux !

La nuit s'invitant tôt, Claire retrouve le bureau du directeur pour dresser la liste des bêtes et de leurs besoins. Elle dessine maladroitement le plan des enclos entourant le pavillon octogonal avant d'y désigner les pensionnaires. En se rappelant le salon de Vénus où elle s'est donnée à Guillaume, le cœur de Claire se serre. *J'étais heureuse, mais je ne le savais pas*, pense-t-elle avant de repousser ses idées sombres.

Une fois le croquis esquissé, elle s'attelle à y intégrer les animaux en conservant les anciennes dénominations des enclos. *Un hommage à cette pauvre duchesse de Bourgogne, morte si tôt*, se dit-elle. Son texte rédigé et l'encre séchée, elle se relit à voix haute pour ne pas oublier un seul pensionnaire.

La loge des pélicans : un phoque, un orang-outang, quatre ibis et cinq pélicans.

Elle se souvient que l'orang-outang s'était disputé avec les autres singes et que, dans l'urgence, il y a été transféré. Une décision provisoire qui s'installe…

La loge des singes : deux babouins, deux chimpanzés dont la malheureuse mère du bébé mort, et le mandrill.

La cour du Rondeau où résident le lion et le chien.

La cour des cerfs où végètent deux antilopes, un bubale et un malheureux quagga dont personne ne se préoccupe, sauf le soigneur qui se contente de le nourrir.

Ces animaux paisibles seraient mieux dans un champ plutôt que dans cet enclos réduit, songe Claire. *Depuis combien de temps le quagga n'a-t-il pas couru ?*

La cour des éléphants : désormais le domaine des deux zèbres.

Enfin, la cour du rhinocéros que partage Rhino avec les deux gazelles rescapées du froid.

Claire quitte le bureau à une heure tardive, s'en retourne chez Manon et Firmin avec l'intention de continuer les estimations de nourriture journalière pour chaque bête. C'est alors que, de la pénombre, surgit son frère, vêtu élégamment et portant un sac de voyage.

— Tu m'as fait peur, mon petit frère ! s'exclame la jeune femme. Que fais-tu ici ?

— Je viens rendre visite à ma mère, si cela ne te dérange pas.

À son ton sarcastique, elle comprend que la soirée risque d'être pénible.

Manon, tout à son bonheur de revoir son fils, ne s'étonne pas de la froideur avec laquelle il salue son nouveau beau-père. Durant le repas, Jacques monopolise la conversation en évoquant sa participation au départ du roi.

— Bien sûr, nous l'avons poussé un peu, reconnaît le révolutionnaire, et ils n'étaient pas beaux à voir, ses amis les courtisans ! Ils avaient beau porter une épée sur le côté, ils étaient morts de peur… Enfin, la vie, la vraie ! Pas la monotonie de Versailles et son univers d'un temps révolu que nous avons balayé grâce à quelques femmes.

— Nous ? l'interrogent en chœur les convives.

— Oui, Orléans, Choderlos de Laclos et les comités dont je fais partie.

— Et quel rapport avec ces femmes ? s'inquiète Manon.

— Mais nous les avons manipulées, les femelles ! se vante Jacques en reculant sa chaise. Nous avons bloqué les entrepôts de grains, puis de farine. Après quelques jours de disette, elles ne trouvaient plus de pain. Quelques meneurs dans les quartiers populaires ont crié que la pénurie était voulue par le roi et il a été facile de les faire marcher sur Versailles. Orléans était persuadé que son cousin ne ferait pas tirer sur une foule de femmes… Même si certaines étaient des hommes, mais ça, c'est une autre histoire ! Alors voilà, c'est maintenant l'Assemblée qui dirige le pays, et le roi, votre ami, n'a plus qu'à obéir ou déguerpir, comme son frère !

— Et tu es fier de toi ? Vous avez tué des gens ! s'insurge sa mère.

— Oui, je suis fier d'avoir contribué à faire tomber ce régime, et peu m'importent les méthodes.

Claire le regarde d'un air désolé.

— Allez, petite sœur, lâche tes animaux, viens nous rejoindre et oublie ton suisse ! Il va retourner chez lui avec les régiments étrangers, et rapidement, tu peux me croire.

— Qu'en sais-tu ? s'inquiète Claire.

— J'en sais que les Français sont assez grands pour assurer la sécurité de leurs gouvernants, y compris celle de ton roi et de ta reine adorés.

47

La semaine suivante, Claire achève avec Firmin les prévisions de nourriture pour l'hiver à la Ménagerie. Ils ont renoncé au recensement des occupants des deux volières. Dès qu'ils repèrent trois perruches de Malabar, ils perdent de vue les guêpiers d'Afrique centrale ! Manon, venue les aider, finit en riant par suggérer d'écrire « Deux cents oiseaux exotiques ». Pour les grands volatiles, la tâche a été plus facile :

- 4 flamants roses
- 5 grues de Numidie
- 12 canards d'origine inconnue.

— Quant à savoir combien de poissons ils avalent par semaine, s'exclame Laimant, Dieu seul le sait… Et que dire du phoque !

— Vous devez avoir un reçu de l'année passée de la marée de Versailles. Peut-être en saurons-nous plus si vous le retrouvez, le taquine gentiment la jeune femme.

— Je commence à en avoir assez, de cette paperasserie ! Je vais coller tous ces palmipèdes dans le Grand Canal, ils mangeront les carpes et nous serons tranquilles…

Claire éclate de rire.

— Et les autruches ?

— Elles se nourrissent de graines, je crois ; combien de seaux par jour ?

— Non, mon cher époux, l'autruche est herbivore et gobe de l'herbe, elle ne la picore pas comme une vulgaire poule... assène Manon en riant.

Leur réunion est interrompue par l'un des gardiens qui, bredouillant, s'excuse du dérangement.

— En rentrant d'une promenade (Laimant devine qu'il est allé braconner), j'ai entendu des cris violents dans la loge des singes. Le mandrill est blessé, méchamment mordu par les babouins.

— Oh non ! Encore une mauvaise nouvelle ! Et la lettre pour d'Angiviller, je la termine quand ? s'insurge le directeur, hors de lui.

— Je crois que le chimpanzé, enfin, la femelle, a ses chaleurs, ajoute l'employé.

— La lettre attendra. C'est ma faute, j'aurais dû placer les mâles à part, se désespère Claire. Un des babouins cherche à être le maître de l'enclos.

La jeune femme attrape une lampe à huile et se précipite dans les lieux, malgré les déplacements incessants et hystériques des singes. Elle découvre la petite guenon terrifiée qui, en la voyant, lui saute aussitôt dans les bras. Le mandrill, ensanglanté, gémit dans un coin sombre. Laimant, venu la rejoindre, se retrouve aux ordres de Claire.

— Faites vite une civière de fortune avec des couvertures, et des branches ou des pelles, que sais-je. On va le transporter ainsi car il est trop imposant pour qu'on puisse l'attraper par les membres et il nous faut examiner ses blessures. Pourvu qu'il ne nous morde pas !

Tard dans la nuit, elle rentre chez elle, exténuée. Réconforté par la douceur de sa voix, le singe a laissé Claire le toucher. Si elle a réussi à nettoyer ses plaies, elle n'a pu les recoudre. *Ses chances de survie sont faibles*, pense-t-elle.

Quant à Manon et Firmin, ils se couchent avec, au pied de leur lit, la petite guenon confortablement installée sur les coussins d'un panier à linge.

— Elle n'est pas prête à regagner son enclos, grommelle Firmin.

— Nous n'avons pas d'enfant et pas de chien... Nous verrons si elle s'adapte à nous, s'amuse son épouse, touchée par le regard tendre que lui adresse l'animal.

Le mois de novembre s'achève enfin pour Laimant, qui espère être débarrassé des tâches administratives. Avec l'aide de Claire, il a mis un temps fou à rédiger la lettre accompagnant le rapport précis qu'ils ont dressé des frais de fonctionnement de la Ménagerie. Persuadé que le roi ne reviendra pas, il a dramatisé la situation et choisi les termes afin d'être sûr qu'une somme importante leur sera octroyée pour l'année. Claire relit la lettre à voix haute :

J'ai l'honneur d'adresser à monsieur le comte, suivant les ordres qu'il m'a donné [sic], *les notes concernant la Ménagerie du roi. La vie d'un lion et d'un rhinocéros est entre vos mains. J'ose prendre la liberté de le supplier d'avoir égard à mes demandes. Elles sont des plus urgentes et la dépense qu'elles exigent ne peut être reportée*[1].

— Un bon directeur est un directeur prévoyant, affirme-t-il en cachetant l'enveloppe.

En le voyant fermer le courrier contenant les documents, Claire perd toute illusion : sans la protection du roi, les habitants de la Ménagerie sont menacés. Sur la cire encore chaude, le directeur appose avec sérieux le cachet de la Ménagerie : MR.

---

1. Lettre originale.

48

Par un beau matin de février 1790, Claire entreprend de rejoindre Guillaume. La jeune femme, tout à sa joie et son impatience de revoir son fiancé, s'inquiète néanmoins de quitter le domaine. Savoir le pays à feu et à sang la rend encore plus casanière que d'habitude. Cependant, son désir de retrouver son amant est plus fort que ses craintes. Les courriers qu'ils échangent depuis leur séparation sont concis. Quelques mots sur leur santé, des nouvelles des animaux, et de rares informations sur les journées du garde. Ne connaissant pas la durée de son absence, elle a confié Nala à sa mère. Manon, depuis qu'elle a adopté le petit singe, s'est singulièrement adoucie à l'égard des pensionnaires de la Ménagerie. Elle, qui n'aimait que les oiseaux, s'amuse à observer le phoque ou à serrer la main de l'orang-outang lorsqu'elle s'aventure à lui offrir une pomme.

La guenon, baptisée Violette, suit désormais sa maîtresse dans ses journées de travail et, au moindre bruit suspect, se jette dans ses bras en poussant des cris perçants.

— Possessive comme une enfant gâtée, se moque Firmin, pourtant attendri par l'animal et sa ressemblance avec l'humain.

Manon a perdu son travail de lingère. Comme nombre de Versaillaises, elle doit vivre sans ce salaire et sans la convivialité des rencontres entre femmes. Grâce à son mariage, à la rente de Martin et aux quelques pièces de monnaie que lui rapporte son emploi à la volière, elle se sent privilégiée. Dès qu'elle le peut, elle confectionne des tourtes aux légumes qu'elle offre aux blanchisseuses démunies tout en partageant leurs inquiétudes. La situation économique en ville est si déplorable que le conseil municipal a écrit à Louis XVI afin de lui demander une aide exceptionnelle pour tous les employés du château désormais sans emploi. La réponse a satisfait le maire, M. de Ville-d'Avray, et ses conseillers. Sa Majesté va ouvrir un chantier de charité sur le Grand Canal pour cinq cents indigents. Ils devront curer les fonds de la pièce d'eau et restaurer les murs pour vingt sols la journée.

— Le roi n'abandonne pas ses sujets, annonce Manon, soulagée, lorsqu'elle rejoint sa fille.

Claire a relevé ses cheveux, revêtu la jolie robe grise offerte par la reine, qu'elle dissimule sous la grande houppelande de Martin. Elle tend à sa mère la laisse qui retient Nala. Le serval émet un miaulement plaintif comme s'il regrettait de ne pas revoir Guillaume. Claire l'embrasse sur le museau avec tendresse.

— Ne t'inquiète pas, dit Manon à sa fille, dès qu'elle sera avec Violette, elle retrouvera sa bonne humeur. Ces deux-là s'apprécient beaucoup. Tu peux partir tranquille.

Claire sourit, n'ayant jamais envisagé pareil discours chez sa mère. Il lui faut maintenant marcher jusqu'à la place d'Armes puis prendre une voiture publique pour Meudon, qui la mènera au port fluvial. Là, des barges servent de transport vers la capitale. Au débarcadère de l'Hôtel de Ville, Claire se retrouve pour la première fois de sa vie au cœur de Paris. Effrayée par les nombreuses barques et les cris des négociants, elle se jette dans les bras du jeune homme venu l'accueillir.

Une fois calmée l'émotion de leurs retrouvailles, l'un et l'autre se sentent perdus. Guillaume aurait aimé partager quelques heures dans une auberge pour une soirée intime mais n'a pas osé le suggérer, n'étant pas encore marié. Claire, de son côté, ne lui prend pas la main, parle à voix basse et se sent dévisagée par des Parisiennes impudentes. Loin de la Ménagerie, elle perd pied. Silencieux, ils se cherchent.

— Je regrette presque l'absence de Nala, elle nous aurait aidés à nous retrouver, avoue Guillaume.

— Oui, pardonne-moi, j'ai tant espéré ce moment. Et j'ai eu si peur quand Versailles a été envahi et que tu es parti. Te savoir vivant me suffit, te revoir m'est à peine nécessaire.

— Alors tu m'aimes donc un peu ? interroge le jeune homme, ému.

— En douterais-tu ?

— Oui.

Sa réponse blesse Claire, mais Guillaume poursuit.

— Je pourrais mourir pour toi, mais toi, si tu devais choisir entre Nala et moi, tu ne pourrais pas.

— Comment peux-tu imaginer pareille situation ?

— Parce que je vis dans un climat de violence, et d'horreur.

— Je sais, je ne suis pas idiote !

— Non, tu ne sais pas. Le roi a voulu se rendre en famille à Saint-Cloud. On l'en a physiquement empêché et un insensé lui a craché à la figure !

— Arrête, arrête ! crie Claire, horrifiée.

— Tu vois, tu ne sais pas, s'emporte Guillaume. Nous, les suisses, sommes les plus menacés ! Si tu m'aimais véritablement comme je t'aime, tu me demanderais de quitter mon régiment et tu me suivrais dans mes montagnes.

— Sauf que tu m'aimes parce que je ne suis pas raisonnable et parce que je ne quitterai ni ma mère ni la Ménagerie.

— Ni Nala, ajoute Guillaume.

Claire, bouleversée, ne sait se défendre. Alors, dans un accord muet, ils arpentent la ville sans parvenir à admirer la beauté des quais, l'île de la Cité. Devant la cathédrale, elle capitule.

— Guillaume, mon amour est sincère et je rêve de fonder une famille avec toi, mais ne me demande pas de choisir.

Ils se taisent, malheureux.

— Si je quitte la Ménagerie, j'en mourrai de chagrin. Tu le sais, tu l'as toujours su.

— Oui, c'est vrai, je l'ai toujours su. Alors prions le Ciel qu'il me garde en vie, répond Guillaume.

49

Firmin, Manon, Claire et les animaux ont vaillamment supporté l'hiver 1790, moins rigoureux mais plus humide que le précédent. Un gardien et sa famille ont abandonné la Ménagerie pour rejoindre un cousin en province, laissant un surplus de travail aux autres employés. Les salaires ont été irrégulièrement versés, ainsi qu'une partie des dépenses d'entretien demandées par le directeur. Qui, à Paris, peut se préoccuper d'une facture impayée de paille ou de viande pour un fauve emprisonné ?

Claire n'y est pas retournée, et c'est Guillaume qui la rejoint chaque fois qu'il est relevé de ses missions. Il sait qu'il peut venir à toute heure. Leur rencontre dans la capitale lui a ouvert les yeux. Il aime une jeune femme particulière et doit s'y résigner. Il sera toujours temps pour elle de s'adapter à la réalité de la vie conjugale. *En attendant, elle fait le bonheur des animaux et le mien*, pense désormais le garde.

Personne n'attendait Jacques à la Ménagerie en ce dimanche d'avril. Le jeune homme, d'habitude vêtu à la dernière mode et fier de sa redingote à l'anglaise, s'est présenté chez sa mère dans un triste état. Ses vêtements sont sales, tout comme ses cheveux. Son œil cerné de bleu et gonflé laisse penser qu'il s'est battu. Claire, sans un mot, ajoute un couvert pour le repas dominical tandis que Firmin lui propose de partager un verre de vin. L'atmosphère, loin d'être légère, les oblige à se contenir.

— C'est gentil de venir nous voir. Je m'inquiétais un peu et je vois que j'ai eu raison, déclare sa mère.

— Oh, une dispute sans gravité, affirme Jacques.

Durant le repas, le garçon préfère fanfaronner sur les événements et prédire l'imminence de la République plutôt que de s'intéresser à sa famille.

— En quoi cela va-t-il changer notre vie ? demande Firmin.

— En tout ! s'enflamme le jeune homme. Les républicains sont des gens honnêtes qui ne spéculeront pas sur le grain pour faire crever les pauvres de faim !

— Tu crois vraiment ce que tu dis ? interroge Manon.

— Depuis que les ministres ont quitté Versailles, où ils étaient enfermés dans un palais sans entendre le malheur du peuple, la situation est bien meilleure, affirme Jacques tout en se resservant copieusement.

Manon doute de sa sincérité.

— Mais, et toi ?

— Moi ? Qu'importe… Je participe à transformer un idéal en réalité ! s'emporte-t-il.

— Comment vis-tu ? Où loges-tu ? Je vois bien que tu n'es pas là par hasard.

Claire, d'un geste de la tête, fait signe à son beau-père. Un entretien entre la mère et son fils s'impose après ces mois de mensonge et de silence. À peine sont-ils sortis que Jacques s'effondre.

— J'étais payé par Sieyès pour rédiger des manifestes, des pamphlets. Il me donnait le sens général et je devais écrire avec des mots faciles pour que le peuple puisse les lire. Il y avait aussi des chansons…

— Alors, c'est toi l'auteur de toutes ces médisances ?

— Oh, je n'ai pas ce talent !

— Et… ?

— Mon orthographe m'a joué des tours et j'ai été congédié. Plus de salaire, plus de logement sous les toits du Palais-Royal… Alors, j'ai vendu des journaux en criant les titres, puis j'ai travaillé sur les quais, à transporter des ballots de je ne sais quoi, mais j'ai eu si faim et si froid… Et la semaine dernière, je me suis fait voler mes vêtements et le couteau de papa.

Sur ce dernier mot, la voix de Jacques s'est fissurée et Manon se retrouve face à un petit garçon désespéré. Elle devrait le prendre dans ses bras et le consoler, mais elle ne s'y résout pas.

— Tu ne t'es guère préoccupé de nous cet hiver et voilà que tu reviens nous demander de l'aide… Si j'étais morte, nous n'aurions pas su comment te prévenir ! Alors pardonne-moi mais je suis en colère contre toi et incapable de m'apitoyer sur ton sort.

Jacques se tait, honteux.

— Nous te logerons et te nourrirons, bien sûr, mais tu devras participer. Ce n'est pas à Versailles que tu trouveras un emploi, car la moitié de la population est à la rue.

Jacques retrouve sa fierté et s'offusque.

— Tu devrais être heureuse de mon engagement et ne pas me juger pour mes absences. Tu es entourée de ta fille et de ton mari ! Moi, je suis seul, inquiet et même malheureux, mais mes convictions m'aident à résister ! Je ne pense pas à moi ni à vous, mais à mon pays qui attend que j'agisse en son nom !

Ne sachant quoi lui répondre, et troublée par sa sincérité, elle se lève, le laisse seul, puis revient avec des draps propres et une épaisse couverture.

Laimant, en se couchant, propose une solution qu'il estime inespérée pour donner du travail à son beau-fils rebelle et éviter qu'il ne traîne à la Ménagerie en répandant les commentaires acerbes dont il a le don.

— Les travaux sur le Grand Canal se poursuivent et il y a toujours des défections. Jacques devrait s'y présenter et se contenter de vingt sols la journée. Un peu de travail physique lui calmera l'esprit.

— Voilà qui devrait pour un temps régler notre problème, conclut Manon en cherchant refuge dans les bras désirés de ce mari providentiel.

50

Les habitants de la Ménagerie pensaient voir se prolonger l'état de grâce que leur offrait leur situation dans le domaine de Versailles. Elle leur vaut l'oubli, certes, mais aussi une protection relative face à cette nouvelle société qui prône l'égalité et l'abolition des titres. Qu'adviendra-t-il de ce lieu privé, créé pour le plaisir personnel d'un roi, lorsque les députés s'y intéresseront ?

Le printemps a apporté son lot de naissances, et Claire s'extasie devant le petit pélican et l'antilope aux pattes interminables. À l'abri du parc, sans aucune visite, les derniers employés s'obstinent à faire vivre des animaux désormais sans intérêt pour les personnages illustres, les naturalistes ou le commun des mortels. Les gigantesques travaux de restauration du Grand Canal sont menés à quelques toises des enclos. Laimant et Claire ont accueilli la nouvelle avec satisfaction : la chute d'un humain ou d'un animal pourra ainsi être évitée. La réparation des bordures ne ramènera ni Ganesh ni son cornac, mais leur apporte un peu de baume au cœur.

Au fil des semaines, la présence de cinq cents travailleurs, encadrés par des ingénieurs et la garde nationale, n'apporte, hélas, que des désagréments. Régulièrement, un ouvrier déserte son poste et se présente, couvert de vase, pour réclamer de l'eau, ou un linge afin de soigner une blessure. Laimant s'agace, précisant que son bureau n'est pas une dépendance du chantier, mais rien n'y fait.

Avec Nala, Claire n'ose ni sortir de la Ménagerie, ni se promener dans les bois pendant la journée, de peur d'être agressée. Le soir, certains malheureux sans logement s'écroulent sous les arbres et dévisagent d'un œil suspicieux le serval venu chasser. La paie hebdomadaire entraîne le samedi une déferlante d'hommes avinés. Les bois deviennent des lupanars qui peinent à cacher des comportements violents. Certaines anciennes servantes du château ou employées des auberges, réduites à la misère, se vendent pour quelques pièces dans les charmilles de M. Le Nôtre.

Jacques a bien intégré l'atelier de charité et, sachant lire et écrire, a été dirigé vers un géomètre. Au lieu de transporter des brouettes de vase vers des charrettes, il dirige une équipe de maçons et sélectionne les pierres. En moins d'un mois, devenu le meneur du chantier, il se met à réclamer, pour lui et les autres, une paie de trente sols. Parce qu'il est le seul ouvrier à posséder une montre de gousset, à dix-sept heures tapantes, il annonce en hurlant la fin de la journée de labeur.

Exaspéré par son attitude, un ingénieur le renvoie un soir sans façon. Jacques crie à l'injustice, appelle les autres ouvriers à cesser le travail. La situation dégénère rapidement et le responsable se trouve jeté dans le canal sans ménagement. Il faut la présence de la garde nationale pour disperser les manifestants. Le soir, au dîner, Jacques déverse sa colère contre ces travaux inhumains dans ce lieu de perdition.

— Versailles devrait être détruit en tant que symbole des abus de la Cour ! s'exclame-t-il. Nous allons cesser le travail. Puis nous détruirons cet amas obscène de marbre et d'or.

— Je te remercie pour l'avenir que tu nous offres, ironise Claire.

— Quittons ce lieu maudit. Partons tous à Paris avant qu'il ne soit trop tard, s'enflamme Jacques.

Sa famille le regarde, désolée. Le travail au grand air n'a pas eu raison de sa colère.

Le lendemain, les ouvriers refusent de poursuivre le curage du bassin sans une augmentation de dix sols. Les gardes s'en mêlent, certains sont jetés à l'eau tandis que Jacques, heureux comme un chien fou, organise la révolte.

— Mes amis, s'ils n'acceptent pas de nous augmenter, nous irons piller Trianon et déverser la merde du Canal sur les meubles de l'Autrichienne ! s'époumone le jeune révolutionnaire.

Certains compagnons applaudissent, d'autres, fatigués, s'éloignent.

Au matin, le régiment de Flandres, encore stationné à Versailles, et plusieurs compagnies venues de Paris attendent les insurgés et leur meneur. Menacer le domaine de la reine est un sacrilège qui mérite de montrer que la royauté existe encore ! Les soldats ont passé la nuit à même le parquet du premier étage des somptueux Grands Appartements royaux garnis en urgence de paille. Ils y resteront trois jours et signeront la déchéance de la demeure du Roi-Soleil transformée en garnison.

Berthier, major général de la garde nationale, annonce aux ouvriers présents sa position. Au premier rang, Jacques dévisage le militaire avec l'espoir qu'il bascule dans le camp des résistants.

— Citoyens, soit vous reprenez le travail dans l'heure, soit le chantier s'arrête, annonce l'officier.

Devant le refus des ouvriers de renouer avec les poissons morts, les couleuvres endormies et la boue visqueuse, Berthier sonne le dispersement et la fin des travaux. Jacques, persuadé d'avoir gagné, traverse le parc, suivi des journaliers inquiets de leur sort. Désormais meneur de tous les indigents de la ville, le jeune homme s'enfonce vers un avenir incertain.

Un soir, alors que Claire rentre tard du bureau de Laimant, après avoir laissé Nala partir de son côté chasser son repas dans les bois, elle se retrouve face au fils de Crosnier. Ils se sont connus dans leur jeunesse, puis le garçon a suivi sa mère à Paris. Claire, en sa présence, ressent une soudaine envie de prendre ses jambes à son cou. Mais l'homme l'arrête.

— Alors, on ne salue plus son Benjamin ? s'exclame-t-il.

Au ton de sa voix, elle comprend qu'elle est en face d'un homme aviné et possiblement brutal, donc dangereux.

— Je ne m'attendais pas à te voir ici et tu m'as surprise, répond la jeune fille d'une voix qu'elle veut mesurée.

— À la bonne heure ! Allons boire à nos retrouvailles chez mon père. Il est tellement saoul le soir qu'il ne saura même pas que tu es là.

Claire sent la peur l'envahir et son cœur battre trop vite.

— Je suis fatiguée, une autre fois si tu veux bien…

L'homme ne se contente pas de cette réponse et la poursuit jusque chez elle.

— Tu ne vas pas jouer les mijaurées avec moi ! s'agace-t-il. J'ai entendu dire que tu aimais les uniformes suisses, mais je vais t'en faire passer l'envie ! Je suis français, patriote et pas au service d'un tyran, moi !

Il empoigne Claire, la pousse contre le mur et attrape son visage. Son haleine immonde la révulse, mais l'homme tient bon. Elle tente de le repousser, en vain, lorsqu'elle aperçoit Nala galoper vers eux. Le félin bondit sur le dos de l'homme, lui plante ses griffes dans les épaules tandis que ses mâchoires s'agrippent à son cou. Le dénommé Benjamin hurle avant de lâcher la jeune fille. Nala le laisse s'enfuir en courant sans demander son reste puis se couche aux pieds de sa maîtresse, satisfaite. Encore étourdie, Claire court chercher refuge chez Manon et Firmin. Elle y passe la nuit, consolée par sa mère et blottie contre son serval. Des mots, comme une litanie, lui reviennent sans cesse. « Je le sentais, j'étais en danger, je le savais… »

Au petit matin, Laimant déclare qu'il va parler à Crosnier sans attendre.

— Je vais lui signifier que son fils ne peut plus lui rendre visite, et encore moins dormir dans un logement de fonction.

Manon est dubitative. Elle veut protéger sa fille mais doute de la méthode de son mari. Sa fille la devance :

— Un père est-il responsable des agissements d'un fils adulte ? Je ne le pense pas. Jacques, avec ses ardeurs révolutionnaires, ne sera-t-il pas un jour source de tourment pour nous ? Il faut juste que nous sachions où Benjamin se cache. Il doit nous en vouloir, à Nala et à moi, et voudra certainement se venger. Je préfère aller parler à son père plutôt que vous lui interdisiez l'accès de la Ménagerie.

Jacques et Manon ne savent quoi dire. Les temps sont fous, les hommes irascibles… Le jardinier a pris ses fonctions ce matin-là sans croiser la jeune fille ; vers douze heures, il se présente de lui-même dans le bureau de son directeur, où Claire et Firmin se restaurent.

— Bonjour, puis-je vous parler ?

Tous deux hochent la tête, surpris par la visite.

— J'ai trouvé au petit matin Benjamin affalé sur le sol de la cuisine, dans un sale état.

— Il a croisé mon serval, déclare Claire d'un ton glacial.

— En effet, il me l'a dit… J'aurais aimé croire ses explications mais je sais votre bête parfaitement dressée et inoffensive, sauf…

— Si sa maîtresse est en danger, termine Laimant.

Quelques secondes de silence désamorcent le conflit.

— Benjamin m'a prié de vous présenter ses excuses. Il ne viendra plus à la Ménagerie.

— J'ai du mal à les accepter, mais j'imagine que vous ne voulez pas perdre votre travail.

— C'est exact, avoue Crosnier.

— L'incident est clos, si Claire en est d'accord.

— Je le suis.

51

L'été 1790 offre des journées en plein air plaisantes aux habitants de la Ménagerie. La plupart des animaux venus d'Afrique se rétablissent après de longs mois d'humidité. Tous, sauf le mandrill. Installé dans l'ancienne loge dite « du roi », l'animal ne s'est pas remis de ses blessures. Il se traîne sur son arrière-train, ne parvient plus à se tenir debout et ne laisse personne l'approcher. *Il doit souffrir,* pense Claire, *pour me montrer les dents dès que j'arrive.* La porte à peine ouverte, chaque jour, elle doit reculer avant de lui lancer des fruits, et ne peut entrer nettoyer l'enclos. Elle tente alors de lui parler mais il couvre ses mots par des cris stridents, signes de sa colère contre la jeune femme.

Lors du repas dominical, Firmin commente les nouvelles de la ville. Claire apprend ainsi la suppression du droit d'aînesse, l'abolition des titres de noblesse, la vente des biens du clergé et la création d'une monnaie de papier au nom insolite. Elle reçoit ces informations sans avoir d'avis particulier. Manon, elle, plus expansive, réagit avec ironie.

— Vous imaginez vraiment que ces discussions entre députés vont changer quelque chose ? Tout ça va faire fuir les riches et laisser les autres sans emploi.

Son mari partage son opinion.

— L'équarrisseur, avec son mauvais esprit, m'a interpellé hier en m'intimant l'ordre de ne plus l'appeler par son nom de famille mais d'utiliser le terme « citoyen » ! raconte Laimant.

Claire reste silencieuse. Elle est en pensée aux Tuileries, avec Guillaume qui escorte le roi d'une assemblée à une autre. L'appelle-t-on encore « Majesté », ou l'apostrophe-t-on aussi d'un simple « citoyen » ?

— Claire, tu es bien rêveuse. As-tu des nouvelles de Guillaume ? interroge Manon. Voilà des semaines que nous ne l'avons vu.

— Un bref courrier dans lequel il parle de son espoir de venir dimanche prochain si les Tuileries sont calmes, résume la jeune femme, qui ne sait pas partager ses inquiétudes avec ses proches.

Le samedi suivant, Guillaume lui fait la surprise de venir la retrouver plus tôt que prévu et lui annonce deux heureuses nouvelles.

— J'ai trois jours de permission que je compte bien les passer dans tes bras.

Claire rit, enchantée.

— Et demain, nous aurons un invité de marque pour le dîner. Vicq d'Azyr en personne !

— Quel plaisir de le revoir, peut-être saura-t-il m'aider avec le mandrill !

— Le médecin personnel de la reine au chevet d'un singe, annonce Guillaume en riant et en attrapant la jeune femme par la taille. (Puis il lui chuchote à l'oreille :) Viens vite avant que tes animaux ne t'empêchent de m'aimer…

Malgré sa corpulence, Vicq d'Azyr a choisi de se rendre à cheval à Versailles et de laisser son cabriolet en ville. Vêtu simplement, l'homme cherche à passer inaperçu pour ne pas être contrôlé aux abords des ponts de la Seine. Il se veut simple soignant en route vers un patient à Chaville. Ne surtout pas dévoiler sa position de médecin personnel de la reine. Il vit désormais dans un petit appartement sous les combles du château du Louvre – un privilège obtenu grâce à ses fonctions à la Société royale d'agriculture et à son prestigieux siège à l'Académie française.

L'ami est venu avec, dans ses sacoches, un foie gras, tandis que Manon a concocté un faisan rôti. Ces retrouvailles sont une parenthèse d'insouciance, d'autant que le médecin leur annonce s'être discrètement marié avec une nièce de Daubenton, le successeur de Buffon.

— Nous étions depuis des mois attirés l'un par l'autre. Face aux événements, j'ai compris qu'il fallait profiter de la vie, alors je lui ai fait ma demande.

— Mais vous auriez dû venir avec elle ! s'insurge Manon.

— La prochaine fois, je m'y engage. Elle a très envie de connaître Nala. Et vous aussi, bien entendu, s'amuse le savant. Mais avant de vous la présenter, je souhaitais partager mes inquiétudes avec vous, sans les lui faire connaître.

— Poursuivez, cher ami. J'ai moi aussi besoin de vos conseils, avoue Laimant.

— La première vous concerne personnellement, Guillaume, annonce Vicq d'Azyr sans détour.

Le jeune homme le regarde, étonné.

— Moi ?

— Le peuple est chaque jour plus nombreux dans les jardins des Tuileries. Vivant au Louvre et me rendant au palais régulièrement, je vois les tensions s'exacerber. Un jour, les révoltés voudront y entrer et, si le roi persiste à ne pas faire usage des armes, vous serez en danger.

— Ne peut-on protéger le palais ? s'enquiert Manon.

— En théorie, si, et c'est La Fayette et sa garde nationale qui en sont chargés. Mais les hommes sont acquis aux idées de l'Assemblée, résume Vicq d'Azyr.

— Nous fermons les persiennes pour que la reine n'entende pas les insultes, mais ce bâtiment est ouvert à tout vent, reconnaît Guillaume.

— Il faut prévoir le pire. Alors écoutez mon plan : voici le dessin des appartements où nous logeons, mon épouse et moi. Et voilà une clef. Si vous deviez quitter les Tuileries en catastrophe, retirez votre uniforme et venez chez nous. Nous ne sommes qu'à quelques mètres. Nous vous cacherons dans l'attique.

Claire se lève et fait le tour de la table pour l'étreindre.

— Alors, dit-elle, c'est si grave pour la famille royale ?

Vicq d'Azyr sort de sa sacoche une enveloppe et la pose sur la table dans un silence recueilli. Malgré ses idées progressistes, le médecin au cœur d'or s'inquiète pour ceux qu'il a connus à Versailles.

— Vous êtes sûr de ne pas vouloir rentrer dans votre pays ? J'ai entendu la reine parler de défections parmi les suisses, insiste Vicq d'Azyr.

— Mon avenir est ici, annonce le jeune homme d'une voix déterminée en regardant la femme qu'il aime droit dans les yeux.

Claire comprend enfin qu'à privilégier les animaux, elle met en danger l'homme qu'elle aime. Ne sachant que dire, elle lui prend la main et la garde dans la sienne. Manon, sans un mot, se lève pour apporter le dessert. C'est Laimant qui rompt le malaise.

— Il nous faut réfléchir à la Ménagerie. Qu'allons-nous devenir si le roi ne revient pas ?

— Il ne reviendra pas, il est prisonnier des Parisiens, affirme tristement le médecin de Marie-Antoinette. Mais Sa Majesté est préoccupée par sa ville et son château.

En utilisant ce terme désormais suspect de « Majesté », Vicq d'Azyr entend honorer un homme qu'il apprécie. Il sait pourtant que son caractère débonnaire et indécis ne saurait vaincre les idées qui enflamment le pays. *Louis XIV, son aïeul, n'aurait jamais douté ni de lui-même ni de sa gouvernance et, à la moindre révolte, aurait envoyé la troupe*, songe le savant avant de reprendre la parole.

— Le roi sait combien son départ est dramatique pour les habitants du domaine. Lors de notre dernière entrevue, il m'a dit avoir écrit à l'Assemblée et demandé que Versailles devienne sa résidence personnelle, dont il aurait la charge financière.

— Un coût astronomique ! s'exclame Laimant.

— La publication d'un livre contenant la liste et le montant des pensions accordées par le monarque a mis le feu aux poudres. Les députés s'insurgent devant chaque chiffre et réclament que les Français ne paient plus pour des dépenses qui ne les concernent pas.

— Certes, on peut le comprendre, admet Laimant.

— Bien entendu, mais cela veut dire que la bâtisse va être entretenue *a minima*, les jardins et les fontaines négligés.

— Et nous, et les bêtes ? s'exclame Claire, ne pouvant contenir son inquiétude. Nous ne sommes ni des pierres ni de l'eau !

— Écoutez-moi, poursuit le médecin. Je crois qu'il faut alerter au plus vite l'Académie des sciences et lui demander son aide. Il faut que la Ménagerie change de statut. Le roi ne peut plus la considérer comme sa propriété personnelle. Si nous parvenons à convaincre les naturalistes, les anatomistes, les zoologistes et autres hommes de sciences de la nécessité de faire vivre ces animaux pour les étudier de manière rationnelle, alors ils seront protégés.

Je vois mal vos collègues se déplacer pour venir observer notre quagga, s'affole Laimant.

— Il n'est d'ailleurs pas passionnant, reconnaît Claire. À part ses rayures, il se comporte comme un âne qu'on ne peut approcher !

Un rire collectif atténue le sérieux de la conversation.

— Il faut demander un déménagement des animaux au jardin du Roy, à Paris. Cette idée est de Daubenton qui dirige l'institution et je la crois raisonnable, car elle vous protégera, insiste Vicq d'Azyr.

— Mais les gens de Versailles ont oublié notre existence, affirme Manon.

— Tant que les Français auront faim, ils exprimeront leur colère par la violence et détruiront tout ce qui touche aux abus de la royauté. Je suis passé à cheval par la place d'Armes. Il y avait des rassemblements, des cris réclamant du pain et du travail.

— Je partage vos inquiétudes, commente Laimant. Antoine Richard, le jardinier de Trianon, est venu s'entretenir avec moi. La municipalité envisage de détruire les jardins à la française pour les donner aux nécessiteux afin qu'ils les transforment en potagers.

— Mais ne venez-vous pas de dire que le château appartient au roi ? réagit Claire vivement.

— En théorie, si, mais voyez : il ne peut même plus s'y rendre, lui répond Vicq d'Azyr.

— Nous vivons une époque épouvantable, déclare Laimant.

— Et le pire est à venir. Un député du nom de Marat a publié le mois dernier un texte dans lequel il réclame la mort de six cents aristocrates, annonce le médecin.

— Mais enfin pourquoi ? s'exclament en chœur Manon et Claire, effarées par tant de violence.

— « Cinq à six cents têtes abattues vous auraient assuré repos, liberté et bonheur. » Ce sont ses propres mots.

— Quelle horreur ! s'indigne Manon.

Guillaume, toujours muet, serre les poings de rage tant cette situation le désespère. Heureusement, Claire, si concrète et pleine de vie, les ramène tous au moment présent.

— Notre ménagerie est un havre de paix, comparée à la capitale, déclare-t-elle. À ce propos, auriez-vous la gentillesse, après le repas, de venir voir le mandrill ? Il m'inquiète, demande-t-elle au médecin.

— Avec plaisir, cela me changera de mes consultations en ville, où je prescris des gouttes pour calmer la peur du matin au soir !

52

La vision du singe allongé à même le sol de sa loge désole Claire. Le mandrill ne cherche plus à se relever ni à se nourrir et les quelques fruits déposés ce matin sont intacts. La jeune femme et le vétérinaire, devant l'état apathique de l'animal, n'ont pas hésité une seconde et sont entrés dans l'enclos. Sans défense, épuisée par ses blessures infectées, la pauvre bête ne lutte plus et se laisse toucher. Vicq d'Azyr regarde Claire et, d'un hochement de tête, reconnaît son impuissance.

— Je crois qu'il ne souffre pas. Il va bientôt mourir.

— Cet animal aura connu un bien triste destin. Capturé à l'âge adulte, enchaîné et transporté d'un bateau à un port, puis enfin ici. Et pour avoir approché une femelle, il se fait mortellement agresser par d'autres. Je commence à ne plus supporter ces cages qui emprisonnent les bêtes, se lamente Claire.

— Je comprends, soupire le médecin.

— Mes rapports avec ce singe ont toujours été distants. Contrairement aux babouins ou aux chimpanzés, il ne s'est jamais laissé approcher, et encore moins apprivoiser.

— Il avait sa fierté peut-être, ajoute Vicq d'Azyr avec un léger sourire.

— Sa mort restera un mystère. Voulait-il s'accoupler avec la guenon ? Pourquoi les babouins l'ont-ils attaqué ?

— Je pensais, jusqu'à ce jour, que les singes ne s'accouplaient qu'entre eux, au sein d'une même espèce, commente le vétérinaire sans certitude.

— En laissant trop de mâles ensemble, j'ai sûrement provoqué un véritable carnage !

— La captivité doit jouer sur l'appétit sexuel, tente de la rassurer Vicq d'Azyr. Un singe développe peut-être un plus grand besoin de s'accoupler et de trouver un partenaire s'il souffre de déracinement.

— Les herbivores sont plus résignés, reconnaît Claire.

— Alors, allons saluer votre rhinocéros, ma chère Claire.

— Et Dakar, ajoute-t-elle. Vous allez être impressionné, c'est devenu un chat affectueux qui joue avec Nala et moi et se laisse même caresser.

— Vous connaissez la légende de l'esclave romain qui retire une épine de la patte d'un lion ?

— Non, mais je pourrais désormais presque en faire autant.

— Pline l'Ancien raconte…

— Ah non, l'interrompt Claire, pas un mot sur lui, je le déteste !

En fin de journée, Vicq d'Azyr et Claire retrouvent Laimant à son bureau. Le vétérinaire veut féliciter le directeur de la bonne santé des animaux et de la propreté du lieu.

— Claire, il me faut rentrer aux Tuileries car je suis surchargé de travail, soupire l'ami. Pour prouver mon patriotisme et faire oublier mes liens avec la reine, je dois participer à d'incessantes réunions et superviser les publications d'une Assemblée dévoreuse de papier ! Elle attend pour mercredi mes conclusions sur la fièvre miliaire qui s'est répandue cet été dans l'Oise.

— Je ne sais même pas ce que c'est ! avoue Claire.

— Une sudation excessive… J'ai dû abandonner mes recherches à Alfort, mais je vous serais très reconnaissant si vous acceptiez de me laisser le mandrill, une fois mort.

Claire et Firmin s'en étonnent.

— Ne devrions-nous pas alerter Daubenton et l'envoyer se faire disséquer ?

— Il n'en saura rien si vous ne dites rien, reconnaît le médecin. J'effectue, à mes rares heures perdues, des recherches sur le cerveau, et plus précisément sur les plis du lobe frontal que les Latins nomment *gyrus*.

Laimant le regarde, un peu éberlué. Où cet homme trouve-t-il le temps de poursuivre toutes ces études ?

— Ainsi, ce pauvre mandrill finira dans un bocal d'alcool. Quelle vie atroce !

— Je n'extrairai que le cortex, je vous l'assure, et m'engage à l'enterrer, même si je ne sais trop où.

— Il n'en est pas question, tranche Claire. Vous risqueriez de croiser une patrouille qui vous suspectera d'enfouir votre voisine ! La pauvre bête sera décapitée et sa tête vous sera livrée par Guillaume et moi en guise de remerciement pour services rendus. Quant à son corps, il reposera sous un poirier, lui qui aimait tant les fruits.

— Merci. Mon épouse et moi vous attendons à Paris. Voulez-vous me laisser entreprendre les premières démarches concernant les transferts ?

— C'est-à-dire ? demande Laimant, un peu inquiet.

— Pour obtenir du roi qu'il donne ses animaux, puis convaincre Daubenton et les responsables du jardin du Roy du bien-fondé de leur déménagement.

L'étau se resserre autour de la Ménagerie, songe la jeune femme. Soudain affolée par cet avenir sombre, elle murmure sans attendre la réponse de Laimant :

— L'été est si doux, profitons encore…

53

Le 21 octobre 1790, le drapeau blanc fleurdelisé, emblème de la royauté, est supprimé et remplacé par une bannière tricolore. La mairie de Versailles commande aux femmes qui assaillent les bureaux de placement de confectionner cinquante étendards de toutes tailles pour orner la ville et faire oublier au plus vite son statut royal. L'hiver se déroule sans drame, chacun espérant un printemps meilleur à l'abri des décisions folles de l'Assemblée nationale. Lorsque, le 21 juin 1791, les habitants de la Ménagerie apprennent la fuite de leur roi puis son arrestation, ils savent que c'en est fini de leur existence protégée. Le choc est violent. Certains hurlent à la traîtrise tandis que Claire et Manon sanglotent, effondrées. Le soir, à la veillée autour de la cheminée, chacun donne son sentiment et, pour une fois, Claire s'exprime :

— Heureusement que Jacques n'est pas avec nous ce soir !

— Il doit faire la fête et crier victoire. Il faut reconnaître qu'il ne s'est pas trompé.

— Le roi a agi en père, j'imagine, il a voulu sauver sa famille, déclare Manon.

— Guillaume n'a pas cessé de me raconter combien ils étaient en danger… N'aurions-nous pas fait comme eux ?

— Sauf qu'une fois de plus, le roi a échoué, conclut tristement Laimant.

Trois jours plus tard, de retour à Paris, la famille encore un peu royale est accueillie par une foule hostile à qui La Fayette interdit toute manifestation de soutien ou de haine. Cette tentative de fuite scelle le destin de Louis XVI et de ses proches. Le mot « trahison » est sur les lèvres de ses bruyants opposants, le mot « danger » sur celles de ses rares partisans.

Claire, avec l'assentiment de Laimant, rédige une lettre pour Vicq d'Azyr. Consciente que le roi a d'autres soucis en tête, elle lui demande instamment d'entreprendre les démarches pour préparer le déplacement des animaux. Elle ne sait pas que le jardin du Roy vient d'être rebaptisé jardin des Plantes, comme si un monarque pouvait nuire aux plantes.

> *Il est temps de penser à leur avenir et de les mettre à l'abri de la folie des hommes,* écrit Claire à Guillaume dans un moment de profond désarroi. *Ma vie n'est qu'inquiétude pour ceux que j'aime, à commencer par toi... Il m'arrive même de prier le soir ce Dieu si mystérieux pour moi et de le supplier de te garder en vie.*

La fuite ratée de Louis XVI a de terribles conséquences pour le domaine de Versailles. Comme un fait exprès, les employés reçoivent leurs gages avec deux mois de retard et en assignats, la nouvelle monnaie de papier créée par l'Assemblée. Une monnaie de singe, selon les commentaires du jardinier et du soigneur, tous deux exaspérés ! Ils vont finir par regretter les pièces à l'effigie de ce roi qu'ils n'ont pourtant cessé de critiquer. La somme nécessaire pour faire vivre les animaux a heureusement été versée en début d'année et le directeur s'évertue à la dépenser avec parcimonie. Les suggestions de Vicq d'Azyr vont pouvoir s'appliquer, car Claire et

Firmin, lors de leurs entrevues quotidiennes, optent pour donner plus de liberté aux animaux et piocher dans les réserves qu'offrent les forêts désormais giboyeuses, depuis que le roi n'y chasse plus.

La journée de juillet étant radieuse, Claire, le gardien, le soigneur et Bernard rassemblent non sans peine un matin tous les herbivores et les entraînent à grand renfort de cris et de gestes vers les pelouses qui entourent le Grand Canal. Un festin pour le quagga, le bubale, les antilopes et les gazelles ! Quelques heures particulières pour ces animaux toujours enfermés. Selon les conseils du cher Vicq d'Azyr, l'herbe tendre est un délice pour les herbivores résignés au foin pendant les longs mois d'hiver. Elle doit cependant être consommée avec modération, au risque de les rendre malades. Fidèles à leur réputation d'animaux farouches, les zèbres ont refusé de se mêler aux autres pensionnaires et sont restés dans leur enclos.

Claire est si heureuse d'ouvrir les cages et d'offrir un semblant de bonheur à ces bêtes qu'elle en oublie pour quelques instants l'absence de Guillaume. Nala l'accompagne et, à la surprise générale, se comporte en véritable chien de berger en les maintenant dans le pré. Laimant, devant le succès de l'opération, demande à sa belle-fille de recommencer les jours suivants. Quant à Bernard et Crosnier, ils sont priés de poser leurs fourches et de chasser tout ce qui serait comestible dans les bois du château.

— Les singes, quant à eux, devront se contenter de nos restes et des fruits à venir, se désole Laimant.

— Et Rhino ? demande Claire. Je trouve que nous ne nous préoccupons pas assez de notre plus beau spécimen africain.

— Il ne me paraît pas opportun de faire sortir une bête sauvage de deux tonnes, juste pour la laisser brouter une herbe tendre ! s'exclame Laimant avec ironie.

— Alors Rhino se contentera du foin et des poires que je lui apporte… dit Claire.

Cet été 1791, alors que le pays se dispute pour savoir s'il faut tout anéantir de la monarchie, y compris son roi, se révèle un intermède paisible pour qui aime les animaux et accepte de résider à la Ménagerie. La tourmente révolutionnaire, pourtant à quelques lieues, se fait peu à peu oublier, jusqu'au jour où Bernard reçoit un courrier de son épouse, peu coutumière de l'écriture. Celui-ci a laissé à Chantilly sa femme et ses deux enfants, tous employés aux écuries du prince de Condé, et depuis l'exil du cousin du roi, Bernard craint pour sa famille et songe à la rejoindre. Mais que trouvera-t-il dans l'Oise, région qui vivait de l'opulence des familles aristocratiques, aujourd'hui terrées dans leurs hôtels parisiens ou exilées ? Inquiète de l'avoir vu partir avec un papier entre les doigts, Claire le trouve assis sur l'un des bancs du jardin d'agrément de la duchesse de Bourgogne, la tête entre les mains. Elle s'assoit à côté de lui et pose la main sur son bras. Elle imagine un drame familial et se tait, espérant qu'il pourra bientôt reprendre ses esprits.

— Les salauds, ils les ont massacrés !

Claire sursaute d'effroi.

— Mais qui ?

— Les animaux, mes animaux…

Bernard s'essuie le visage avec sa manche et s'excuse de sa faiblesse.

— Les habitants de Chantilly sont entrés dans le château déserté. Ils l'ont dépouillé.

Claire tente de suivre mais, sans connaissance des lieux, n'y parvient pas.

— Ils ont dépouillé ?

— Ils ont tout volé ou détruit… Ma femme n'est pas précise dans son courrier ! s'agace-t-il, laissant la colère prendre le pas sur son chagrin. Ils étaient accompagnés d'un bataillon de gardes marseillais, ajoute-t-il.

Claire se tait, essayant de comprendre le rôle de ces hommes.

— Elle écrit qu'ils sont allés dans le parc où ils se sont donné du bon temps, tous ravis de piller leur ancien maître ! Avec les bouteilles du prince… Et les femmes de la ville.

— Mais où était ce prince ?

— Il a été l'un des premiers à s'exiler. Depuis, il est le chef des armées contre notre pays…

— De là à saccager son propre château ? s'étonne Claire.

— Après, ils se sont rendus à la ménagerie, ils ont ouvert les cages et ont tiré sur les animaux, même sur le tigre ! Il paraît qu'ils étaient fous de joie. Ils lui ont tous planté leur baïonnette dans les flancs. Cet animal était magnifique, se désole Bernard.

— Mon Dieu ! Quelle cruauté ! s'attriste Claire, choquée.

— Après, répète-t-il, ils ont passé les bâtiments au canon. Il ne reste rien ! C'était si beau, comme ici, ancien, avec des tableaux, c'était une splendeur… Et maintenant, une ruine. Je vais partir, vous comprenez. Il faut que je voie ma famille, que je la protège.

— Bien entendu, mais il nous faut d'abord prévenir le directeur.

Claire l'entraîne dans le bureau de Laimant et lui fait lire le courrier.

— Je ne peux pas rester, mes enfants, ma femme sont en danger avec des déments pareils, ajoute Bernard, la voix brisée. Qu'est-ce que ça leur apporte de tuer les animaux du prince ? Ça ne va pas le faire revenir.

Laimant, n'ayant pas oublié l'attitude irréprochable et le travail consciencieux du soigneur lors de l'absence de Claire, lui accorde de partir.

— En attendant… ne nous faisons pas d'illusions, nous risquons le même malheur, conclut-il d'une voix sombre.

54

Si les animaux et les habitants se sentent protégés par l'emplacement isolé de la Ménagerie, l'économie du lieu devient périlleuse. Les salaires ont été versés mais pas les sommes pour le ravitaillement des animaux. La situation est chaque jour plus menaçante pour Claire et les siens, affaiblis par le départ de Bernard. À Paris, ce qu'on appelle maintenant la « fuite à Varennes » a de funestes conséquences pour Guillaume. Louis XVI, enfermé au château des Tuileries, est surveillé par les officiers municipaux de Pétion, le nouveau maire de la capitale. Le citoyen Gouvion, remplaçant de La Fayette parti défendre les frontières, s'emploie à la même tâche avec ses gardes nationaux. Enfin, les gardes-suisses, seule force armée sous l'autorité directe du roi, tentent de le protéger sans le surveiller et de lui assurer une forme de respect. Trois forces armées ne font que se disputer, permettant aux Parisiens d'entrer dans les jardins des Tuileries comme s'ils en étaient les propriétaires.

Guillaume ne se souvient plus d'un jour sans travail. Levé à l'aube d'un mauvais galetas posé dans un couloir du château, nourri, lavé et son linge changé selon les humeurs des administrateurs du lieu, le jeune homme ne flanche pas. Affecté à la protection de la souveraine, il subit des ordres contradictoires :

la surveiller et l'empêcher d'écrire à ses partisans ou la protéger des humiliations des Girondins. Marie-Antoinette ne sort plus, ne s'expose plus au regard hostile des manifestants ou d'un exalté qui, à lui seul, voudrait l'aider à s'enfuir des Tuileries. Elle fait venir ses enfants, s'ennuie avec sa fille trop raisonnable ou se fatigue des caprices de son jeune fils. Grâce à ce sourire qui a chaviré tant d'hommes, elle fait comprendre à Guillaume qu'elle attend de lui qu'il joue avec eux. S'il parvient à occuper ses enfants, elle pourra s'octroyer un peu de repos.

L'année s'écoule sans que Claire et Guillaume parviennent à se voir. Leur relation épistolaire n'est guère éloquente par manque de temps comme par pudeur. Ils incarnent une jeunesse ancrée dans une réalité triviale, incapable de s'écrire des serments d'amour enflammés. Ainsi, les missives de Claire évoquent les soucis quotidiens de la Ménagerie, sans jamais s'étendre sur sa solitude ou ses inquiétudes.

— Guillaume sait que je l'aime, à quoi bon user du papier ! Lui donner des nouvelles de notre famille est plus important, explique-t-elle à Rhino durant ses visites.

L'animal, chaque jour plus heureux de la retrouver, se précipite vers elle au grand trot dès qu'il entend son nom.

Guillaume, dans ses lettres, se montre plus explicite. Il évoque la famille royale et les événements politiques, en se gardant toutefois de les commenter. Lui aussi, par pudeur, évite de décrire ses craintes ou ses sentiments. Pour les deux jeunes gens, cette révolution est une étape à franchir avant de s'engager dans la vie commune.

Un courrier reçu au début de l'été 1792 apprend à Claire qu'une nouvelle épreuve attend Guillaume : la vie des souverains est maintenant menacée, tout comme celles des gardes-suisses. Aux crachats de 1790 succèdent les fusils et les baïonnettes. Guillaume décrit comment une manifestation, organisée par les Girondins pour contraindre le roi à revenir sur un veto, a basculé.

Ils voulaient le faire changer d'avis, alors ils ont marché des faubourgs populaires vers l'Assemblée pour y déposer une pétition. Mais arrivés sur place et déçus du manque de réaction des députés, ils ont tourné les talons et ont envahi les Tuileries trop proches. Que pouvions-nous faire ? Nous étions à peine cinquante, toujours avec l'interdiction de tirer… Alors ils sont entrés, nous ont désarmés et enfermés avant d'envahir les étages. Ils ont trouvé avec facilité la famille royale qui, terrorisée, se tenait proche des fenêtres derrière des meubles pour seule protection. Durant deux heures ils ont défilé devant le roi, l'apostrophant. La reine a été menacée de mort, traitée de putain alors qu'elle tenait son fils dans ses bras. Une fois les assaillants repartis, la reine a manqué de s'évanouir, tandis que le roi, satisfait de n'avoir cédé en rien, demandait que leur souper soit servi. Je tiens ces informations de Mme de Tourzel, qui a tenu la main de la fille des souverains sans sourciller. Quant à moi, j'ai eu si peur, pour moi puis, enfermé sans pouvoir la protéger, pour cette famille admirable, que j'en ai pleuré de rage.

Ma merveilleuse Claire, cet événement me rend bavard et sincère. Je ne suis pas le héros que tu imagines… Et, ce soir, je suis heureux d'être seul face à moi-même et loin de toi. L'insécurité de ce château me fait frémir et j'ai demandé à mon capitaine, dès le lendemain, de modifier nos façons. Il suffirait de faire déménager la famille royale dans Paris, ou de les envoyer à Saint-Cloud, ou même à Meudon, pour les protéger, les insurgés connaissant désormais les lieux. Au moindre ressentiment contre le roi et avec la menace d'une guerre qui se profile, ils reviendront et les massacreront si nous ne faisons rien !

Mon supérieur m'a rétorqué qu'il n'y avait plus rien à faire et que déménager les souverains n'y changerait rien. « La prochaine fois, ils nous tueront », a-t-il prophétisé. Cette résignation me désespère, puisque j'ai signé pour protéger un roi, non pour me faire tuer… Si cette lettre devait être la dernière, sache que mon cœur t'appartient et que ma vie a commencé lorsque je t'ai vue à Trianon avec Louis-Joseph – notre Louis-Joseph.

55

En ce matin du 10 août 1792, Vicq d'Azyr, dans ses appartements du Louvre, entend le tocsin réveiller les républicains pour qu'ils marchent vers l'Assemblée. L'intime de la reine, le naturaliste, le passionné de l'époque des Lumières, se résout à s'enfermer chez lui avec sa femme. Le médecin voulait quitter son refuge et sortir soigner les blessés, mais son épouse, terrifiée, s'est accrochée à lui et l'en a empêché. Alors Vicq d'Azyr, devant ses larmes, a capitulé. *Je ne pourrais agir contre un peuple animé de fureur révolutionnaire*, pense-t-il. *Le temps des palabres, de l'enthousiasme, des exhortations à l'égalité s'accompagne dorénavant de la violence du vainqueur.*

Guillaume avait vu juste lorsqu'il avait prédit que la manifestation du 21 juin permettrait la victoire des insurgés s'ils revenaient aux Tuileries. En cette folle journée d'insurrection, lorsque Sa Majesté a passé en revue ses maigres partisans, le jeune suisse, tout comme ses camarades, a vaillamment crié : « Vive le roi ! » Il a repoussé la première vague de sans-culottes lorsqu'ils ont réussi à entrer dans le palais. Il a obéi à son capitaine quand l'officier a ordonné : « Cessez le feu et déposez les armes ! » Puis une balle lui a percé la poitrine et l'a jeté au sol. Inconscient, Guillaume a sombré.

Au bruit du canon et du crépitement des fusils ont succédé des hurlements de joie et des « Vive la nation ! ». Les abords des Tuileries, la place du Carrousel, la place Louis-XV, transformés en champs de bataille, voient des centaines de fidèles du roi se faire massacrer. Six cents gardes-suisses et deux cents serviteurs ou courtisans trouvent la mort durant cette première journée de terreur.

La nuit est tombée tard sur la capitale et un silence inquiétant s'est installé. Quelques gardes nationaux parcourent les abords du palais, à la recherche de blessés qu'ils veulent achever avant de rejoindre les leurs et de célébrer leur victoire. Ils ont réussi l'impossible : destituer un Bourbon, l'héritier d'Henri IV, ce roi si populaire. Vicq d'Azyr se désespère d'être sans nouvelles de la famille royale, des proches de la reine qu'il a côtoyés, des enfants de Louis XVI qu'il chérit. Il songe aussi au fiancé de Claire, cet homme si droit et bon, et son cœur se serre.

Dans les couloirs sombres de l'étage supérieur du Louvre où il réside avec des artistes, des hommes de lettres et des membres de l'Académie des sciences, les langues se délient. Chacun craint pour un proche, un cousin, et les nouvelles circulent, sans certitude quant à leur exactitude. Enfin, sa femme revient de chez leur voisin, le physicien Jacques Charles. La famille royale est saine et sauve, elle est enfermée à l'Assemblée, dit-elle. Alors, l'ami de Claire sait qu'il est temps d'honorer sa promesse.

— Je vais sortir et voir si je peux obtenir des nouvelles de Guillaume. Il a peut-être été arrêté. Je suis médecin, on ne me fera rien.

Sa femme, admirative, lui tend une lampe à huile. Il se dirige vers les Tuileries, espérant rencontrer dans cette nuit noire une personne de sa connaissance, tout en sachant cette éventualité impossible.

Avec précaution, il traverse plusieurs salons et rejoint les pièces où la famille royale le recevait. Partout des corps inanimés, des meubles renversés, des tableaux lacérés et du sang à profusion, mais aucune trace de Guillaume. Une bande de chapardeurs en quête d'un trophée royal l'oblige à se dissimuler derrière une porte. Dans ce couloir, plusieurs gardes-suisses gisent à terre. Fébrilement, Vicq d'Azyr retourne les corps ensanglantés, avec l'espoir d'un miracle. Soudain, n'en croyant pas ses yeux, il lui semble reconnaître le visage de Guillaume, malgré la profonde balafre qui le défigure. Il pose un doigt sur sa gorge, sent son pouls battre faiblement. À son grand soulagement, l'homme est inconscient mais il respire. Quel extraordinaire signe du destin ! Sans la moindre idée de ce qu'il doit faire, il décide de laisser le moribond caché sous le corps d'un suisse décédé et court chez lui aussi vite que possible. Malgré la nuit avancée, il trouve, installés à sa table, Charles, son voisin, avec sa femme, devant une bouteille. Sans qu'il ait le temps de s'en étonner, le physicien, très calme, l'interroge.

— Vous avez retrouvé votre ami ?

— Un miracle, oui ! Mais comment savez-vous que je le cherchais… ?

— Nous cherchons tous quelqu'un, reconnaît le physicien, et nous allons pleurer dans les jours à venir. Éloïse, par son oncle, sait que je suis un homme qui ne parle pas mais qui peut aider.

— Après ton départ, je suis allée me confier à lui, avoue sa jeune femme, j'étais incapable de t'attendre seule après cette affreuse journée.

— Éloïse a eu raison ; je serais venu sonner à votre porte et prendre des nouvelles de la nièce de ce cher Daubenton et de vous, que j'admire.

— Où est-il ? demande-t-elle.

— Je l'ai laissé mourant, non loin d'ici. Je ne peux pas le transporter seul.

Les trois complices mettent en place un plan d'action. Il faut aller chercher Guillaume, le cacher et, bien sûr, le soigner. Ses vilaines plaies laissent craindre le pire. Si Vicq d'Azyr est un homme de science, il est l'archétype du théoricien. Mais Jacques Charles a un esprit plus concret. S'étant fait connaître en organisant le premier voyage aérien dans un aérostat à gaz hydrogène, le scientifique est, depuis lors, acclamé et réclamé par toutes les académies de France et de Navarre.

— Il nous faut faire attention. Parmi les soixante-dix membres de l'Académie de médecine qui ont un logement au Louvre, certains sont des républicains très virulents. Pour ma part, je choisis la discrétion et, pour utiliser une expression au goût du jour, je tourne ma cape vers le vent !

Vicq d'Azyr avoue partager sa prudence.

— Je suis très attaché à la famille qui dirige la Ménagerie de Versailles, et Guillaume, en plus d'avoir été un garde suisse très dévoué au précédent Dauphin, en fait désormais partie. Mais je ne suis pas sûr qu'il soit encore vivant.

— Nous pourrons aller le chercher quand la nuit sera noire et lui ouvrir mon laboratoire qui se trouve dans la galerie d'Apollon.

Éloïse s'étonne d'un pareil emplacement, pensant ce joyau de la peinture réservé aux artistes.

— J'ai demandé à l'Académie un laboratoire au Louvre et, le 5 janvier, j'ai reçu cette offre. J'avoue n'avoir guère eu le temps d'admirer les plafonds.

— Mais nous n'arriverons jamais à le porter au premier étage, même tous les trois, soupire Vicq d'Azyr.

Charles les regarde et se lance :

— Nous ne sommes pas trois, je cache dans ce laboratoire un prêtre réfractaire dont la famille est liée à la mienne. Il nous aidera, mais si nous sommes repérés, nous serons immédiatement arrêtés.

À l'aube, épuisé mais rassuré, le médecin extrait une balle dans le poumon gauche de Guillaume, avec l'aide de sa femme et du père Gabriel. L'homme d'Église, désormais habillé en civil, est devenu l'assistant de son sauveur dans ses recherches sur les gaz légers. Bien que maigre et pâle après des mois de réclusion dans la galerie, il se montre précis et calme. Avec les autres, il partage la nécessité de laver les ustensiles, les plaies et leurs mains avec de l'eau distillée. Guillaume, n'étant pas encore sorti des limbes du coma, a souffert, sans crier.

— Les prochains jours vont être décisifs, annonce le médecin. Espérons qu'avec sa constitution et sa jeunesse, il vive.

— Je vais le surveiller, propose l'ancien père Gabriel. Il n'est pas question de le transporter encore. Il sera en sécurité au laboratoire, je vois mal les académiciens s'enquérir des travaux du citoyen Jacques.

— Il faudrait informer ses proches qu'il est vivant, s'exclame Éloïse.

— J'irai dès que je peux, je prétexterai être appelé en consultation pour un lion. Mais laissons passer un peu de temps, dit Vicq d'Azyr avec prudence.

56

À Versailles, la suppression de la monarchie et l'emprisonnement de la famille royale divisent les habitants qui vivent depuis deux siècles à l'heure des Bourbons. Les feux de joie allumés dès le lendemain sur la place d'Armes ont permis à certains de danser sur le désormais célèbre *Ah ! ça ira, ça ira, ça ira, les aristocrates à la lanterne*. D'autres, en revanche, s'inquiètent face à cette guerre qu'ils ne comprennent pas et à une misère inévitable. Chacun dans la ville s'observe et évite les discussions politiques, car il ne fait pas bon regretter l'Ancien Régime.

À la Ménagerie, les commentaires sont rares. La déchéance du roi va entraîner la fermeture du château et du domaine. Mais eux, que vont-ils devenir ? Claire, sans nouvelles de Guillaume depuis l'insurrection, se lève à l'aube et s'acharne à travailler sans relâche pour calmer son angoisse. Il lui faut espérer, tenir bon. Les journaux qu'elle s'oblige à lire ne fournissent aucune liste des victimes, les morts étant décrits comme des traîtres empêchant l'avènement de la Révolution. La jeune femme masque sa peine derrière un quotidien épuisant. La chaleur suffocante de ce mois d'été donne soif aux animaux. Une canalisation qui permettait d'utiliser l'eau à volonté a rendu l'âme la première semaine d'août et oblige à d'incessants trajets vers une autre fontaine.

Il est dix-sept heures lorsque Claire et Laimant, en ce 13 août, achèvent le tour des enclos, constatent que les jeunes oiseaux, nés il y a peu, commencent à voler, avant de vérifier les serrures. La disparition de Ganesh a entraîné une sérieuse remise en question de l'entretien des cages. Le soleil a beau décliner, la canicule résiste. Firmin, en nage, s'en plaint, Claire se tait. Nala, elle, grimpe dans un marronnier et se protège grâce à l'ombre de ses feuilles généreuses. Soudain, un bruit, d'abord étouffé puis de plus en plus distinct, s'invite à la Ménagerie. Un tambour, des chants, des rires ! Manon, inquiète, rejoint aussitôt son époux et sa fille.

— Des invités inattendus. Vite, fermons les grilles !

Laimant accepte, tout en lui faisant remarquer qu'elles sont quasiment à hauteur d'homme. Nala, elle, a déjà sauté au bas de l'arbre et s'est rapprochée de sa maîtresse. À dix-huit heures, la Ménagerie est envahie par un groupe de Versaillais se réclamant du comité révolutionnaire de la ville et annonçant la réquisition des animaux. Ils exigent une visite et du vin afin de célébrer la fin d'une monarchie responsable de leurs malheurs. Mais aujourd'hui, déclare leur meneur, est jour de fête ! Et cet homme n'est autre que Jacques, le frère de Claire… Leurs demandes incohérentes, ponctuées de rires et de commentaires graveleux, s'accompagnent des slogans désormais classiques. Entendre « Vive la nation » ou « À bas Capet et sa cochonne » permet à Claire de mieux comprendre ce que Guillaume a pu ressentir.

J'ai peur ! Ils me font peur ! pense-t-elle, les jambes tremblantes. Elle songe à son amoureux, à son père Martin, et leur adresse une rapide prière, une demande d'aide alors que les insurgés, rassemblés dans la Cour d'honneur, s'impatientent.

— Ils nous appartiennent maintenant, ces animaux ! On va les bouffer ! crie un homme en agitant son chapeau à la cocarde tricolore.

Manon en connaît certains pour les avoir croisés en ville ou dans les jardins du domaine. *D'anciens employés du roi*, pense-t-elle, en constatant que le rassemblement est exclusivement masculin. Ils sont une trentaine à déambuler dans les allées ratissées, à dévaster les plates-bandes fleuries avec soin et à commenter ce lieu mystérieux réservé depuis deux siècles aux convives du roi. Mais ce roi n'existe plus… Alors ils se sont invités et ont bien l'intention d'en profiter. La démarche serait logique et excusable si les hommes ne portaient pas des fusils en bandoulière, des lances et des couteaux à leur ceinture. L'unique garde suisse a bien tenté de les empêcher d'entrer dans le pavillon mais, bousculé, il s'est retrouvé au sol, sans défense. Claire a mis Nala en laisse et interpelle les premiers arrivés.

— S'il vous plaît, ne rentrez pas, les meubles… (Elle bafouille.) Les peintures sont très anciennes et…

Jacques s'extirpe de la foule, s'avance et lui fait face.

— Salut, petite sœur. Tu défends aussi les meubles ? grince-t-il d'un ton glacial. Les amis, je vous présente ma sœur, une dingue qui n'aime que les bêtes et adore l'Autrichienne ! Venez, je connais l'endroit comme ma poche, je vais vous faire découvrir le château de plaisir de la duchesse de Bourgogne !

Ses compagnons applaudissent, tandis que Jacques élève la voix :

— Une belle garce qui se vautrait avec ses amants dans sa chambre au premier, dite la chambre de Vénus. Vous allez voir, des tableaux à faire bander un âne !

Firmin et Manon se sont approchés du jeune homme. Celui-ci, voyant sa mère qui tient sa guenon dans les bras, s'esclaffe :

— Ah, regardez ! Une mère qui aime un singe comme un bébé et une sœur qui dort avec un lynx au lieu d'un mari ! Ah, elle est belle, ma famille !

Ses acolytes rient, d'autres applaudissent. L'ambiance à cet instant demeure bon enfant.

— Mais c'est vrai, ma famille, c'est pas eux ! C'est vous ! Et nous allons fêter l'événement ici !

« Vive la République ! Vive la nation ! » crient en chœur les manifestants. Certains commentaires entendus pourraient faire sourire Claire si elle n'était terrorisée.

— S'il n'est plus roi, alors le château est à nous et les animaux aussi ! Je rapporterais bien une perruche pour les enfants !

— Moi, je préférerais une gazelle pour qu'elle broute dans ma cour.

— Faites vos choix ! crie Jacques en passant parmi les manifestants comme s'ils étaient ses invités. (Et d'ajouter :) Firmin, va chercher un des tonneaux que tu caches dans la faisanderie abandonnée – provoquant ainsi l'hilarité générale.

Interpellé sans façon, Firmin balaie sa fierté, regarde sa femme et décide d'obéir. En chemin, il pense trouver le suisse afin qu'il alerte les gardes du château, mais sent que cette fronde est avant tout une affaire à régler en famille !

— Et toi, Claire, trouve-nous des verres. Nous n'allons pas célébrer la fin d'un tyran sans gobelet !

— Et si je ne veux pas ? riposte sa sœur, glaciale.

— Tu ne voudrais pas que je me venge sur ton chat ? réplique Jacques avec un regard qui en dit long sur ses intentions.

Prudente, elle cède devant un frère maigre et sale à faire peur, aux yeux rougis, emplis de haine. Il faut à tout prix qu'il épargne les animaux, aussi, qu'il s'amuse au château, et ce dernier survivra, décide-t-elle. Tandis que les « invités » découvrent les décors de Louis XIV préservés par le temps, Claire rassemble les épouses et les enfants. Elle leur demande de jouer le jeu de ces hommes vindicatifs mais désœuvrés.

— Qu'ils boivent et ensuite ils partiront !

Toutes acquiescent.

— Il ne faut pas qu'ils tuent les animaux. S'ils essaient, je me mettrai en travers, ajoute-t-elle d'une voix déterminée.

Crosnier, le jardinier, s'est joint au groupe de femmes et intervient :

— Laissons ces imbéciles s'amuser. Si cela dégénère, je n'aurai qu'à lancer le rhinocéros et le lion contre eux. Ils déguerpiront, croyez-moi.

Claire le regarde, surprise de son aide.

— J'espère que vous dites vrai. Allons trinquer avec eux en restant vigilants.

— Oui, nous calmerons le jeu, promet Crosnier.

Accompagné de cris de joie, un tonneau roulé puis porté jusqu'à la galerie est percé. Si certains visiteurs se sentent à l'aise dans cet espace luxueux et le manifestent bruyamment, d'autres, intimidés par la richesse de la salle, se tiennent à l'écart. Mais la plupart ont investi les lieux et se sont installés sur les bergères ou allongés sur les lits de repos, les bottes sur les accoudoirs. *La soie rouge déjà atteinte par le temps n'y résistera pas !* constate Claire, désolée.

Manon, au sourire forcé, et sa fille servent les occupants et n'hésitent pas à trinquer avec eux.

— Vive la nation ! affirme Claire en fixant chaque homme dans les yeux.

Elle pense à Guillaume, et pour lui, qu'elle envisage mort, se domine. Elle n'a pas oublié qu'il l'aimait courageuse, prête à donner sa vie pour la Ménagerie. Si son cœur bat trop fort, son esprit raisonne, lui ordonne de rester calme, avenante et conciliante. Elle joue, triche, n'ayant rien à perdre. Nala, toujours en laisse, sent l'atmosphère particulière. Le félin sait qu'il ne s'agit pas d'une fête comme les autres, comme le mariage de Manon et Firmin ou les invitations à Trianon. Les sens aux aguets, il manifeste son inquiétude en collant ses pas à ceux de sa maîtresse, marche la queue relevée, les oreilles pointées vers l'avant, les yeux noirs réduits à un étroit filet vertical au milieu du globe. Un signe de méfiance que Claire connaît. Jacques s'approche de Manon, qui poursuit avec amabilité le service du vin.

— Alors, ma petite mère, tu ne trinques pas avec moi ?

— Bien entendu, mon enfant. Vive la nation ! annonce-t-elle, maîtrisant parfaitement sa rage.

— Trinquons à mon succès.

Manon le regarde, surprise.

— J'avais raison. Depuis le premier jour, mais tu ne m'as pas entendu…

Manon comprend alors. Son fils se venge. Les yeux brillants de larmes, elle sait qu'elle doit pactiser avec lui. Une question de survie, pour sa fille, son mari, et aussi la Ménagerie. Trahir l'un pour sauver les autres. Manon lève son verre et boit deux gorgées avec le sentiment d'avaler du poison.

— Et ta bête, elle boit pas ? Allez, on va lui faire goûter la piquette à son papa.

Jacques approche son gobelet du singe, qui hurle et cache sa tête dans le cou de Manon.

— Laisse-la tranquille ! déclare celle-ci en haussant la voix.

— Tu deviens bien maternelle, ricane Jacques, sans se préoccuper des exclamations et des bruits assourdissants de ses complices.

Un face-à-face tendu que Claire tente d'interrompre.

— Maman, veux-tu me donner Violette ? Je pourrais aller la coucher, propose-t-elle d'une voix légère.

— Pas question. Si Violette fait partie de la famille, elle doit boire avec moi ! crie son frère.

Il tente de saisir la guenon par le dos mais celle-ci, hurlant, résiste et le mord. La douleur l'entraîne à interpeller ses amis.

— Debout les hommes, nous allons libérer les animaux et donner une bonne leçon à ce singe mal élevé !

Manon perd son sang-froid et jette le contenu de son verre au visage de son fils. Humilié devant les siens, il essuie son visage de sa manche sale et agrippe le bras de sa mère. Que voulait-il faire ? Personne n'en saura rien. Nala, la sentant menacée, avait déjà commencé à faire le gros dos et gonflé son pelage. Au geste de Manon, elle aplatit ses oreilles, émet un feulement, puis saute à la gorge de Jacques et lui plante ses griffes dans la poitrine avant de retomber prestement au sol. Prête à bondir à nouveau, les yeux mi-clos et les babines relevées sur ses canines acérées, elle observe son ennemi qui hurle de douleur et vocifère :

— À l'attaque ! La fête est finie !

Les hommes rient, crient et jettent leurs fonds de vin sur le décor animalier du maître flamand. Le premier éclat de liquide rouge atterrit sur le portrait particulièrement réussi du porc-épic et déclenche un hurlement de joie. Le fracas du verre brisé, les rires et le bruit des bottes dans l'escalier donnent le signal de l'assaut. Désormais, la confrontation aura lieu hors des appartements de réception de la duchesse de Bourgogne. Les employés comme leurs épouses, restés seuls dans la salle d'apparat, partagent leur consternation. Être considérés comme des traîtres pour s'être occupés d'animaux appartenant à un tyran les effraie. Avoir une certaine affection pour ces bêtes, soit, mais de là à risquer leur vie pour elles…

Firmin cherche les mots capables de donner une direction à ses employés bien qu'au fond de lui le doute l'emporte. Il tente de dire quelque chose lorsqu'il est interrompu par le jardinier.

— Ils sont armés et stupides, affirme Crosnier.

— Je descends, annonce Claire.

— Moi aussi, ajoute le directeur. J'ai la responsabilité de la Ménagerie, qu'elle appartienne au roi, à la République ou à Dieu !

Devant sa bravoure, ses employés le regardent différemment. D'un ton soudain ferme, il déclare :

— Manon et les autres, vous restez ici !

Manon a déjà enlevé son tablier et délicatement essuyé la tache sur le pelage peint du flamant rose. Elle se tourne soudain vers sa fille, inquiète.

— Claire, laisse-moi Nala.

— Il n'en est pas question, riposte-t-elle sans réfléchir.

— Elle risque une balle perdue, insiste sa mère.

— Non, eux risquent d'être attaqués par un félin enragé. Mon frère n'a eu qu'un avant-goût de ses aptitudes, affirme-t-elle avant de s'engager dans l'escalier, son serval à ses côtés.

57

Dans les loges, les animaux ont senti le danger. Les singes lancent des cris stridents qui déchirent les tympans, les gazelles, affolées, galopent et se heurtent aux murs de leur enclos. Le rhinocéros, les narines frémissantes, frappe le sol de son pied gauche, prêt à attaquer. Quant au lion et à son épagneul, ils offrent un singulier spectacle pour qui se souviendrait de la fable du Corbeau et du Renard. Dakar s'est réfugié en haut de son arbre pelé tandis que Pompon, au pied du tronc, aboie sa terreur. Jacques, sous l'emprise du désir de vengeance et de l'exaltation du commandement, gesticule et donne des ordres que personne ne suit. Obligé d'essuyer son torse qui suinte de sang, il se sert de sa chemise et s'inflige des marques telles celles d'un Peau-Rouge, qui le rendent d'autant plus inquiétant. Il court d'une loge à l'autre, attrape le fusil d'un complice puis se dirige vers l'une des volières. La porte étant entrouverte, certains volatiles affolés par le bruit s'échappent, d'autres se heurtent au plafond grillagé. Jacques s'introduit dans cet enclos où il ne risque aucun danger. Dans un cri de triomphe, il hurle :

— À moi l'honneur !

Il tire sur deux perroquets du Gabon qui, de leur perchoir, le fixaient sans bouger. Les oiseaux s'effondrent sans bruit.

Étaient-ils un danger pour la République ou la conséquence d'une revanche familiale ?

— À vous les gars, si vous voulez dîner ce soir !

Le carnage ne dure que quelques minutes. Ayant perdu l'habitude de voler, seuls quelques perruches et oiseaux de paradis découvrent le chemin de la liberté. Les toucans, les ibis, et les flamants roses, alertés par le vacarme, se sont rassemblés sans parvenir à s'élever dans les airs. Avec les paons, ils vont être massacrés.

Bientôt, des volières ne jaillit plus aucun bruit, ni froissement d'ailes, ni bruits de becs entrechoqués, ni caquetage d'oiseaux. Juste un silence oppressant. Les responsables du massacre se partagent les cadavres, en silence, conscients, ou non, de leurs gestes. Leurs femmes vont devoir plumer une cigogne ou un toucan pour les déguster. Jacques, lui, n'en a pas fini. Devant la loge des oiseaux marins, il attrape violemment par le col son beau-père et l'agresse.

— Ça se mange, le pélican ?

— Je n'en sais rien. Demande à Louis XVI, ou peut-être avez-vous supprimé le droit de propriété ? répond Firmin, excédé.

Il essaie de se maîtriser par amour pour sa femme mais la tentation est grande de sauter à la gorge de ce beau-fils inconséquent et fanatisé. Jacques hausse les épaules et, d'un coup de fusil, fait exploser la serrure de la loge.

— Allez, les pélicans, déguerpissez ! Terminée la pension, logés, nourris…

Les animaux, apeurés, ne bougent pas et résistent par des claquements de bec. Jacques, exaspéré, tire deux coups en l'air puis retrouve quelques complices devant l'enclos où vivent les derniers singes de la Ménagerie.

— C'est impressionnant ce qu'ils nous ressemblent, remarque l'un des assaillants.

— Oui, mais ça coûte cher et ça bouffe ! Allez, on n'est pas en visite ! On les supprime et on file…

Claire les a vus massacrer les oiseaux. Devant les singes, sa colère prend le pas sur la prudence. Consciente que son frère est prêt à abattre tous les pensionnaires de la Ménagerie, elle s'interpose.

— Non, s'écrie-t-elle, pas les singes !

— Ah non ? Et pourquoi non ? Depuis quand commandes-tu, petite sœur ? lui assène-t-il crânement.

Jacques, sans attendre, pointe son fusil à travers la grille et abat froidement l'orang-outang. Il s'avance ensuite vers la porte pour supprimer les babouins apeurés par la détonation. Comprenant la détermination de son frère, Claire, à contrecœur, abandonne les singes pour voler au secours des autres animaux. Elle se précipite vers les gazelles, leur ouvre la porte et leur crie de s'enfuir. Crosnier la rejoint et, tel un chien de berger, les pousse vers la sortie.

— Allez, allez, filez et revenez plus tard !

Ils ouvrent ensuite l'enclos où vivait Ganesh et obligent, en tapant dans leurs mains, les deux zèbres à fuir.

Jacques et ses amis, leur méfait accompli, se regardent, indécis. Ils ont besoin d'un ordre pour poursuivre leur carnage.

— On fait quoi, maintenant ?

— On les embarque, on va les vendre pour les empailler. L'équarrisseur de Montreuil saura sûrement comment faire, assure Jacques avec l'aisance du vainqueur.

Claire s'apprête à ouvrir la cage de Dakar.

— Tu n'es pas le roi des animaux pour rien, tu ne vas pas te laisser tirer dessus comme un lapin de garenne ? Va et reviens ! lui crie-t-elle.

Mais l'animal ne bouge pas de son arbre. Jacques et sa bande s'approchent de la jeune femme en rigolant. Laimant se précipite pour s'interposer entre les deux enfants de sa femme.

— Jacques, arrête, tu as fait assez de mal. Partez, toi et tes compagnons…

— Je partirai quand j'aurai fini ! Il reste le lion, il peut nous rapporter gros… dit-il en désignant d'un signe de tête la pauvre bête toujours immobile.

— Si tu tires sur lui, prévient Claire d'une voix glaciale, je lâche le rhinocéros contre toi. Vos balles ne l'atteindront pas. Il te tuera, comme il a tué papa.

— T'es une belle garce de préférer un monstre à ton frère ! ricane Jacques. Mais au fait, où est ton suisse ?

Claire ne supporte pas l'évocation de Guillaume et perd toute retenue. Elle se jette sur lui et, de ses poings, lui assène des coups qui ravivent les griffures laissées par Nala. Elle cherche à lui arracher son fusil sans y parvenir. Jacques se défend avec vigueur et lui balance un coup de poing qui l'atteint à la mâchoire et la renverse au sol. Laimant se précipite pour la relever tandis que Nala s'aplatit, prête à bondir.

— Dégage ! hurle Laimant, fou de rage. Dégage, scélérat ! tu m'entends ?

— Et si je ne veux pas ? rétorque Jacques, en jetant des coups d'œil inquiets au serval.

Claire s'est relevée péniblement.

— Va-t'en ! Si je lâche Nala, elle te tue ! hurle sa sœur.

— Et je libérerai le rhinocéros dans la seconde ! ajoute le directeur, menaçant.

— Tu n'en feras rien, tu en as beaucoup plus peur que moi ! Tu n'es qu'un couard à la botte de ma mère et de ma sœur…

Autour d'eux s'est constitué un attroupement. Les compagnons de Jacques assistent, apathiques, à l'altercation familiale.

— Avant de partir, je vais m'offrir le serval et le lion !

— Non ! s'écrient en chœur Firmin et Claire.

— Nala, va-t'en ! ordonne sa maîtresse, paniquée, allez, file !

Le félin la regarde, baisse les oreilles, attend quelques secondes qui semblent une éternité. Claire crie à nouveau et accompagne son ordre d'un geste de la main. Nala obtempère et entame sa course de sa plus belle foulée. Le félin, d'une rare élégance, saute les obstacles, évite les hommes et s'enfuit vers les bois. Mais Jacques a déjà levé son fusil et le vise. Claire hurle, Firmin, proche de lui, tente de lui arracher son arme, sans y parvenir. Entre Nala et Jacques, sur la trajectoire de la balle, Firmin, atteint en plein cœur, s'écroule. Claire se précipite vers le blessé. Son beau-père, le visage paisible, ne respire déjà plus. Visiblement troublé par ce qui vient de se passer, Jacques siffle entre ses lèvres :

— On dégage, on reviendra pour le lion avec un ordre du comité. On va tout réquisitionner. En attendant, on embarque les oiseaux et les singes.

Manon, depuis le balcon du château de plaisir, vient de voir son univers s'écrouler.

58

Les deux femmes, totalement perdues, se sont jetées dans les bras l'une de l'autre, ont sangloté un temps interminable, puis Crosnier est venu les séparer. Manon et Claire sont confrontées à l'indicible : Firmin n'est plus et la Ménagerie a été dévastée. Le jardinier les rappelle à la réalité : l'heure est aux décisions. Faut-il prévenir les autorités ? Et si oui, lesquelles ? Jacques avait-il des instructions pour agir de la sorte ou a-t-il commis son crime de son propre chef ? Sa mère doit-elle le dénoncer ? Manon est incapable de donner une instruction et son regard se pose sur sa fille, lui déléguant ainsi tout pouvoir. Firmin n'a pas eu le temps de désigner son successeur, mais à l'évidence, Claire est son héritière naturelle. Pour combien de temps ?

— Nous pourrions porter le directeur dans le salon octogone afin que chacun lui rende un dernier hommage, suggère le jardinier.

— Et le veiller cette nuit, si vous en êtes d'accord, ajoute l'épouse du soigneur Duval.

— Il nous faut d'abord le rendre présentable, murmure Manon d'une voix brisée par l'émotion.

Sa fille et elle vont le laver, essuyer le sang des blessures, lui fermer les yeux. Elles vont l'habiller de la veste qu'il gardait pour les grandes occasions – la venue du roi, son mariage.

Son corps, déjà rigide, ne leur facilite pas la tâche. Ces gestes, Manon se souvient d'avoir lu dans la Bible que Marie a fait les mêmes pour son fils. Elle essaie de partager cette image avec Claire mais ses mots s'entrechoquent avec ses sanglots. Alors, elles achèvent dans le silence le cérémonial immémorial. Manon parvient à retirer l'alliance du doigt de son époux et l'accroche à la petite chaîne qu'elle porte autour du cou. Puis elle détache la médaille de la Vierge qu'elle n'a pas quittée depuis son baptême et l'enfouit dans la poche du vêtement de Firmin.

— Marie, accueille mon mari dans ton royaume et offre-lui le bonheur éternel.

Ces mots seront l'unique référence religieuse qui accompagnera Firmin dans l'au-delà, Manon venant de décider que son mari serait enterré sans l'aide de Dieu.

— Après tout, le Seigneur a voulu me l'enlever, je ne vais pas en plus Le remercier, explique-t-elle à sa fille. Une veillée entre nous, des bougies, un verre de bon vin et demain, nous l'enterrerons à la Ménagerie.

Dans la nuit, quelques animaux sont revenus. Leur rêve de liberté a vacillé devant une forêt sombre et inconnue. Les deux antilopes, le bubale et le quagga ont regagné leur enclos, leurs habitudes et la nourriture qui leur est déposée chaque jour. Le phoque et les pélicans, épargnés, se sont retrouvés au petit matin, au bord de leur bassin, mais aucun n'a osé réclamer le poisson quotidien. Les zèbres ont disparu dans les bois environnants et se contenteront de l'herbe desséchée par la chaleur estivale. Deux paons, après une nuit dehors, ont réintégré les jardins de la Ménagerie et picorent les graines de la veille sans se pavaner. De rares oiseaux attendent Manon sur leur perchoir. Ne comprenant pas la tragédie de la veille et s'estimant lésés par son absence, ils manifestent leur contrariété en ne se posant pas sur les épaules de Crosnier. Le jardinier, désolé, ramasse les plumes et balaie le sang qui atteste du carnage. Ils sont une quinzaine à avoir survécu aux fusils des assaillants.

Claire, entre deux crises de larmes, lui a demandé de laisser la porte ouverte. Un risque que les survivants partent mais un espoir que certains reviennent… Comme elle le prévoyait, après une nuit de liberté mais aussi de danger, certains choisissent de revenir ; d'autres, après la violence de la veille, préfèrent la liberté. À leurs risques et périls.

Tard dans la nuit, les deux femmes regagnent leur foyer. Manon se couche pour la première fois sans son mari et laisse Violette s'allonger à sa place. Elle ne cache plus son désespoir, et la guenon, aussi malheureuse que sa maîtresse, gémit, frotte ses yeux avant de se rouler en boule. Incapable de trouver le sommeil, l'esprit de Manon s'affole. *Comment ai-je pu engendrer deux enfants si différents ? Martin n'était pas un mauvais père. Il avait certes une certaine préférence pour sa fille, mais quel père ne serait pas ému devant la candeur d'une petite blonde ? Ce privilège que Jacques n'a jamais obtenu l'a-t-il fait tant souffrir qu'il en est devenu un homme impitoyable ? Et quelle mère ai-je donc été pour le laisser grandir en nourrissant autant de haine ?* Ces questions restent sans réponse. La moiteur de la nuit estivale aidant, Manon, terrassée par cette journée, finit par s'endormir.

À quelques mètres de là, sa fille Claire ne trouve pas le sommeil. Elle pleure Firmin et ses animaux chéris, victimes de la monstruosité des hommes. Elle souffre de l'absence de Guillaume, qui aurait su quoi faire pour empêcher ce massacre. *Où est-il ? Quel Dieu peut m'imposer pareille épreuve ? Un signe, je veux un signe de sa mort, de sa survie…* Nala, allongée près d'elle, lui lèche le visage, mais Claire la repousse. Elle ne veut pas être consolée, elle exige des réponses. Alors le félin la laisse, la queue basse, pour chercher consolation dans la nuit.

À l'aube, ne parvenant toujours pas à dormir, Claire s'est levée et a parcouru la Ménagerie tel un fantôme. Les cages des singes sont vides, sauf pour un écureuil qui s'est approprié quelques pelures de fruits. *Après tout,* songe Claire, *la vie continue.* Elle entre dans la cage du rhinocéros et le découvre en train de limer sa corne contre le bois d'une cloison. L'animal, la voyant, balance ses oreilles et s'approche d'elle de son pas tranquille. Qu'a-t-il compris de ce qui s'est passé sous ses yeux la veille ? Claire enlace son encolure et se met à lui gratter les oreilles. Elle lui parle des hommes violents, des singes tués, de son amoureux sûrement mort, de sa peur de ne pouvoir lui assurer une vie tranquille. *Détruire la Bastille, les Tuileries, et maintenant la Ménagerie ? Qu'allons-nous devenir ? Les hommes auront-ils du travail et du pain si vous disparaissez ? Vous êtes incapables de survivre hors de vos enclos. Vous avez perdu votre flair, votre instinct de chasse après toutes ces années en prison. La République ne va pas vous renvoyer à Pondichéry ni au Cap ! Vous avez survécu au voyage, à la peur, au changement de climat, à l'enfermement dans des espaces exigus, à des nourritures inconnues, au regard des visiteurs, à l'indifférence des gardiens. Que sais-je encore…* L'animal semble l'écouter en émettant quelques sons inhabituels, puis balance légèrement la tête comme s'il voulait la bercer.

59

Il a été impossible, dans la matinée du 15 août, de répondre à la volonté de Manon d'enterrer au plus vite Firmin dans le domaine de la Ménagerie, à l'abri des querelles religieuses qui enflamment le pays. Le sol entre la faisanderie et la ferme des Coteaux avait déjà servi de cimetière pour plusieurs animaux sans intérêt pour la science. La veuve a décidé que son mari serait enseveli sans cérémonie dans ce cadre loin des hommes et de leur Révolution. Firmin Laimant reposera donc entre un porc-épic et un zébu. Il sera toujours temps de prévenir d'Angiviller et les autres... Après la tragédie, Manon cherche à ne pas se faire remarquer. Elle pressent que la visite prochaine d'un comité républicain, un ordre de fermeture de la Ménagerie et un renvoi des employés se profilent. À coup sûr, un avenir de misère pour les survivants. Et Jacques ? Sera-t-il dénoncé, jugé pour le meurtre du directeur de la Ménagerie, ou la République préférera-t-elle oublier un homme aux ordres du tyran ?

Firmin va être porté en terre dans un cercueil confectionné par ses employés. Mais, ce jour-là, Crosnier le jardinier et Duval le soigneur s'échinent à creuser un rectangle pour accueillir la sépulture de leur directeur. La terre n'a pas vu d'eau depuis mai et les pelles, malgré l'élan, effleurent un sol dur comme de la pierre. Les deux hommes s'épuisent, s'essuient le front, persistent alors qu'une chaleur lourde et moite s'est invitée. Le ciel, dégagé le matin, s'est assombri d'un gris métallique. Soudain, un coup de tonnerre déchire le silence. Quelques minutes plus tard, une pluie providentielle accompagnée d'éclairs se répand sur les hommes, les animaux et la végétation. Cette eau est une manne pour la terre et pour les deux bénévoles devenus fossoyeurs. À dix-sept heures, ils regagnent le bureau du directeur et annoncent la tombe prête. Claire regarde sa mère et lui propose une cérémonie au soleil couchant dès que l'orage se sera éloigné. Manon, anéantie par la douleur, accepte.

C'est un étrange enterrement qui se déroule ce soir-là, à l'image des premiers jours d'un pays sans roi ni maître. Le cercueil, agencé à la hâte à partir des planches de l'enclos vide du dromadaire, est porté par le jardinier, le soigneur, le gardien et Richard, l'ami du domaine de Trianon. Manon et Claire suivent, avec les femmes et les enfants des employés. L'absence d'hommes est criante. Bernard n'est pas revenu de Chantilly, mais il sera toujours temps de lui écrire que Versailles a connu le même massacre. Vicq d'Azyr, l'ami fidèle, est à Paris et personne n'a osé s'y rendre pour le prévenir. Quant à Guillaume, son nom et son souvenir sont dans le cœur de tous. Jacques, son méfait commis, a disparu. Claire a depuis longtemps perdu toute illusion et même toute affection pour son frère. Ce soir-là, tenant sa mère par le bras, elle pleure son beau-père, tandis que Manon ploie sous un double chagrin.

Nala a suivi la procession puis, avec dignité, s'est assise, le dos droit, sur ses pattes arrière, à quelques mètres de l'assistance. Les oreilles pointées, elle écoute les mots que chacun déclame tour à tour en jetant une fleur dans la fosse. Violette, blottie dans les bras de Manon, accompagne chaque hommage d'une petite tape sur sa tête comme si elle comprenait la tragédie. Claire et sa mère sont les dernières à jeter leurs brassées de fleurs, puis se détournent pour ne pas voir les premières pelletées de terre recouvrir le cercueil. Le bruit de la terre sur le bois réveille dans la mémoire de la jeune femme un passage de la Bible appris durant ses années d'étude chez les sœurs.

Souviens-toi, homme, que tu es poussière et que tu redeviendras poussière.

La violence de ces mots déclenche en elle un ruissellement de larmes et un accablement. Comment imaginer que Firmin, cet homme si bon, ne laissera de son passage ici-bas qu'une poignée de terre poussiéreuse ? *Jamais je ne t'oublierai*, pense Claire. Au même moment, un bruit familier se fait entendre, un bruit de galop qui offre aux participants éplorés un brin d'espoir. Louis et Joseph, les deux zèbres, sont revenus d'eux-mêmes. *Ils viennent présenter leur hommage à leur façon*, songe Claire, bouleversée. *Ils sont si beaux et symbolisent, par leur nom et leur retour, la présence du Dauphin parmi nous.*

— Monseigneur, murmure-t-elle, prenez soin de mon beau-père, et de mon père aussi. Et si vous croisez Guillaume dans votre royaume, rendez-le-moi, je vous en supplie.

Manon, la voix brisée par l'émotion, s'adresse à l'assistance :

— Je vous remercie tous de votre aide. Je sais votre peine et votre inquiétude pour votre avenir. Je devrais vous proposer de partager un vin d'honneur à la maison, mais j'ai besoin d'être seule avec ma douleur… Mon fils a tué mon mari ! crie-t-elle avant de s'effondrer dans les bras de sa fille.

— Manon, rentrez chez vous et essayez de dormir, bredouille Crosnier, qui en oublie d'employer le terme « citoyenne ».

Le jardinier s'avance vers Claire :

— Le retour des zèbres est un signe. Restez avec votre mère, je m'occuperai d'eux et du rhinocéros ce soir.

Claire et Manon quittent le cimetière improvisé, escortées de Nala et de Violette et suivies de leurs proches. Louis et Joseph ferment le cortège à distance des hommes, qu'ils craignent, et soudain, dans un bel élan, s'éloignent au galop en direction de l'inconnu.

TROISIÈME PARTIE

1792-1794

60

Les jours d'été ont filé sans que les nouvelles autorités se manifestent. Le dernier suisse du château s'est rendu à la mairie de Versailles en vêtements civils et a demandé un passeport pour rentrer dans son pays. En agissant ainsi, il sait qu'il risque d'être arrêté, mais sa détermination est grande. Le massacre de Laimant lui a été odieux et il ne comprend toujours pas comment lui a été épargné et pas l'orang-outang. À l'hôtel de ville, le garde est reçu par un employé curieusement aimable et attentif : la nouvelle du décès du directeur s'est répandue et l'afflige ; il ajoute que les insurgés n'avaient aucune autorisation pour réquisitionner la Ménagerie et que cette mort est regrettable.

— Je vous souhaite bon voyage, jeune homme, et surtout ne revenez pas. Tous les suisses n'ont pas eu votre chance, ajoute-t-il en apposant sa signature au bas du document.

Avant de quitter la France, le garde précise vouloir des nouvelles des suisses dont il était proche.

— Jeune homme, filez, prenez la première berline en route vers l'est. Ne retournez pas à Paris. Tous vos semblables sont morts ou emprisonnés.

Huit jours après la chute de la royauté, Louis XVI attend de connaître son sort, emprisonné à la tour du Temple. Guillaume, allongé sur un matelas posé sur des tréteaux, souffre, mais son sauveur espère que sa constitution lui permettra de triompher de l'infection. Le jeune homme n'est guère beau à voir. Ses yeux sont encore tuméfiés, le coup de sabre reçu sur la tête a ouvert une plaie béante entre l'une de ses oreilles et son front. Certains insurgés, le croyant mort, lui ont volé ses bottes et écrasé les orteils avec la crosse de leurs fusils.

Vicq d'Azyr se rend régulièrement à l'atelier de Charles pour, prétend-il devant ses voisins, travailler au calme à son étude sur la fièvre bovine. En réalité, chaque jour, il vérifie le pouls de son protégé, se rassure en voyant les plaies se refermer sans se gangrener et change ses pansements. Guillaume supporte la douleur sans se plaindre. Le médecin le pense sur la voie de la guérison, à condition qu'il ne soit pas arrêté avant par les autorités. Éloïse, de tempérament plus optimiste que son époux, le harcèle pour qu'il aille prévenir les habitants de la Ménagerie de la convalescence du soldat. Le jour venu, le couple est toutefois réveillé par le tocsin. Une rumeur criée par les jeunes vendeurs de journaux se répand en ville et atteint la Grande Galerie du Louvre : les Autrichiens sont aux portes de Paris ! Vicq d'Azyr renonce alors, rentre son cheval dans les écuries désertées par le duc de Nemours et décide d'attendre, encore et toujours.

Le 26 août, l'Assemblée vote dans l'urgence la levée de 300 000 hommes de bonne volonté. Jacques, caché à Paris de peur d'être arrêté pour le meurtre de Laimant, trouve enfin son salut dans les mots suivants : « Les soldats du peuple appelés à lutter et à gagner la liberté de la patrie. » Sans réfléchir, le jeune homme, accompagné d'autres volontaires mal équipés, est envoyé dès le lendemain combattre une armée de métier autrichienne et prussienne. Autant dire un suicide…

Si les armées étrangères n'ont finalement pas envahi la capitale, la terreur s'y est imposée en quelques jours. Septembre voit des Parisiens enragés et armés envahir les prisons et massacrer les ultimes soutiens de la monarchie – d'un courtisan à un garde suisse, d'une dame de compagnie de la reine à un prêtre… Ils sont, sans jugement, passés par les armes de la vindicte populaire. Le naturaliste, terrorisé, décide de ne plus sortir du Louvre et de se réfugier dans ses recherches, avec l'espoir que la folie des hommes s'éteindra un jour prochain.

Il faut attendre octobre pour qu'Éloïse quitte son domicile avec deux grands paniers accrochés aux bras. Son mari étant obligé de se cacher, elle décide de surmonter ses peurs et de se rendre à Versailles. En croisant une connaissance, elle déclare aller aux champignons et, d'un pas vaillant, se dirige vers le port Saint-Nicolas. La ville ayant repris ses activités quotidiennes, elle peut grimper sur une barge et remonter le fleuve en direction de Meudon avec d'autres anonymes. Le ciel est clair, l'air est vif et les berges de la Seine offrent un spectacle majestueux grâce à leurs arbres couleurs de feu. Avec une facilité étonnante, Éloïse, à son arrivée sur l'autre rive, trouve à négocier son transport jusqu'aux abords de Versailles. Le charretier, d'humeur loquace, lui indique même les bois de Buc qui regorgent, selon lui, de chanterelles et de girolles. Il ignore que la délicieuse Éloïse n'a jamais, de sa vie entière, cueilli le moindre champignon ! *Prions le Ciel que Claire puisse m'aider à remplir mes paniers*, pense-t-elle.

Après avoir griffonné un plan sur un papier qu'elle a caché dans son corsage, Vicq d'Azyr lui a expliqué comment pénétrer dans l'ancien domaine du roi. Il lui a suggéré de passer par les grilles de Trianon et d'affirmer venir retrouver le citoyen Richard pour une livraison de pieds de rosiers.

— Si tu le rencontre, décline ton identité et n'hésite pas à lui parler de son oncle Daubenton.

Son mari n'est pas fier de la laisser partir. Son esprit désapprouve les faits mais son cœur admire sa femme. Il sait qu'il devrait le faire à sa place, mais sa proximité avec la reine le rend bien trop suspect en ces temps furieux.

— Tu laisseras le domaine de Trianon à ta droite et longera le Grand Canal. La Ménagerie est un ensemble de bâtiments à l'opposé, vers le sud, a-t-il encore précisé.

Dans le parc, la jeune femme n'a croisé que deux lingères qui profitaient du soleil d'automne pour étendre leurs draps sur les pelouses désormais accessibles aux habitants de la ville. Il est midi, lorsque Éloïse atteint les grilles d'honneur ouvertes mais le lieu semble fermé. Elle contourne le ravissant bâtiment et se retrouve devant l'enclos du rhinocéros. En s'avançant, elle déclenche les piaillements de deux pintades qui préviennent leur camarade de captivité de l'arrivée d'un danger potentiel. La jeune femme, amusée, voit la masse imposante trotter vers elle, les oreilles baissées, la tête au sol, prête à charger.

— Bonjour, citoyenne, vous cherchez ?

Une voix masculine l'oblige à se retourner. Le jardinier, un pied de buis roussi dans les bras, vient de l'interpeller.

— Vous êtes le citoyen Richard ?

— Ah non, rit Crosnier, je ne suis qu'un humble employé. Le citoyen Richard est à Trianon.

— Oui, oui, je sais, l'interrompt Éloïse, désolée de sa bévue. Je cherche la citoyenne Claire.

— Vous la connaissez ?

Son ton est devenu glacial.

— J'ai un message pour elle, d'un ami. Citoyen, je ne lui veux que du bien.

Crosnier la jauge puis décide qu'elle dit vrai. Il pose l'arbuste encombrant et l'entraîne vers le bureau du directeur. La jeune femme, depuis le matin, est en discussion animée avec sa mère. La facture prohibitive du poissonnier est à l'ordre du jour.

— Les ibis ne mangent que des crevettes, affirme Manon.

— Je sais bien, maman, mais nous n'en avons plus les moyens.

— Je pourrais aller chercher des écrevisses et les piler, propose gentiment Manon. Avec son bec recourbé, l'ibis ne peut pas avaler du poisson comme un pélican.

— Et une fois la saison terminée, tu feras quoi ? s'agace Claire. S'ils ont faim, ils avaleront les poissons de l'étang, comme les autres.

Trois coups à la porte interrompent leur conversation lorsque Crosnier s'efface pour laisser entrer la visiteuse. Manon et Claire, intriguées par l'apparition d'une jeune femme élégante portant des paniers vides, se lèvent d'un bond.

— Claire ?

— Oui, répond celle-ci, non sans inquiétude.

Éloïse rabat sa capuche et, d'une voix émue, se présente.

— Je suis Éloïse, la femme de Félix Vicq d'Azyr.

Dans un même élan, la fille et la mère se précipitent, même sans la connaître, pour l'embrasser.

— Attendez. Après…

Elle cherche sa respiration.

— Il est vivant, Guillaume est vivant. Blessé chez nous depuis août.

Sous le choc, Claire se laisse tomber sur une chaise avant de fondre en larmes. Elle hoquette, crie, rit, puis cache dans ses mains son visage ruisselant de larmes. Manon parvient à se ressaisir, serre Éloïse dans ses bras tout en égrenant à l'infini un chapelet de remerciements. La visiteuse masque son émotion mais ajoute en bafouillant :

— Il faudra que je rentre avec des champignons, sinon je serai dénoncée.

Manon éclate d'un rire libérateur.

— Ma fille ne sait pas faire la différence entre un cèpe et une girolle, mais moi si. Nous irons ensemble.

Claire reprend ses esprits et s'approche de la jeune femme. Elle lui prend les deux mains et les porte à sa bouche pour les baiser avec dévotion.

— Il va bien ?

— Mon mari l'estime enfin hors de danger, la rassure Éloïse, mais sa convalescence sera longue.

— Guillaume, en vie ! Et lui, comment va-t-il ?

— Il est en pleine santé mais se terre car il n'est pas bon d'avoir été un intime de la reine ces jours-ci.

Manon les interrompt.

— Nous allons mieux faire connaissance autour d'un repas car vous devez être épuisée et affamée. Je vais chercher une des dernières bouteilles de Firmin. Aujourd'hui, nous fêterons la vie !

En quittant le bureau de Firmin, les femmes croisent le jardinier qui, devant leurs mines réjouies, devine qu'il a vu juste. Claire partage avec lui l'extraordinaire nouvelle.

— Un véritable miracle ! Je suis bien content pour vous, ma petite. Allez, profitez de votre amie. Au revoir, citoyenne, déclare d'une voix chaleureuse le jardinier qui les quitte en sifflotant.

La rencontre, agrémentée d'une omelette au persil, est un moment de grâce et de complicité féminine. L'épouse de Vicq d'Azyr leur raconte la nuit héroïque où son mari a retrouvé Guillaume. Elle évoque leurs deux nouveaux amis au Louvre : Jacques le physicien et Gabriel le prêtre réfractaire. Claire parle, pleure, avale du vin de Saumur plus que de raison, pose mille questions sans attendre de réponse.

— Le plus difficile pour lui, prévient Éloïse, sera de marcher. Ses pieds ont cicatrisé mais ses orteils sont déformés.

— Il est vivant, il est vivant et le reste n'a pas d'importance, répète Claire comme le refrain d'une chanson.

Nala, couchée entre les jambes de sa maîtresse, a entamé sa sieste de l'après-midi avec, entre les pattes, Violette endormie. Le serval semble heureux, comme s'il comprenait la résurrection de Guillaume. Enfin la jeune femme ose leur demander pourquoi l'ami de son mari, Laimant, n'est pas parmi eux. Claire prend la parole et raconte à son tour la tragédie de l'attaque de la Ménagerie et la mort de son directeur. Devant sa mère, et sachant la vérité insoutenable pour elle, sa fille évite de préciser que l'auteur du coup fatal n'est autre que son propre frère. Les trois femmes, le récit achevé, lèvent leur verre d'un accord muet :

— À Firmin Laimant ! s'exclament-elles.

Nala, soudain réveillée, saute sur les genoux de Claire et lui lèche le visage, à la stupéfaction d'Éloïse.

— J'avais tant entendu parler d'elle… Mais je ne dois plus tarder si je veux ramasser des champignons et retrouver le chemin avant la nuit.

Manon, depuis la mort de son mari, a refusé de quitter la Ménagerie ; aussi, lorsque Claire entend sa mère proposer d'accompagner Éloïse cueillir les champignons, elle se réjouit. *Maman va mieux*, pense-t-elle en quittant sa nouvelle amie.

— Vous direz à Guillaume que je l'aime et combien j'ai hâte de le revoir. Cependant, je ne veux pas le mettre en danger, ni vous, en cherchant à tout prix à le rejoindre.

— Nous trouverons des solutions. Je crois que M. Richard apprécie mon oncle Daubenton. Nous pourrions nous servir de lui pour nous écrire. Guillaume serait une rose…

Les deux femmes éclatent de rire et Claire promet d'aller rendre visite au botaniste dès le lendemain. Restée seule, Claire s'étend sur le lit de fortune de Laimant, appelle Nala à la rejoindre, la câline, lui parle avant de s'endormir, au milieu de l'après-midi, d'un sommeil profond.

61

Le cœur vaillant, la jeune femme décide de rencontrer sans plus tarder l'ami Richard, Antoine de son prénom, et fils de l'illustre botaniste créateur de Trianon. Claire espère qu'il l'aidera à assurer la survie de la Ménagerie et à entretenir une relation épistolaire avec un proscrit… En chemin, elle croise une patrouille de nouveaux gardes vétérans censés remplacer les suisses emprisonnés depuis le 10 août 1792. Engagés pour se faire respecter, empêcher les vols de pierres, de serrures ou de tuyaux de cuivre, ils portent un brassard qui les autorise à se réclamer du titre de gardes-bosquets. Claire, sceptique, les salue.

Quand elle voit le Petit Trianon, les volets intérieurs fermés, son cœur se serre. Le souvenir du petit duc de Normandie riant à la vue de Nala dans la prairie la submerge. Les larmes aux yeux, elle rejoint le botaniste. Il l'accueille avec affabilité et l'entraîne dans le calme de son bureau. Les amabilités et courtoisies d'usage échangées, Claire, avec son franc-parler, évoque la raison de sa venue.

— Nos deux domaines sont en danger. J'aimerais partager mes inquiétudes avec vous et essayer de trouver des solutions communes.

— Votre initiative me plaît. Je voulais moi aussi vous rendre visite et m'enquérir de votre situation après la mort de Laimant.

Un homme que j'appréciais ; je ne peux qu'imaginer la souffrance de votre famille.

— Cette souffrance est accentuée par notre appréhension de l'avenir, confie Claire. Nous avons été épargnés jusqu'ici, pas de comité pour perquisitionner et pas de contrôle des animaux. Les employés, ma mère et moi sommes libres d'agir, mais cela durera-t-il ?

Richard opine.

— Nous n'avons plus aucun subside, reprend-elle. Pas plus de la cassette du roi que de l'administration.

— Avez-vous une idée de vos besoins ?

— Pour continuer à nourrir les quelques bêtes épargnées, nous devons acheter deux mille bottes de paille, utiles en été comme en hiver lorsque le froid surgit. Nous devons aussi acquérir auprès du fermier de Voisin trente setiers d'orge, qu'il menace de ne pas livrer si nous ne payons pas la commande de l'an dernier. Et enfin trente-six setiers d'avoine auprès du fermier de Satory !

— Les animaux sont voraces, constate le botaniste.

— Nous n'avons jamais eu de liquidités à notre disposition. Mon beau-père envoyait les factures à d'Angiviller qui les réglait, souvent avec retard. Mais là… avoue la jeune femme, la mine contrite.

— Le citoyen d'Angiviller a émigré il y a peu.

— Ah !

Claire se souvient de leur rencontre, de sa promesse de la protéger. Encore une mauvaise nouvelle. Cherchant à se ressaisir, elle se redresse et avale d'un trait le verre d'eau devant elle.

— J'ai la chance de diriger un jardin botanique, mais je ne suis guère mieux loti que vous, confesse Richard. Si ce n'est que je bataille avec les nouvelles autorités qui viennent de me confirmer dans mes fonctions malgré la destitution du roi. Je tente de leur faire admettre que le jardin anglais de la reine et les parterres à la française de Le Nôtre représentent un intérêt scientifique et un agrément pour les visiteurs. Les domaines du monde entier, de la Russie au Portugal en passant par la Prusse ou l'Italie, veulent connaître notre savoir-faire ! En tant que directeur, j'ai envoyé un mémoire demandant la sauvegarde du parc en le convertissant, par la culture des parterres, en potager, et par la plantation de vergers, mais…

— Mais ? interroge Claire.

— Ces messieurs les députés se concentrent sur les meubles et objets restant au château. Ils vont être vendus, je crois ; je prie pour que le parc soit préservé et ouvert au public.

— Lorsque j'ai eu l'honneur de rencontrer le roi, je lui avais suggéré de rendre la Ménagerie accessible à tous les visiteurs et qu'elle soit administrée par les hommes de science, explique la jeune femme.

— Vous êtes clairvoyante. Trianon et la Ménagerie devraient en effet être gérés pour le bien de la nation et ouverts à tous. Mais, à ce jour, les députés ont d'autres priorités que des animaux et des plantes.

— Avez-vous des nouvelles de la famille royale ?

— Très peu, reconnaît Richard. Elle est enfermée avec les enfants et Madame Élisabeth.

— Les malheureux…

— Le roi devrait être jugé bientôt et je redoute le verdict des hommes.

Un bref silence s'installe.

— Êtes-vous encore payés, vous et vos employés ? demande abruptement Claire.

— Curieusement oui, alors que Trianon est associé à une reine honnie. Mais pour combien de temps ?

— Que me conseillez-vous ?

— De ne pas chercher à faire parler de vous. De les laisser dans l'ignorance de l'existence des animaux et de tenter de les nourrir par vous-même.

Ce conseil, à l'inverse de celui formulé par Vicq d'Azyr, la trouble. Claire lève les yeux au ciel avant d'avouer le projet de déplacement des bêtes à Paris.

— Cette idée est intéressante et Daubenton apportera sûrement son soutien. Tout naturaliste rêve de posséder un rhinocéros ! Mais tant que le statut du château et de son domaine ne sera pas approuvé par les députés, il me semble que vous avez intérêt à ne rien réclamer. Il suffit qu'un enragé retrouve les conseils de Diderot sur l'inutilité d'une ménagerie pour qu'un bataillon réduise ces pauvres bêtes à néant.

— Et mette en danger les employés qui vivent sur place… commente Claire, non sans effroi.

— Nous allons nous associer, annonce Richard. J'ai besoin de fumier pour protéger les nouvelles roses créées, il vous faut du foin. N'y a-t-il pas une ferme attachée à la Ménagerie ?

— Oui, la ferme des Coteaux, mais depuis mon enfance j'entends dire que les rapports sont difficiles. J'avoue ne pas avoir trouvé le courage de m'y rendre. Peut-être en ces temps agités pourrions-nous oublier nos vieux différends.

— Je n'ai guère de meilleures relations avec eux. Chaque fois que je leur demande du fumier ou du foin, ils veulent me faire payer des sommes folles ! Plus nous resterons discrets, mieux nous traverserons cette période que je crois passagère. Aussi, établissons nos nécessités et revoyons-nous en fin de semaine.

Claire, se sentant soutenue, le remercie infiniment et ose sa dernière demande :

— Citoyen…

Richard balaie le terme du revers de la main.

— J'ai une faveur à vous demander, poursuit-elle. Une immense faveur qui, en ces temps troublés, pourrait être un danger.

— Je vous écoute.

— J'ai rencontré, en m'occupant du premier Dauphin, un garde suisse du nom de Guillaume Lenoir. Nous nous sommes promis l'un à l'autre. Lors de l'insurrection des Tuileries, en août, il a été gravement blessé mais épargné.

— Dieu merci, commente Richard, ils sont peu nombreux à avoir survécu.

— Mais ils sont pourchassés… Guillaume a été recueilli par le docteur Vicq d'Azyr et sa femme.

— Des gens courageux.

— Elle est la nièce de Daubenton et lui, un ami exceptionnel en plus d'être médecin et vétérinaire.

— Ah, ajoute Richard. Voilà un bon point pour eux.

— Accepteriez-vous de correspondre avec sa femme sous le prétexte de commandes de fleurs et de me donner des nouvelles ? Je risque de les mettre en danger si je me rends à Paris.

— Bien entendu ! Établissons la liste de nos besoins, et je serai chez vous ce samedi, si vous le voulez bien.

— Ma mère et moi vous attendrons avec un repas, frugal mais amical.

62

Le nouveau régisseur du domaine, le citoyen Couturier, a tant à faire pour répondre aux injonctions des députés de la Convention qu'il délaisse provisoirement la Ménagerie et ses habitants. Une commission nationale a été créée pour définir quels tableaux, statues et autres objets sont demeurés à Versailles, dans le but de les vendre. N'ayant pas encore été visités ni inventoriés, les trésors picturaux et les décors animaliers du château de plaisir restent, pour l'heure, sous la bonne garde de Claire et de ses animaux sauvages. Manon souffre au quotidien. Dès le lendemain de la mort de Firmin, elle a pourtant repris son activité dans la volière, accompagnée de Violette, qui ne la quitte plus. La mère et la fille prennent leurs repas ensemble et discutent de leurs soucis journaliers. Claire remarque bien les yeux cernés et la silhouette amaigrie de sa mère mais ne parvient pas à la consoler.

Depuis deux mois, le botaniste et Claire ont réussi à mettre en place une organisation conjointe aux deux domaines. Les femmes participent une journée par semaine à la plantation ou au labour à Trianon en échange de ravitaillement en foin et en luzerne pour leurs animaux. L'hiver approchant, les jardins de Trianon ont été transformés en potager où l'on cultive choux et poireaux. Les femmes viennent biner, sarcler, puis récoltent quelques légumes pour leur consommation personnelle. Laimant, avant de disparaître, avait acheté des poules robustes et un coq ; désormais installées dans l'enclos des singes, les bêtes pondent régulièrement, ce qui permet de partager les œufs entre les habitants de la Ménagerie et de Trianon. Manon, lorsqu'elle en trouve dans ses volières, n'hésite pas à les chaparder, convaincue qu'il est inutile d'accueillir de nouvelles naissances en cette période troublée et qu'un œuf de paon ou de pintade est toujours assez comestible pour affronter la disette.

De son côté, Crosnier chasse tous les jours, ou presque. Il lui arrive de revenir avec un chevreuil ou un sanglier. Manon, devenue experte, détache des quartiers de viande pour confectionner des terrines, tandis que le jardinier offre les restes au lion. Claire constate que Dakar partage le repas avec Pompon et ne laisse aucun os… La peau du sanglier, pourtant réputée épaisse et piquante, devient, pour le lion, une sorte de tissu qu'il mâchouille inlassablement et avec délectation. Parfois, le retour de la chasse est plus décevant, alors l'animal doit se contenter d'un oiseau qu'il avale sans laisser aucune plume !

Les lettres échangées entre Guillaume et Claire arrivent avec irrégularité. Guillaume commande des pieds de rosiers et se dit satisfait de la bonne santé des précédents envois. Claire accuse réception et espère, au printemps, venir livrer elle-même ses boutures. Les jeunes gens, l'un dans son laboratoire, l'autre dans sa galerie des peintures, se contentent de s'attendrir sur l'écriture de l'être aimé et se rassurent mutuellement.

Les progrès de Guillaume sont lents, aussi préfère-t-il ne pas donner trop de nouvelles de sa santé. Éloïse et Vicq d'Azyr l'encouragent à marcher avec des béquilles, mais poser le pied gauche lui est toujours impossible. Tout comme se chausser. Claire va retrouver un infirme, maugrée le jeune suisse qui perd souvent patience, le temps paraissant long à un homme de terrain tel que lui. Vicq d'Azyr tente de l'aider en lui donnant des livres et en lui enseignant ce qu'il sait du monde animal. « Vous pourriez devenir vétérinaire et seconder Claire », affirme-t-il. Mais le suisse se morfond et dort trop fréquemment. Le laboratoire est mal chauffé mais le blessé n'ose se servir du poêle la nuit de peur d'alerter de possibles délateurs. Tout comme le prêtre, il se sent tel un prisonnier qui ignore la date de sa remise en liberté. Tous deux discutent souvent et se découvrent des intérêts communs. Le jeune homme écoute le père Gabriel exprimer ses doutes et sa foi parfois vacillante, tandis que lui confie ses pensées sombres quant à l'avenir, admet ignorer presque tout du quotidien de la femme qu'il aime et s'inquiète. Le temps qui passe et l'inaction leur deviennent insupportables.

À Versailles, Claire est confrontée à mille difficultés. Il faut du sel pour les terrines et la conservation des aliments, du savon pour effacer l'odeur tenace de Rhino, mais les femmes ont peur de sortir en ville et de devoir répondre à des questions sur leur lieu de vie : habiter des bâtiments ayant appartenu aux Capet rend chacun immédiatement suspect ! Crosnier s'avère être un soutien sans faille. Lui aussi est sans nouvelles de son fils. Veuf depuis quelques années, il se consacre entièrement à la Ménagerie et en oublie même sa prédilection pour le vin.

Un jour de décembre, il faut pourtant se rendre à l'évidence : sans argent, Claire et Manon ne peuvent envoyer le jardinier se procurer en ville les denrées indispensables. Ce soir-là, la jeune femme décide d'avouer posséder des louis d'or. En quantité.

— Un cadeau du roi qui voulait me doter… se justifie-t-elle auprès de sa mère, stupéfaite. Il est temps de nous en servir, il y va de notre survie, ajoute-t-elle, gênée d'avoir caché une telle manne à Manon.

Au matin, Claire demande une nouvelle fois de l'aide à Richard pour se procurer des vivres à l'extérieur du domaine. Il l'écoute avant de réagir.

— Vous n'espérez pas donner vos louis au marché ? Vous allez finir en prison le jour même. Il faut les changer en assignats !

— Mais comment ? interroge Claire, désemparée.

Celui-ci lui prend cinq pièces et lui demande de lui faire confiance.

63

Voilà deux mois que les employés de la Ménagerie n'ont pas été payés. Un soir, le gardien et le soigneur annoncent qu'ils n'ont plus le choix : ils vont partir chercher du travail en ville.

— Vous pouvez garder vos logements le temps de ces recherches, vos femmes et enfants y seront à l'abri, leur déclare Claire.

Crosnier, le jardinier, prévient qu'il reste et fera tous les travaux trop pénibles pour les femmes. Entre ses expéditions de chasse et l'entretien de son potager, il survivra ! Soulever le foin pour l'aérer, porter les bottes de paille jusqu'aux enclos est en effet devenu impossible pour Manon, qui souffre du dos.

— Si seulement Ganesh était encore en vie, il transporterait tout avec sa trompe magique, évoque Claire avec nostalgie.

L'hiver s'est installé sans brusquerie et ne fait pas encore souffrir les bêtes et les hommes. Richard a réussi à changer les pièces en assignats sans que Claire sache comment. Avec quelques billets confiés au jardinier, les femmes vont pouvoir le convier à leur table et s'offrir une poule et une bouteille de vin pour le soir de Noël. Les cloches ne célébreront pas cette année la naissance de l'Enfant Jésus, et la crèche de Manon restera dans sa boîte, avec les santons. Depuis peu,

Nala, d'elle-même, suit sa maîtresse dans la cage de Rhino. La méfiance entre les deux animaux s'est enfin dissipée. La jeune femme, venue avec quelques branches feuillues, caresse les oreilles du rhinocéros et lui frotte le dos avant de lui disposer un épais lit de paille.

— Tu n'as pas froid ? Demain, j'irai chercher le quagga et l'installerai avec toi si tu promets de ne pas lui faire de mal.

Elle dépose un baiser sur la paume de sa main et le lui envoie.

— Allez, Nala, on rentre.

Alors que le jardinier prépare une flambée chez Manon, quelqu'un toque brusquement à la porte, faisant sursauter l'assemblée… Manon s'approche et ouvre lentement, essayant de distinguer qui se cache derrière ce chapeau baissé et cette houppelande. Vicq d'Azyr et Éloïse se tiennent devant eux.

— Éloïse m'a convaincu qu'à Noël, rien ne pourrait nous arriver. Alors si vous voulez bien de nous ce soir et demain. Je n'ai pas osé vous écrire…

Claire applaudit avant d'aider Éloïse à se défaire de son manteau.

— Vous devez être gelés, mes amis. Approchez-vous du feu, leur enjoint Manon.

— Oui, mais nous avons apporté de quoi nous réchauffer. La cave de M. d'Angiviller a été dévalisée !

— Ah, le cher homme ! s'écrie Claire.

Vicq d'Azyr s'approche de Manon.

— Vous savez combien j'appréciais Firmin et je crois qu'il m'appréciait aussi, bien que je sois un scientifique.

— C'est vrai qu'il se méfiait comme de la peste de vos collègues et ne croyait qu'au bon sens, sourit tristement Manon. Mais vous, il vous estimait.

— J'ai caché dans mon corsage un cadeau pour Claire, intervient Éloïse d'un air mutin en s'adressant à la jeune femme.

— Je précise que si nous avions été arrêtés, c'en était fini ! s'exclame son mari en souriant.

Les autres se mettent à rire avec lui tandis que Claire s'échappe pour lire, à l'écart, une lettre de Guillaume.

Claire aimée,

Je prie le Ciel que ce courrier vous trouve en bonne santé, ta mère, Nala et toi, mon amour. Noël sans toi est difficile mais je rêve de nos prochaines veillées au coin d'un feu.

J'imagine tes journées chargées et tes nuits remplies d'inquiétude pour nous et notre avenir.

Ma vie est terriblement vide et si je n'égrenais pas mes souvenirs heureux avec toi, je deviendrais fou. Je partage mon isolement avec un homme extraordinaire. Lorsqu'il me sent découragé, il me demande de faire confiance à notre amour et affirme que le Dauphin nous protège. Alors, espérons qu'il dise vrai.

Je perçois l'avenir de la Ménagerie incertain tout comme celui de la France. Je t'ai dit un jour que je te donnais ma vie, je te l'écris aujourd'hui. Je te suivrai dans tes choix mais je veux que tu saches que ma famille accueillera ma femme avec amour et respect si tu optes pour l'exil. La savoir en ce jour de Noël réunie sans nouvelles de moi me serre le cœur ! Mon visage est abîmé par une vilaine cicatrice et ma démarche, titubante. Ces journées d'émeutes et ce déferlement de violence aveugle dont je ne suis qu'une victime parmi tant d'autres m'ont enlevé toute illusion sur le bonheur de vivre. Je crains de ne plus être le même homme.

Aussi, si tu voulais reprendre ton engagement, je le comprendrais car je t'aime et ne désire que ton bonheur.

Guillaume

La jeune femme rejoint l'assistance, les yeux rougis et les mains tremblantes.

— Dans sa lettre, Guillaume se dépeint comme mal en point. Qu'en pensez-vous, docteur ?

— Il dépérit d'ennui… Mais il n'a aucune séquelle de son coup sur la tête et raisonne parfaitement. Il semble respirer sans difficulté, malgré le trou dans son poumon droit.

— Et son cœur n'est pas le moins du monde endommagé, ajoute sa femme avec un sourire complice. Il n'a que votre nom à la bouche.

— Et ses pieds ? reprend Claire, la voix chargée d'inquiétude.

— Je pense qu'il lui faudra du temps et de la patience. Il devrait muscler ses jambes, ce qui est difficile en vivant dans une seule pièce depuis des mois.

— On ne peut pas le faire sortir. Il serait aussitôt dénoncé et ses blessures parlent pour lui ! ajoute Éloïse d'un air grave.

— Alors, que faire ?

Crosnier intervient et propose d'organiser la fuite du jeune homme et de le cacher dans la Ménagerie. Touchée, Claire le remercie.

— Il est vrai que son moral est au plus bas, mais je suis favorable à ce qu'il reste au secret au moins jusqu'à la fin du procès contre le roi, recommande vivement Vicq d'Azyr. Si par miracle Sa Majesté est épargnée, ses partisans courront un danger moindre.

64

Le matin de Noël, Vicq d'Azyr et Claire se dirigent vers les enclos. La jeune femme veut profiter de l'expérience du vétérinaire concernant le froid et les moyens d'y faire face. Celui-ci y est sensible car, explique-t-il, à chaque campagne militaire l'intendance doit résoudre ce problème.

— Un animal glacé au cours de la nuit ne peut être, au matin, une bonne monture pour un hussard, ajoute-t-il.

Il raconte qu'une récente étude a été publiée sur la nécessité de conserver les déjections animales. Mélangées à de la paille, par une réaction chimique elles développent une chaleur et de la fumée permettant de réchauffer une écurie.

— Les paysans qui dorment au-dessus de l'étable l'ont bien compris, ajoute le médecin, mais j'imaginais la saleté et l'odeur dangereuses pour leur santé. Il semble qu'il n'en est rien, du moins pour les animaux.

— Lors des gelées, nous pourrons essayer avec le lion et le rhinocéros, s'enthousiasme son interlocutrice. Je préférerais cette méthode à celle d'un feu dans leur loge, qui me fait toujours redouter un incendie. Tant qu'il ne gèle pas, et tant que nous avons de la paille, je leur en laisse un grand tas et, au matin, j'y trouve les animaux enfouis comme dans un nid.

— Principe d'adaptation, ma chère ! ajoute le naturaliste en souriant.

Claire évoque sa bonne entente avec Richard et le partage des tâches entre les deux domaines.

— L'homme ne vit que pour le jardin de Trianon mais s'est montré généreux et préoccupé de notre sort depuis la mort de Firmin.

— Claire, l'interrompt Vicq d'Azur d'un ton grave, je profite de notre promenade loin de Manon pour vous demander si vous avez eu des nouvelles de votre frère.

— Non, et c'est mieux ainsi. Nous n'avons pas dit toute la vérité à Éloïse, mais à vous je peux l'avouer : c'est Jacques qui a tué Firmin.

— Quelle horreur ! Décidément, rien ne vous sera épargné, à Manon et à vous.

— La douleur est pire pour ma mère. Elle m'a avoué qu'elle se sentait prête à le tuer s'il se présentait devant elle.

Vicq d'Azyr reste silencieux. Claire poursuit :

— Je n'ai jamais eu d'affinités avec lui, tandis que mon père, puis Firmin m'ont offert amour et confiance. Autant je peux pardonner au rhinocéros, autant j'en suis incapable vis-à-vis de mon frère, qui a commis ce crime en toute conscience.

— M'autorisez-vous à rapporter notre conversation à Guillaume ?

— Bien entendu. Je le considère comme mon époux et nous n'avons pas eu besoin de la bénédiction d'un prêtre pour cela. Les événements nous séparent mais mon amour pour lui et ma volonté d'être chaque jour à ses côtés demeurent.

— Je pense que ces mots vont grandement contribuer à le guérir. La solitude et la certitude d'un avenir sombre sont ses pires ennemis.

— Alors, rassurez-le. Et d'ailleurs je préfère que vous lui transmettiez mes mots et mon engagement de vive voix. À part lui écrire que je l'aime et qu'il me manque, je suis incapable de répondre à son courrier.

— Je le ferai, soyez-en sûre. Mais revenons à vous et à votre avenir. J'aimerais discuter avec Richard afin d'avoir son sentiment concernant la survie des deux domaines.

— Nous allons l'inviter à se joindre à nous pour le repas de Noël. Je vais aller le chercher avec Nala. Elle et moi avons besoin de courir le long du Grand Canal…

Après un copieux repas où les convives ont fait honneur aux terrines de Manon, Vicq d'Azyr et Claire se réunissent avec Richard dans le bureau de la Ménagerie. Les deux hommes se connaissent mal mais partagent une même fidélité à la reine et une passion commune pour la science. Vicq d'Azyr se veut concis et ouvre la discussion d'un ton décidé.

— La Ménagerie appartient désormais au peuple français, ou plutôt à ses représentants. Nous ne pouvons ignorer la menace qui pèse sur une ancienne propriété royale.

— Tout ce qui a appartenu au roi est désormais suspect, ajoute Richard, désolé. Mes rares discussions avec les députés venus visiter le château et ses jardins ont été affligeantes. Leur faire reconnaître que le lieu constitue un joyau de l'art français n'a pas été aisé, et j'ai vite compris que détruire le chef-d'œuvre végétal de Le Nôtre ne leur poserait aucun problème… !

— Versailles est à leurs yeux l'emblème d'un passé honni, ajoute Vicq d'Azyr. Un lieu privé où des bêtes sauvages ont été exposés pour le seul plaisir d'un monarque.

— Peut-être, mais alors que faire des animaux ? s'insurge Claire. Les expédier dans l'au-delà à coups de canon, comme à Chantilly ?

— D'où la nécessité de leur démontrer l'utilité scientifique de nos deux domaines et de suivre les conseils d'éminents encyclopédistes comme Buffon et Daubenton. Nous pourrions confier l'administration de la Ménagerie à des naturalistes afin qu'ils mènent une étude du comportement animal *in vivo*, puis laisser le public venir à la rencontre des animaux, conclut Vicq d'Azyr, se voulant rassurant.

Richard se tait mais ne semble pas convaincu.

— Il faut rédiger un mémoire et le présenter à l'Académie des sciences, poursuit Vicq d'Azyr. J'en fais partie et une majorité de mes collègues soutient la République. Mais s'ils voient un intérêt scientifique à garder les bêtes, alors ils émettront un avis favorable.

— Et qu'adviendra-t-il ensuite ? demande Claire, inquiète.

— Nous insisterons auprès de Daubenton, membre de l'Académie et directeur du jardin des Plantes, pour qu'il obtienne de l'Assemblée le rapatriement des animaux chez lui.

— En agissant ainsi, vous rendez publique l'existence de la Ménagerie que les dirigeants du pays ont oubliée, s'émeut Richard. Je maintiens qu'il faut attendre. Les animaux ne sont pas en danger.

Mais Vicq d'Azyr ne partage pas ce point de vue. Il décrit l'épuisement des femmes et du jardinier, les corvées de bois, de fourrage, impossibles à tenir pour un seul homme ! Pour lui, il n'y a pas l'ombre d'un doute, la situation est explosive.

— Il existe toujours des solutions. En alertant la Convention, vous mettez les derniers habitants en danger, répète Richard. Et je crois savoir, car nous correspondons lui et moi, que Daubenton est mal accepté par l'Académie et qu'on parle de lui trouver un successeur au jardin des Plantes.

Claire écoute les deux hommes et comprend que le transfert des animaux devient une réalité. Ces hommes, ses amis, sont soucieux du bien-être animal, mais elle… saura-t-elle s'acclimater à cette nouvelle vie ? Devra-t-elle abandonner Dakar et Rhino à d'autres soigneurs ? Soudain terrifiée à la perspective de quitter le domaine, en quête d'air, elle se lève et ouvre la fenêtre. *Et Nala, que vais-je faire de toi ?* murmure-t-elle.

— Peut-être pourrais-je préparer le manifeste avec nos arguments pour l'Académie des sciences ? Car je ne sais quand je reviendrai, ajoute Vicq d'Azyr, ennuyé.

— Je dois vous laisser, annonce Richard. Mais j'aimerais, en tant qu'ami, vous conseiller d'attendre la fin du procès du roi.

Jusque tard dans la soirée, Vicq d'Azyr et Claire établissent la liste de leurs arguments et prévoient de faire parvenir au plus vite leur rapport à Daubenton. Ce texte en faveur d'un déplacement lui rappellera la volonté de Buffon à qui il doit sa carrière. Ils commencent par célébrer la mémoire de celui qui a été le premier à préconiser l'étude des animaux en semi-liberté et à ne plus fonder ses constatations sur leurs congénères en captivité ou naturalisés. Ils insistent sur le fait que travailler sur un modèle vivant permet d'assurer une véracité scientifique. Puis ils s'offrent le luxe de reconnaître que l'article « Ménagerie » de l'*Encyclopédie* trouve particulièrement sa raison d'être en cette période difficile. Pourquoi, en effet, nourrir un lion ou un rhinocéros alors que la nation est en danger et sa subsistance compromise ? Mais que faire alors de ces bêtes, victimes du désir d'un monarque ayant besoin d'animaux exotiques pour asseoir son prestige ? Et que dira-t-on aux puissances d'Afrique qui ont coutume d'offrir de tels présents ? La France n'aurait-elle plus les moyens d'entretenir de bonnes relations diplomatiques ?

Claire s'inquiète que cet argument soit considéré comme une critique, mais Vicq d'Azyr le pense pertinent. La jeune femme veut insister sur le bien-être animal. En quoi le rhinocéros est-il responsable de la crise que traverse le pays et pourquoi devrait-on le laisser mourir de faim ?

Elle souhaite aussi rendre grâce à tous les anonymes qui, depuis deux cents ans, ont assuré par leur dévouement la pérennité du lieu. Vicq d'Azyr, lucide, estime que les académiciens n'y seront pas sensibles. Néanmoins, il ajoute que les employés de la Ménagerie ont prouvé, parfois même au péril de leur vie, qu'ils étaient capables de nourrir et de soigner n'importe quel animal, sans s'inquiéter de savoir s'il appartenait à un roi débonnaire ou à un tyran. Sans gages depuis quelques semaines, devaient-ils abandonner leur travail et leurs habitations ? Enfin, le vétérinaire estime que la science et ses savants sauront faire bon usage de ces animaux dont le comportement est souvent proche de celui des hommes.

65

Vers quinze heures le 20 janvier, les canalisations reliant le Grand Canal aux fontaines de la Ménagerie explosent sous la contrainte du gel. N'ayant aucun rapport avec Couturier, le nouvel administrateur, et écoutant les conseils de discrétion de Richard, Claire et sa mère estiment la situation très inquiétante. Qui va réparer, et quand ? Désormais, il faudra remplir les seaux au puits pour abreuver le rhinocéros, et que dire du phoque et des pélicans qui réclament une eau vive pour se sustenter ? Un brouillard épais recouvre les enclos depuis le matin et entoure la Ménagerie d'une atmosphère pesante. Claire et Manon, découragées, aperçoivent Richard, à cheval, qui avance vers elles. À peine descendu de sa monture, le regard sombre et les mains tremblantes, il déclare :

— Les nouvelles sont mauvaises. Allons dans votre bureau.

Sans un mot, elles l'y conduisent. Assis à la place de Firmin, le botaniste s'écroule et sanglote. Sa voix tremble, entrecoupée de hoquets, puis d'une traite il annonce :

— La Convention a refusé le sursis par 380 voix contre 310. Le roi sera guillotiné demain matin.

Le choc de trop pour Manon et Claire. La mère et la fille, abasourdies, se précipitent dans les bras l'une de l'autre. Richard finit par se lever, trouve le flacon de cognac et en sert trois petits verres que tous avalent d'un trait. La douleur de Claire est intense, elle pleure l'ignominie du geste mais surtout la disparition d'un homme qu'elle a connu bon et désireux d'améliorer le sort des Français. Manon s'inquiète de la disparition d'une figure symbolique ancestrale qu'elle a toujours considérée comme protectrice. Sans lui, que va-t-elle devenir ? Elle est la première à rompre le silence, sa colère prenant le pas sur la stupeur.

— Comment ont-ils osé ? Et ils prétendent représenter le peuple ! Je leur couperais la tête, à tous ces monstres…

— Nous avons désormais 380 régicides qui vont diriger le pays et nous faire payer notre attachement à un régime qu'ils vomissent, annonce Richard, amer.

— Et la reine et ses enfants, que deviendront-ils ? s'exclame encore Manon.

— Le pays va être à feu et à sang, prédit Richard. Et je redoute la suite pour elle. À Trianon, personne ne l'évoque jamais, comme si elle était déjà morte.

— Oh, non, taisez-vous ! supplie la jeune fille.

— Il paraît qu'ils ont découvert aux Tuileries une armoire secrète, avec le double des courriers que la reine envoyait à l'étranger, comportant des informations sur l'armée française. Pourquoi l'épargneraient-ils ? Il faut fuir Versailles et nous mettre à l'abri si nous voulons sauver nos vies, assène le botaniste, affolé.

— Pour aller où ? Nous n'avons qu'une attache, et c'est ici !

Alors que Richard va poursuivre, la porte s'ouvre brutalement et Jacques surgit.

— Que fais-tu là ? crie Manon.

— Je veux te parler mais à toi seule, exige son fils.

— Je ne t'écouterai pas.

— Et moi, je veux entendre ce que tu as à lui dire, rétorque Claire d'un ton glacial.

— Tu n'as rien à redouter, j'aime ma mère. Je regrette d'avoir tué Firmin et j'espère que tu me pardonneras un jour.

Manon ne peut accepter ces mots.

— Jamais. Pars et ne reviens pas.

Humilié, Jacques s'emporte.

— Je suis soldat, un héros de Valmy ! Tu devrais me féliciter au lieu de me jeter dehors. Dans deux jours, notre régiment va donner une leçon aux Vendéens et à leurs curés planqués. Et je reviendrai comme officier de la patrie, prêt à offrir le meilleur pour mes concitoyens.

Fidèle à son premier mouvement, Manon répète :

— Pars et ne reviens jamais.

Jacques claque la porte rageusement, laissant Manon, Claire et Richard anéantis. Des coups de fusil les ramènent vite à la réalité. Ils se précipitent à l'extérieur. Ils proviennent de la loge des pélicans. Jacques, désespéré par le refus de sa mère, s'est vengé sur le phoque. Le malheureux a essayé de se cacher sous l'eau, mais ayant besoin de respirer, il a été touché par une balle entre les deux yeux. Manon, voyant le cadavre flotter, se jette sur son fils et tente de lui arracher l'arme des mains. Folle de rage, elle lui hurle sa douleur :

— Tu vas me tuer, moi aussi ?

— Tu n'es qu'un lâche, Jacques, prêt à te venger sur des pélicans et un phoque ! crie Claire, accablée par tant de violence.

Son frère quitte la Ménagerie sans un regard pour sa mère et sa sœur. Richard, jusque-là peu attentif aux animaux, partage leur peine, horrifié par la scène à laquelle il vient d'assister. Réfugiée dans le bureau de Laimant, Claire cherche la consolation de Nala. Blottie contre l'animal, elle enfouit sa tête dans la fourrure. Crosnier vient les rejoindre.

— Que faisons-nous des corps ? Le sol est gelé et je vais avoir un mal fou à enterrer le phoque, se désole-t-il.

Claire, muette, dépassée par la violence de son frère, demeure sous le choc. Manon suggère de donner la dépouille à manger au lion.

— Maman, mais non, quelle horreur ! réagit Claire.

— Ce qui est une horreur, ma fille, c'est ce que nous vivons. Que le roi soit guillotiné ou pas, demain Dakar aura besoin d'être nourri et j'imagine que la viande de phoque est comestible pour un carnivore comme lui !

Richard, conscient de vivre un moment étonnant où le meurtre d'un animal efface la mort prochaine du roi de France, a tout écouté.

— J'ai une idée qui pourrait peut-être vous satisfaire.

— Dites, dites… le presse Manon.

— Pourquoi ne pas immerger le phoque dans la partie profonde du Grand Canal ? Personne n'en saura rien et les carpes seront rassasiées. Cette solution reçoit l'assentiment de tous, y compris de Claire, toujours hébétée.

Il faut à Crosnier et à Richard un temps fou pour extraire du bassin rougi de sang l'animal assassiné. Quatre pieds de long et cent livres de chair s'écrasent sur une brouette. La brume persistante permet à l'étrange cortège de se diriger discrètement vers la pièce d'eau. Claire, d'un pas décidé, et Nala, d'une foulée élégante, entament la procession, suivies du jardinier et de son cercueil improvisé. Manon et Richard ferment la marche. Lorsque le phoque retrouve l'eau et glisse dans la noirceur du bassin, Claire adresse quelques mots de remerciement aux deux hommes :

— Je crois que Vicq d'Azyr a raison : nous ne pouvons plus nous protéger par nous-mêmes de la folie ambiante. Il faut demander la protection de la République pour les derniers animaux survivants.

Richard acquiesce, conscient que la situation est impossible pour la jeune fille et sa mère. Il promet de prévenir Vicq d'Azyr sans tarder. *La mort du roi aura donc des conséquences, même pour nos pensionnaires*, songe la jeune femme en rentrant chez elle comme une somnambule.

— Toi, au moins, tu n'appartiens qu'à moi et tant que je serai en vie, tu seras protégée, affirme-t-elle à l'adresse de Nala, comme pour s'en convaincre.

66

Vicq d'Azyr et Éloïse ont tenu parole. Ils ont achevé la rédaction de la requête et le médecin, en réunion plénière, l'a proposée à ses collègues. Malgré les pillages en ville, l'insurrection en Vendée et les déclarations de guerre de la Convention à toutes les puissances d'Europe, les académiciens poursuivent leurs réunions. Fiers de leur savoir, ils abordent des sujets aussi variés que l'instauration d'un système métrique ou la survie d'un lion.

Au printemps 1793, l'Académie des sciences (le terme « royal » a été discrètement supprimé) émet un avis favorable. Ses membres proposent de rassembler dans la capitale les animaux captifs du château du Raincy, propriété des Orléans, et ceux de Versailles. Soucieux du sort des bêtes de foire présentées en ville, ils préconisent par ailleurs leur interdiction et le transport des ours et autres primates au jardin des Plantes. Mais le temps passe et rien n'avance, contraignant les habitants de la Ménagerie à vivre avec parcimonie. Un bataillon de gardes nationaux est venu réclamer à cor et à cri du salpêtre pour les armées de la République. Crosnier, s'efforçant de gagner du temps, a promis de leur remettre le produit de sa récolte d'ici une quinzaine de jours. Sur le coup, les femmes ont eu peur, mais le lion a rugi et depuis les hommes ne sont jamais revenus.

Le 10 juin 1793, le jardin du Roy et son cabinet de curiosités deviennent officiellement le Muséum d'histoire naturelle, comprenant douze chaires professorales. Si Daubenton obtient d'y enseigner la minéralogie, il perd la direction de l'institut. L'homme fort du musée s'appelle désormais Bernardin de Saint-Pierre, l'auteur de *Paul et Virginie*, grand adepte de Rousseau, élu par ses pairs. C'est lui désormais qu'il faudra convaincre de l'utilité d'ouvrir une ménagerie publique dans les jardins du Muséum.

Antoine Richard, tout au désespoir de voir son pays sombrer, n'a pas oublié Claire. Vicq d'Azyr et lui ont poursuivi leur correspondance codée. À l'occasion d'un transport de plantes pour les jardins des Champs-Élysées (pourtant délaissés par les Parisiens), le botaniste s'est même rendu au domicile du médecin. Ensemble, ils ont réfléchi, argumenté, hésité, avant de mettre au point un autre déplacement. Celui de Guillaume et du père Gabriel. Les conditions de vie dans le laboratoire se sont en effet détériorées. La promiscuité, l'interminable attente s'accompagnent de l'angoisse de voir Éloïse arrêtée à tout moment. Le ravitaillement en ville étant chaque jour plus difficile, elle peine à prétendre n'acheter des vivres que pour elle et son mari avec les deux cartes de civisme octroyées par l'Hôtel de Ville. La peur d'une dénonciation persuade Vicq d'Azyr d'accepter le plan audacieux de Richard. Guillaume et le père Gabriel seront des manutentionnaires de Trianon chargés de transporter des poiriers à Paris.

En juillet, alors qu'une chaleur terrible s'abat sur la ville et renvoie les rares passants chez eux, une barge s'arrête discrètement le long du quai du Louvre et embarque deux employés. Au crépuscule, Guillaume et son acolyte sont accueillis par Richard dans sa maison de Trianon. Soulagé de les avoir sortis de leur cachette du Louvre, il leur offre un souper, sans dissimuler son inquiétude pour la suite des événements.

— Dès la nuit noire, je vous aiderai à rejoindre la Ménagerie où Claire vous attend. Guillaume, vous prendrez l'identité du soigneur qui est parti il y a deux ans et vous, Gabriel, vous serez le gardien qui est revenu après le décès de son épouse.

Les deux hommes remercient leur hôte avec effusion, puis Gabriel l'interroge sur l'avenir.

— Nous ne savons rien. Claire attend la réponse du Muséum, tente de nourrir les bêtes et de les préserver. Les derniers employés sont remarquables et la soutiennent. Mais savoir que son frère Jacques et sa bande de brigands peuvent réapparaître à chaque instant et tirer sur les animaux, voire sur les habitants, selon leur état d'ébriété, rend la vie à Versailles particulièrement oppressante.

En disant cela, Richard fixe le promis de Claire, soucieux de ne rien lui cacher.

— Ici, nous sommes en manque de bras pour entretenir le parc, mais je ne ferai pas appel à vous. Je redoute que mes employés s'étonnent de la présence de nouveaux venus. Depuis la mort du roi, les gens sont devenus suspicieux et s'épient.

Au cœur de la nuit, Guillaume et Claire se retrouvent enfin, après seize mois de séparation. La jeune femme n'a qu'une hâte, se blottir dans les bras de son amant, mais Guillaume s'y refuse. Malgré l'heure tardive, il demande à Gabriel d'être, une dernière fois, homme d'Église et de consacrer leur mariage sans tarder. Crosnier, tiré de son sommeil par Manon, accepte d'être son témoin, tout comme Antoine Richard. Il est fort tard dans la nuit lorsque Violette et Nala, conscientes qu'un événement exceptionnel se prépare, accompagnent Manon dans le salon octogone. En ouvrant les fenêtres, elle laisse une goulée d'air frais envahir la pièce endormie et réveiller les splendeurs du passé.

Claire, vêtue d'une robe jaune offerte par la reine et les cheveux parsemés de fleurs de laurier blanc, s'avance, suivie de Nala, vers l'autel improvisé. Les hommes de sa famille suspectibles de l'accompagner, Martin, Firmin et Jacques, se sont envolés. Ils laissent à Guillaume la responsabilité de prendre soin des femmes de la Ménagerie. Autour du cou, la jeune femme porte le médaillon représentant Louis-Joseph. En cet instant, le souvenir de l'enfant illumine son regard. Guillaume et elle s'apprêtent à honorer la promesse qu'ils lui ont faite il y a si longtemps… Le père Gabriel, ému, lit quelques prières tirées de son missel, qu'il a réussi à conserver. Attendri, il s'adresse à son compagnon d'infortune.

— Guillaume, voulez-vous prendre pour épouse Claire, dans le bonheur et les épreuves, dans la santé et la maladie, pour l'aimer tous les jours de votre vie ?

La voix puissante de Guillaume, le visage tourné vers sa future femme, énonce un « oui » qui résonne dans toute la pièce et bouleverse Manon.

— Claire, voulez-vous prendre pour époux Guillaume, dans le bonheur et les épreuves, dans la santé et la maladie, pour l'aimer tous les jours de votre vie ?

— Oui, murmure Claire, submergée par l'émotion.

— Je vous déclare mari et femme. Guillaume, vous pouvez embrasser la mariée.

C'est sous une salve d'applaudissements, de jappements de Nala et de cris stridents de Violette que le jeune homme se penche vers Claire, radieuse, l'étreint et la soulève dans ses bras. Une nuit très brève mais passionnée les attend.

Dès le lendemain, à peine remises de leurs émotions, les deux nouvelles recrues se sont attaquées aux travaux. Vivre au grand air après ces mois de confinement les galvanise. Guillaume espère réparer la tuyauterie défectueuse tandis que Gabriel s'attache à apprivoiser le quagga et le bubale pour les entraîner à paître non loin de la faisanderie. Le nouveau gardien observe Claire et ses relations avec le lion et le rhinocéros, animaux sauvages qu'il pensait féroces. Aussi, dès qu'il la voit entrer dans l'une des loges, il murmure des prières, suppliant Dieu d'épargner la nouvelle Blandine. Sans la connaître, il admet qu'elle a un don particulier avec les bêtes.

La visite prochaine du directeur du Muséum occupe tous les esprits, créant un mélange d'espoir et d'inquiétude. L'été a laissé place à un mois d'octobre frais et humide. Le 16, Marie-Antoinette, guillotinée place de la Révolution, rejoint son époux et le Dauphin au Ciel. La nouvelle bouleverse Claire. Son mari, inquiet de la voir sombrer à nouveau dans le désespoir, ne lui laisse pas le temps de s'apitoyer sur le destin de la reine ni sur le sort des enfants emprisonnés.

— Les animaux souffrent de la faim et le manifestent par des cris déchirants. C'est pour eux que tu dois tenir et rassembler toute l'énergie de ta jeunesse, lui affirme-t-il.

Vicq d'Azyr, affligé par la mort de son illustre patiente, s'est octroyé une visite à la Ménagerie pour retrouver un Guillaume libre et partager son chagrin avec Claire. Ensemble, ils ont eu besoin de marcher dans la nature, d'évoquer les souvenirs heureux de leur reine. Gabriel semble, de son côté, s'être bien adapté à sa nouvelle vie. Du matin au soir, il se dévoue pour la cause des animaux et des habitants de la Ménagerie, qu'il estime « victimes de la Révolution ».

Avant de retourner en ville se cloîtrer, Vicq d'Azyr donne de précieux conseils à Claire.

— Il faut convaincre Saint-Pierre, fanatique de Rousseau, que vos protégés vivants permettront de nous instruire, nous, les hommes de science. En les observant évoluer dans la nature et non momifiés dans des collections.

— Mais je ne l'ai jamais lu ! se lamente Claire.

— Votre regard sur les animaux et votre expérience unique auprès d'eux feront la différence, assure le naturaliste avant de quitter ce lieu qu'il aime tant. Et demandez à Richard de venir vous soutenir…

Elle promet, mais doute de ses capacités de persuasion. Pire, elle ne sait pas ce qu'il y a de meilleur pour ses animaux. Se retrouver à Paris dans des cages réduites, importunés par les visiteurs, est-ce vraiment le sort si peu enviable qui les attend ?

— Oui, mais en vie et avec toi pour les cajoler chaque jour, lui objecte Guillaume. Préfères-tu qu'on les tue ? Ou qu'ils retournent à la vie sauvage alors qu'ils ont perdu tout réflexe de défense ?

67

Un courrier portant le nouveau sigle RF parvient sur le bureau du directeur. Bernardin de Saint-Pierre est réputé différent de ses écrits. Si ses ouvrages évoquent l'émotion, la douleur et la quête du bonheur, l'auteur se montre plutôt insensible, surtout lorsqu'il s'agit de plaire aux nouveaux dirigeants, murmurent ses adversaires. De fait, la demande du ministre des Finances lui enjoignant de visiter les survivants de la Ménagerie du dernier roi de France l'agace. Comme Diderot, il est opposé à maintenir des animaux captifs dans une institution. Si Daubenton accepte de les naturaliser, lui s'y refuse. La dissection de « cadavres puants », pour reprendre ses termes, lui apparaît comme une démarche aussi inutile que coûteuse. « Leur attitude immobile, leurs yeux fixes et mornes, leurs poils hérissés montrent que la mort les a frappés. La prétendue beauté du cabinet d'histoire naturelle m'inspire l'horreur », aurait-il même coutume de dire.

Deux jours plus tard, trois personnes s'invitent à la grille d'honneur de la Ménagerie, grille laissée ouverte par le gardien Gabriel, pour accueillir les illustres visiteurs. Tous trois se réclament du Muséum, le citoyen Bernardin de Saint-Pierre, le citoyen Thouin, jardinier réputé qui espère une visite aux animaux rapide afin de se rendre au plus vite à Trianon, et le citoyen Desfontaines, professeur de botanique. Ces savants n'ont aucune connaissance du monde animal, mais s'estiment compétents pour décider du sort de l'institution. Comme un fait exprès, Daubenton, l'illustre naturaliste, qui souffre d'infirmités, a été excusé.

Un quatrième personnage vient s'ajouter à la visite : Couturier, l'administrateur du domaine mis en place par la Convention, daigne enfin se déplacer. Étonné de ne pas être reçu par Laimant en personne, il reçoit comme une gifle l'annonce de sa mort et la disparition de certains animaux exotiques. Alors que les commères du marché de Saint-Louis à Versailles en ont fait des gorges chaudes, l'homme doit admettre son ignorance.

— Le directeur n'a pas été remplacé ? s'étonne-t-il.

Antoine Richard présente Claire comme le successeur de Firmin, tué lors du saccage des lieux. Notant leurs regards dubitatifs qui ne rendent guère hommage à la jeune femme, il veut prouver à ces messieurs qu'elle connaît mieux que personne les animaux.

Pendant la visite, Claire tente d'être volubile, brillante, et surtout convaincante. Pourtant, elle ne peut oublier ce qu'elle vient de voir. Rhino manifeste en effet un étrange comportement. Elle l'a appelé, nourri de quelques branches ; il s'est avancé vers elle, au pas et non au trot comme à son habitude. Il a accepté ses caresses mais est vite retourné se réfugier au fond de l'enclos. Elle a eu le temps de noter ses yeux vitreux.

— Il est malade, s'alarme-t-elle.

Mais la jeune femme se ressaisit et évoque aussitôt l'arrivée de l'animal en 1770, depuis Pondichéry, alors qu'il avait tout juste deux ans, ajoute-t-elle, faussement enjouée.

— Connaissez-vous l'espérance de vie de ce spécimen ? questionne Bernardin de Saint-Pierre d'un ton sec.

— En captivité, non, avoue-t-elle, cachant tant bien que mal son inquiétude.

Les hommes de science observent l'unique corne qu'ils trouvent très étrange. Claire leur explique qu'il la lime chaque jour.

— Un comportement lié à sa captivité, affirme Saint-Pierre avec assurance.

Les pieds à trois ergots surprennent aussi ces messieurs, surtout lorsque Claire leur parle de ceux de l'éléphant qui sont différents.

— Certains assistants du citoyen Buffon n'ont pas manqué de les dessiner, précise-t-elle.

— Mais l'observation *in situ* est plus rigoureuse qu'un dessin, commente Desfontaines.

Claire se souvient aussitôt de l'appréhension des jeunes assistants naturalistes, effrayés à l'idée d'entrer dans la cage de Rhino. *Mon Dieu,* songe-t-elle, *que ce temps est loin. Nous vivions alors sans la crainte d'être dénoncés ou arrêtés.* Mais il lui faut se reprendre.

— Voici un quagga en provenance du cap de Bonne-Espérance, chez nous depuis 1784. Il est doux, se présente de lui-même à la grille et se laisse caresser. Sauf aux oreilles, qui sont très sensibles.

Les savants écoutent sans vraiment manifester un quelconque intérêt pour les explications de Claire.

— Là, un bubale, continue fièrement la jeune femme. Un cadeau du bey d'Alger en 1783. Un petit bœuf qui tient à la fois du cerf et de la gazelle. Il n'est pas craintif et sans doute pourrait-il être domestiqué.

L'histoire du lion, élevé avec un épagneul et arrivé du Sénégal en 1788, fait enfin réagir l'auteur de *Paul et Virginie*. Le chien Pompon s'est présenté, sautillant et balançant joyeusement la queue. Claire s'est glissée dans l'enclos, a caressé la crinière de Dakar et lui a promis de revenir jouer avec un bâton.

— Pardonnez ma question, mais aurez-vous des enclos aussi grands qu'à Versailles ? ose-t-elle s'enquérir.

— Il nous faut les construire sur un terrain en bordure de Seine qui a été acquis du temps de Buffon.

Bernardin de Saint-Pierre regrette l'absence de girafe et de panthère, trouve le rhinocéros affreux et son odeur d'urine, insupportable.

— Il est vrai, reconnaît la jeune femme, qu'il marque son territoire et accueille souvent ses visiteurs en se libérant.

Richard rit en entendant l'anecdote et tente de détendre ces messieurs austères. Saint-Pierre s'adresse enfin à Couturier :

— Je vous serais reconnaissant de me procurer un plan précis avec les dimensions des cages.

— Connaissez-vous le coût de la Ménagerie ? demande alors le directeur du Muséum.

— Les comptes du citoyen Laimant sont à votre disposition dans son bureau, mais la somme de trente-six mille livres annuelles correspond à une période où nous avions une vingtaine de mammifères, une centaine d'oiseaux et une dizaine d'employés logés. Depuis deux ans, nous vivons en autarcie et sans salaire, annonce Claire en se retenant d'être désagréable.

Couturier tousse, furieux d'être mis à mal publiquement.

— Nous nourrissons le lion en chassant nous-mêmes. Les herbivores les moins craintifs sont mis en pâture autour du Canal ou à Trianon, ajoute-t-elle.

— La difficulté, précise Richard, c'est le rhinocéros qui ne peut sortir de son enclos.

— L'animal ne semble pourtant pas dangereux, s'étonne Desfontaines, le botaniste.

— Il l'est, assure Claire.

L'ombre de Martin passe devant les yeux de sa fille, qui ajoute :

— Il pèse deux tonnes, galope très vite malgré ses courtes pattes et est tout à fait capable de vous encorner au sol.

La visite se termine dans le bureau par un rapide examen des comptes. Bernardin de Saint-Pierre note dans son calepin : « Un lion avec un chien, un rhinocéros, un bubale et un quagga antilope. » Pas une fois Claire n'a mentionné Nala ni Violette. Bien qu'elles soient propriétés de Louis XVI de leur vivant, elle sait que jamais elle ne les remettra à la République.

— Notre patriotisme a des limites, dit-elle le soir à sa mère.

La semaine suivante, Couturier fait poser des scellés sur les portes du château de plaisir, sans prendre le temps de le visiter ni de prévenir qui que ce soit. La Ménagerie dépend désormais de l'administration républicaine et ses habitants peuvent être expulsés à tout moment…

Manon et Claire ont décidé de se débrouiller par elles-mêmes. D'une montagne de noix, elles ont dégagé les cerneaux, les ont concassés puis pressés à froid. Un travail méticuleux, qui leur a permis d'obtenir, non sans fierté, un flacon d'huile. La jeune femme, en massant les ergots gonflés de Rhino, espère qu'il reprendra ses allées et venues dans son enclos.

Hélas, Rhino ne se remet pas. Il paraît mal en point et la perte des rares poils qui ornaient ses oreilles et sa queue constitue un mauvais signe. Malgré les heures passées à ses côtés, les caresses sur sa tête, les frictions de ses membres, lui, d'ordinaire si agile en dépit de ses deux tonnes, ressemble de plus en plus à un bloc monolithique et immobile. Un soir où elle vient lui déposer une pomme et une poire, Claire remarque sa salive devenue épaisse et blanche. Aussi s'en inquiète-t-elle. Rhino, docile comme un agneau, accepte d'ouvrir sa gueule couverte de bave mais parvient avec peine à mâchonner les fruits qu'elle doit couper en deux.

Un courrier de Bernardin de Saint-Pierre adressé à Claire et à Richard met un terme à leur attente. Il annonce qu'il a presque achevé son mémoire et qu'il est partisan d'adjoindre une ménagerie au jardin national des Plantes. Ayant besoin de détails pratiques quant aux coûts des transports et de l'approvisionnement, il propose qu'une voiture vienne chercher la jeune femme, la semaine suivante, pour une rencontre et une visite du lieu parisien. Claire frémit à l'idée de se retrouver seule avec ce personnage ambivalent, mais Guillaume la conforte dans l'idée qu'il reste leur unique chance de sauver les animaux.

— Et nous, qu'allons-nous devenir ? insiste-t-elle. Il ne voudra jamais vous engager toi, Gabriel et maman ! Et Crosnier ! Nous n'avons pas vécu près de trois ans dans des conditions extrêmes pour ne pas nous préoccuper les uns des autres ?

— Claire, calme-toi.

— Et qui va lui avouer que nous nous sommes approprié deux animaux de la Ménagerie et que nous les élevons comme nos propres enfants ?

— Tu ne vas rien lui révéler. Tu le laisses parler. Il aura besoin de personnel compétent et s'il te veut, il devra t'engager avec ta tribu, mon amour.

— Je suis terrifiée à l'idée de quitter Versailles, de vivre dans cette ville de malheur !

— Je sais, mais tu oublies la force du temps. Les Français sont à bout et Robespierre, comme les autres avant lui, disparaîtra.

— Tu crois ?

— J'en suis convaincu. Et alors nous pourrons choisir le lieu où nous établir. Regarde, malgré mes pieds claudicants et ma balafre, je suis en vie et apte à subvenir aux besoins de ma femme.

Claire se réfugie dans ses bras et lui promet de croire en l'avenir.

68

Bernardin de Saint-Pierre, installé à son bureau dans l'ancienne demeure de Buffon, au centre du parc du Muséum, relit pour la dixième fois les arguments du mémoire qu'il va remettre à la Convention. S'il n'est pas convaincu de l'utilité d'engager de pareilles dépenses en pleine Révolution, ne pas répondre à l'enthousiasme de certains députés risquerait de lui coûter son poste, difficilement obtenu contre Daubenton. Alors mieux vaut poursuivre. Il a repris une partie des termes de Vicq d'Azyr mais cherche aussi l'idée lumineuse qui parviendrait à emporter l'adhésion. Il se relit à haute voix.

On peut offrir sans frais aux animaux délicats les températures et les plantes de leur pays. Ils oublieront leur captivité à la vue des végétaux qui les ont vus naître et se livreront aux amours par les douces illusions de la patrie.

Content du style, il réfléchit à trouver les mots pour valoriser les autres arguments. Ces animaux pourraient être accouplés, le Muséum obtiendrait alors de nouvelles espèces utiles aux paysans. L'hypothèse est jetée sur le papier lorsqu'une autre jaillit. Ravi, il écrit :

Le jardin sera nécessaire aux arts libéraux et permettra aux dessinateurs et peintres de chercher leur modèle dans la nature et attirera une foule de curieux désireux de découvrir des monuments vivants.

Satisfait d'associer la culture à l'essor de la capitale, Bernardin de Saint-Pierre pose sa plume. C'est alors que Claire, introduite par un collaborateur intimidant, se retrouve face à lui. Ce faisant, elle perd son peu d'assurance. Le directeur, conscient, entend en tirer avantage.

— Citoyenne, je voudrais, dans un premier temps, que vous répondiez à des questions usuelles qui me permettront d'envoyer au plus vite mon mémoire.

— Je suis à votre disposition.

— Il reste peu d'animaux mais le plus coûteux est le lion ?

— Assurément. Il est carnivore.

— Je vois mal mes employés chasser dans les rues de Paris pour le nourrir, et je crois que le vieux duc d'Orléans, au Raincy, possédait deux lionnes… Quelle quantité de viande faut-il envisager par fauve ?

— Cinq à six livres par jour, il me semble.

— Il vous semble ? Je vous espérais plus précise, vous ayant laissé du temps pour préparer cette entrevue.

— La quantité dépend du poids de l'animal et je ne connais d'autre fauve que le mien, réplique Claire, piquée au vif.

— Le mien ?

— De fait. Pour pouvoir entrer dans une loge sans se faire massacrer, il vaut mieux se sentir adopté par lui.

— Et le chien ?

— Il déchiquette ce que son ami lui laisse.

Au mot « ami », le directeur lève les yeux au ciel.

— Mais le chien avale aussi quelques livres de pain rassis coupé de bouillon de légumes. Disons, pour vous satisfaire, cinq livres.

Bernardin de Saint-Pierre note sans sourciller.

— Parlons maintenant du rhinocéros. Il aura bientôt trente ans. Comment m'assurer qu'il vivra assez longtemps pour offrir aux visiteurs et aux naturalistes la justification du coût élevé de son transport ?

— L'animal, à ce jour, est en bonne santé, mais de là à envisager sa prévision de vie…

— J'imagine que vous connaissez l'existence d'un autre rhinocéros qui a fait le tour de l'Europe.

— Non, je regrette.

Avec un brin de suffisance, Saint-Pierre continue.

— Surnommé Clara, la bête a été montrée dans toutes les capitales. Louis XV a refusé de l'acheter, trouvant son prix trop élevé, mais si j'en crois les correspondances que nous avons avec Londres, l'animal serait décédé à l'âge de vingt ans.

— Ainsi, Louis XV fait mentir sa réputation de roi dépensier, objecte Claire.

— Vous ne pouvez donc pas m'assurer de la longévité du rhinocéros, soupire Bernardin de Saint-Pierre.

— J'aimerais vous être agréable, mais je me dois d'être rigoureuse. Notre éléphant est mort après une chute dans le Grand Canal. Or il était jeune et en bonne santé, comme quoi…

Le directeur écoute, agacé. Il pensait ne faire qu'une bouchée de la frêle jeune femme et voilà qu'elle résiste.

— J'imagine les antilopes, que vous nommez « bubale » et « quagga », jeunes et sans défauts particuliers ?

— En effet, à ce jour elles vont bien. Mais je ne connais pas leur âge. Le précédent directeur ne tenait aucun registre des arrivées des animaux.

— Nous allons demander au citoyen Couturier de préparer leur transport et d'établir une estimation. Une fois les bêtes dans des cages de fortune, il faudra qu'il démonte les portes et les mangeoires de Versailles afin de nous les faire parvenir. C'est un homme rempli d'ardeur pour le bien public, ajoute le directeur.

Claire approuve par un sourire narquois.

— La nation possède un terrain rue de Seine qui est enclavé dans le jardin des Plantes. De l'autre côté, rue Fontaine-Saint-Victor, il nous sera facile de dévoyer de l'eau vive pour le besoin des animaux.

— En effet, ce sera très utile...

— J'estime la somme annuelle pour l'établissement des animaux, la nourriture, les gages du portier, gardien et soigneur à vingt mille livres.

— N'étant qu'une femme sans instruction, je ne saurais vous donner mon avis.

— Peut-être, mais vous êtes la seule personne à entrer dans un enclos pour soigner un rhinocéros ou un lion.

— Soit.

Le ton est froid, tant chez Claire que chez son interlocuteur.

— Dans mes estimations, je compte une provision pour vos gages de soigneuse.

— C'est aimable à vous. Mais je me sens capable de faire beaucoup mieux. La responsabilité de la ménagerie du jardin, par exemple.

— Vous plaisantez ?

— Pas le moins du monde. Voilà quinze ans que je consacre ma vie aux animaux sauvages. Et deux que je dirige la Ménagerie de Versailles. Croyez-le ou non, j'ai un don. Je peux approcher les bêtes et les comprendre. Vous allez vous retrouver avec des animaux apeurés par le transport et des gardiens sans expérience qui jetteront la nourriture à travers les barreaux. L'argent que vous demandez à la République sera gaspillé et je vous prédis que ces bêtes mourront d'inquiétude en à peine quelques mois.

Le directeur déteste ce qu'il vient d'entendre. Claire, déterminée comme jamais, n'éprouve plus aucune appréhension devant cet individu déplaisant. Elle se remémore soudain sa rencontre avec le duc d'Harcourt. Ce jour-là, ne connaissant pas les règles du protocole, elle l'avait conquis par sa sincérité. Déstabilisé, le directeur lui demande alors où elle veut en venir.

— Je ne sais pas… Je sais en revanche que je peux vous être d'une grande utilité et agir comme vétérinaire pour l'ensemble des animaux que vous recueillerez.

— Vétérinaire, mais vous n'y songez pas ! Vous n'avez ni instruction et…

Il n'ose ajouter qu'elle est une femme.

— Nous avons besoin l'un de l'autre. Je déteste la ville et les animaux en cage. Je ne vous rejoindrai qu'à la condition d'améliorer leur bien-être, pour servir la science avec vous.

— Je pense que nous allons prendre un temps de réflexion, tempère Bernardin de Saint-Pierre. Voulez-vous bien revenir dans trois décadis, disons lundi, pardon, primidi ?

— Je reviendrai, si vous l'acceptez, avec le citoyen Vicq d'Azyr. Et j'espère que vous ferez appel au citoyen Daubenton. Tous les amis des animaux seront les bienvenus pour trouver la meilleure des solutions les concernant.

— Et vous concernant, siffle Bernardin de Saint-Pierre, rouge de fureur.

69

Trois jours pour décider de son avenir. Un avenir qu'elle associe à son mari et à Manon, ainsi qu'à ceux qui l'ont accompagnée pendant quatre ans. Crosnier, le jardinier, devenu un fervent partisan de la Ménagerie et un travailleur acharné. Gabriel, si récent dans leur univers mais déjà indispensable avec ses bras vaillants et son cœur ouvert à tous. Jamais de jugement, toujours l'espoir que l'homme ou Dieu seront là pour pardonner ou pour sauver. Les trois jours de répit ne sont pas suffisants pour prendre une pareille décision. Tous aiment profondément le domaine de Versailles, peut-être parce qu'ils n'ont rien connu d'autre. Tous s'y sont sentis protégés, loin de la fureur de la ville, entourés par la beauté du lieu.

Antoine Richard semble assuré d'être maintenu dans ses fonctions. Les bâtiments de Trianon sont fermés, mais une guinguette a été ouverte dans le parc et des potagers mis à la disposition du public. Le jardin botanique et ses recherches sur de nouvelles variétés de roses jaunes pourront se poursuivre. Le soir, dans le bureau de Laimant, Richard participe lui aussi aux discussions animées, écoute, tempère et assure que rien n'est définitif.

— À Paris, personne ne saura que Claire a connu la famille royale. Quant à Guillaume, vous raconterez qu'il a été soldat sous les ordres de Dumouriez et a reçu un coup de sabre à Valmy. Un vrai patriote !

Guillaume sourit, Claire remercie. Elle veut dresser une liste de questions à poser lors de sa prochaine rencontre avec le directeur du jardin des Plantes et s'en inquiète ; une fois encore, Richard la raisonne.

— Bernardin de Saint-Pierre, s'il est convaincu, doit déposer sa demande à la Convention et la défendre. Le contexte est assez tendu pour que d'autres sujets passent avant celui-là. Mieux vaudrait que vous obteniez un billet à ordre pour nourrir les animaux et ne pas avoir à les transporter affamés.

Claire ne dit rien mais songe à Rhino, qui ne bouge quasiment plus et mange des rations bien inférieures à ce qui lui est nécessaire. Elle a beau lui déposer des seaux d'eau infusés de romarin et de sauge, l'animal tousse chaque jour un peu plus.

— Avant de vous rendre à Paris, avez-vous pensé, mes amis, à qui voudra suivre Claire dans cette aventure ?

Seul Guillaume répond par l'affirmative. Les autres avouent leur indécision.

— Les animaux partis, ils nous dégageront de nos logements et nous irons où ? bougonne Crosnier.

— Écoutez-moi, dit Richard d'un ton déterminé. Je crois pouvoir obtenir de Couturier de vous engager à Trianon. Je l'ai vu voler des poignées de porte au Petit Trianon et je ne manquerai pas de le lui rappeler s'il me refuse cette faveur. Mais il vous faudra dormir à la Ménagerie. Le travail ne manque pas et je vous crois bon jardinier, si vous acceptez d'être sous les ordres des miens.

L'homme le remercie d'un hochement de tête.

— Gabriel, un emploi à l'abri des curieux vous est nécessaire. J'ai peur que vous ne dévoiliez vos mains peu habituées aux travaux des champs et qu'elles vous trahissent. Venez vous installer chez moi pour classer les ouvrages de botanique le temps de trouver mieux.

— Merci infiniment. Je ne veux cependant pas vous mettre en danger.

— Nous le sommes tous, alors un peu plus, un peu moins !

Un silence se fait.

— Manon, que souhaitez-vous faire ? poursuit Richard sur sa lancée.

— Je ne sais… Je me torture, j'avoue. J'ai toujours vécu à Versailles et je me sens trop fatiguée pour envisager une nouvelle vie.

— Voyons !

— Je sais aussi que la Ménagerie a tué mes deux maris et que Jacques peut revenir se venger sur sa sœur et moi. Alors peut-être que quelques mois au jardin des Plantes dans l'anonymat seraient une solution.

— Maman, murmure Claire, moi, j'ai besoin de toi.

Guillaume, pour clore le sujet, annonce en riant qu'il n'y a pas d'autre solution.

— Violette et Nala sont devenues inséparables.

Au matin, après avoir entouré de ses bras le cou de Rhino et promis de revenir dans la soirée, Claire grimpe dans la calèche envoyée par Bernardin de Saint-Pierre. Lorsque Vicq d'Azyr la retrouve devant les guichets du Louvre, elle lui confie son inquiétude au sujet du rhinocéros, décrit ses symptômes, son affaiblissement et l'inefficacité des infusions.

— Ce sont des signes de phtisie, déclare-t-il tristement.

— Mais comment aurait-il pu l'attraper ? Je suis en parfaite santé ! Et un homme peut-il transmettre une maladie à un animal ?

— C'est une supposition, mon enfant. Mais soyez prudente car il est également possible qu'il vous contamine tant vous êtes proche de lui.

— Alors, cela pourrait être le soigneur venu de Chantilly me remplacer lorsque j'étais à Meudon, mais c'était il y a si longtemps... Et nous n'avons aucune nouvelle de lui depuis.

— Pas un mot sur l'état de Rhino. L'animal inconnu des Parisiens fera la gloire de son jardin.

— Bien entendu.

En chemin, elle raconte avoir sollicité la direction de la ménagerie et vouloir agir comme vétérinaire et non soigneuse.

— Vous exigez beaucoup pour une femme jeune et sans instruction, avoue son ami, impressionné par son audace. Je vous aiderai les premiers mois. Je sais que, bien vite, vous me surpasserez dans les diagnostics. Savez-vous que Bernardin de Saint-Pierre va recevoir les ours des foires désormais interdits de déambulation ? Vous sentez-vous capable de les approcher ? L'animal peut être particulièrement hostile à l'homme.

— Surtout s'il est maltraité et muselé, commente Claire. Aucune bête ne m'effraie. Là-bas, ils seront dans une loge que j'espère vaste et n'auront plus besoin de jouer les ours savants pour être nourris.

Bernardin de Saint-Pierre les attend, la mine sombre. Les soucis s'accumulent pour celui qui veut créer une ménagerie publique, la première en France, et recevoir les félicitations de la République. Une médaille du mérite pour service rendu à la nation ! Pourtant, le matin même, une délégation d'employés a demandé à être reçue : l'amour de la botanique leur interdit de s'occuper d'animaux.

— Des bêtes féroces couvertes de puces et sentant mauvais. Ne comptez pas sur nous pour nettoyer leurs cages !

Claire retrouve enfin Daubenton, qui, par sa présence, lui insuffle un peu de courage. Alors Bernardin de Saint-Pierre commence. Il leur rappelle en quelques mots sa volonté d'ouvrir une ménagerie au plus vite, rassemblant les animaux sauvages de Versailles, Le Raincy et ceux des foires ambulantes de Paris. Il se dit prêt à organiser le transport sous un mois avec l'aide des habitants de la Ménagerie puisque certaines cages vides peuvent être démontées et remontées facilement.

— Notre différend porte sur la position de la citoyenne Claire. Au lieu d'obéir au souhait de la nation, la personne ici présente réclame la direction du lieu et revendique d'être reconnue comme vétérinaire. Sa jeunesse et son manque de diplômes parlent pourtant en sa défaveur.

— Elle occupe ces postes dans les faits depuis quatre ans à Versailles, intervient Vicq d'Azyr.

— Une ménagerie laissée à l'abandon et une apprentie vétérinaire qui n'a pas su sauver l'éléphant, trophée de la collection, tance le directeur du jardin des Plantes.

Claire, mortifiée, baisse les yeux.

— C'est moi qui n'ai pas su, reconnaît alors le vétérinaire.

— Une blessure gangrenée sur un animal ou un humain laisse peu d'espoir, affirme à son tour Daubenton. J'ai vu Claire à l'œuvre. Elle a un don qui, je l'admets, n'a rien de scientifique, mais avec elle les animaux ne souffrent plus de leur captivité.

— Bien, admettons. Citoyen Vicq d'Azyr, seriez-vous d'accord pour être le vétérinaire officiel les premiers mois puis, si vous l'estimez capable, laisser votre élève vous succéder ?

— Bien entendu.

— Claire, je me permets de vous appeler ainsi, je ne connais même pas votre nom de famille, ajoute le directeur d'un ton plus affable.

— Lenoir, annonce-t-elle, au grand étonnement de Vicq d'Azyr, qui n'a jamais su le nom de Guillaume.

— Vis-à-vis de la Convention, je dois être le directeur du Muséum et de la ménagerie. Vous en serez la responsable et je m'engage, devant ces messieurs, à vous en laisser la direction. J'ai trop de recherches et d'écrits en cours pour pouvoir me disperser.

Claire accepte d'un signe de tête et ajoute :

— Je vous remercie de votre confiance. J'associerai mon instinct au savoir-faire et à l'expérience du Muséum.

Bernardin de Saint-Pierre se garde de l'avertir que la cohabitation sera difficile. Ne souhaitant pas s'épancher sur le sujet, il conclut :

— Si la Convention trouve le temps de signer le décret, je vous attends dans un mois.

— Nous serons plusieurs, précise Claire.

— Pardon ?

— Je suis mariée. Mon époux est soigneur à la Ménagerie de Versailles, lorsqu'il n'est pas soldat au service de la nation. Blessé à Valmy, il parvient non sans mal à travailler, car c'est un patriote, annonce-t-elle, la voix enflammée. Il aura besoin de gages lui aussi, surtout pour s'occuper des ours. Et ma mère nous suivra pour tenir notre ménage.

Bernardin de Saint-Pierre blêmit. Deux salaires, une maison pour trois… Décidé à ne pas céder, il la rabroue :

— Vous avez des exigences impossibles.

— Je regrette, mais je ne viendrai pas sans ma famille.

— Même pour être la première femme vétérinaire de France ? s'agace le directeur.

— Je suis sûr que vous trouverez à les loger décemment, s'immisce Daubenton.

— Vous aurez ma réponse dans la semaine, conclut Bernardin de Saint-Pierre, décidé à faire attendre Claire.

Malgré les exécutions de Danton et ses partisans puis le suicide de Condorcet, la Convention trouve le temps de signer le décret permettant le transport des derniers animaux du tyran Capet. Le directeur est d'autant plus satisfait que ses amis députés ont décidé le déplacement de la dépouille de Rousseau au Panthéon. La journée s'annonce prometteuse, aussi fait-il rédiger par son secrétaire, en avril 1794, ou le 1er floréal de l'an II, un mot destiné à la citoyenne Lenoir lui annonçant son engagement ainsi que celui de son mari. La fonction, dotée de cinq cents livres chacun, sera proposée avec un logement de fonction comportant une salle à vivre, une cuisine, deux chambres et un potager. À la lecture du courrier, Claire et Guillaume sautent de joie et s'enlacent.

— La bataille est terminée, dit la jeune femme.

— Une nouvelle vie commence, lui réplique Guillaume.

Un mois pour construire les cages, pour supporter la présence hostile de Couturier, pour se préparer à laisser le lieu de l'enfance et des souvenirs. Un mois pendant lequel Claire s'inquiète pour son serval qui ne pourra plus courir comme avant ni chasser la nuit. Heureusement, Guillaume la rassure : ils ont survécu à tant de malheurs qu'ils s'adapteront. Un mois de préparatifs d'autant plus difficile que Rhino a abandonné le combat. Lorsque sa femme revient d'une promenade avec Nala, Guillaume l'attend.

— Viens.

Sans un mot, il prend sa main et la conduit vers l'enclos du rhinocéros. Couché sur le côté, l'animal respire bruyamment. Difficilement. Par intervalles, une méchante toux lui fait cracher du sang. Effondrée, Claire s'allonge contre lui et pose sa main là où il aime d'ordinaire recevoir ses caresses, entre les oreilles. Émue, elle demande à son mari de les laisser le veiller,

Nala et elle. Le serval s'assoit, tel un sphinx, à quelques mètres de son vieil ami, et l'observe sans bruit, sentant, comme sa maîtresse, que sa vie ne tient plus qu'à un fil.

Fil que Claire va dérouler la nuit entière. Elle lui murmure à l'oreille le récit de sa vie en Afrique telle qu'elle l'imagine, rappelle son arrivée à Versailles, la confiance qu'il a eue en Martin, puis en elle… Le cœur de l'animal faiblit, sa respiration s'espace. Enfin, elle lui offre de partir dans le monde des animaux. Vers trois heures du matin, Claire et Nala s'endorment contre le corps de Rhino, le sachant déjà ailleurs.

Épilogue

20 mai 1794, 1er prairial de l'an II. Un surprenant cortège s'avance sur les quais de la Seine. Une jeune femme élancée, tenant en laisse un grand chat au pelage tacheté comme celui d'une panthère, surveille le débarquement d'immenses charrettes sur lesquelles reposent des caisses imposantes.

La première carriole transporte un animal ressemblant à la fois à un cerf et à une gazelle. Sa tête émerge des palissades pour dévoiler des yeux inquiets. La deuxième accueille un animal de la taille d'un bœuf avec un cou rayé blanc et noir tandis que le reste de son pelage est beige. Une troisième charrette, aux dimensions très impressionnantes, supporte une cage de bois d'où retentissent des rugissements effrayants. Un lion furieux y fait les cent pas tandis que, dans un coin, un chien gémit. La dernière barge supporte un coffre aux dimensions gigantesques. Selon le nouveau système métrique mis en place par la Révolution, il mesure trois mètres sur trois et a nécessité une dizaine d'hommes pour le soulever. Un épais tissu de velours rouge le recouvre et, sur le dessus, a été déposée une brassée de narcisses blancs. Un cercueil colossal, pourrait penser un passant curieux.

Chacune de ces carrioles est attelée à des mulets qui conduisent vers les grilles du Muséum d'histoire naturelle, quai Saint-Bernard. La journée a été affreusement pénible pour les hommes et les bêtes. Il a fallu fermer les maisons, dire adieu aux amis, et contraindre les animaux à quitter leur enclos pour une destination inconnue. Le convoi a ensuite traversé Versailles sans se hâter, laissant mère et fille pleurer à chaudes larmes sur les lieux d'une vie révolue.

Non sans difficulté, les charrettes et leurs occupants ont dû être transvasés vers les barges. Heureusement, en ce jour de printemps, la Seine a eu la courtoisie de ne pas faire de vagues et d'offrir aux voyageurs une navigation calme jusqu'au pont de Sully. Enfin, le long du fleuve, Guillaume, Manon et Claire ont accompagné le cortège à pied. La jeune femme a tenté de calmer Nala tandis que Violette a refusé de marcher.

Alors qu'ils vont atteindre l'entrée du jardin par la rue de Seine, le convoi est arrêté par une patrouille de gardes nationaux. Ils veulent les papiers des uns et des autres et posent des questions sur le contenu des cages. Claire s'impatiente, explique qu'ils sont attendus par le directeur et que les animaux doivent être libérés sans tarder. Ce discours ne fait qu'agacer le brigadier qui, intrigué, dévisage Guillaume.

— Et cette blessure, citoyen ? Tu te prétends soigneur mais ce serait pas plutôt un sabre ?

— En effet, à Valmy, répond Guillaume d'une voix qu'il espère posée.

— Tu prétends avoir laissé tes papiers chez toi, mais qui me dit que tu n'es pas un fugitif ?

Guillaume regarde sa femme, qui comprend aussitôt. Sans un mot, elle détache Nala.

— Viens, Nala, viens ma belle, tout doux.

L'animal fait le tour de Guillaume, ronronne lorsqu'il lui caresse la tête et se couche en sphinx à ses pieds.

— Si je lui en donne l'ordre, elle vous sautera à la gorge en une seconde avant de se recoucher, déclare alors Guillaume.

Le brigadier recule, inquiet. Le félin ne ressemble plus à un chat. Son dos arrondi et son pelage dressé lui indiquent qu'elle est prête à bondir.

— Je suis français, brigadier. Patriote et soigneur d'animaux sauvages. Tout comme ma femme.

— Dans quelques jours, ajoute Claire, vous viendrez les voir dans la première ménagerie ouverte au public.

Le soldat abdique et s'éloigne avec sa patrouille.

Le directeur et ses collaborateurs, en entendant le bruit des roues sur les pavés, ont quitté leur bureau, leur laboratoire d'anatomie et leurs boutures. En dévalant l'escalier, ils perçoivent les rugissements de Dakar et les aboiements de Pompon. Desfontaines fait rire l'assistance en annonçant que les plantes vont être réveillées par pareil vacarme. Claire et Guillaume sont présentés à l'aréopage du Muséum. Manon, elle, se dissimule derrière une charrette. Elle craint que Nala et Violette ne soient source de dispute avec l'irascible Bernardin de Saint-Pierre. Celui-ci fait le tour des cages, discute avec son secrétaire de l'attribution des enclos, sans chercher à y associer Claire.

— Il manque le rhinocéros, s'étonne-t-il.

— Il est là, répond la jeune femme en désignant le coffre du doigt.

— Elle doit étouffer, la malheureuse bête, s'inquiète le secrétaire.

— Il est décédé il y a cinq jours, déclare la nouvelle vétérinaire.

— Quoi ! Mais c'est impossible… rugit Saint-Pierre.

Avant de subir les foudres du directeur, Claire lui rend hommage et annonce d'une voix vibrante :

— Notre chagrin ne nous a pas empêchés de voir l'intérêt scientifique de vos naturalistes. Non sans mal, nous sommes parvenus à transporter la bête volumineuse dans un cercueil improvisé. Le rhinocéros appartient désormais à la science – au citoyen Daubenton et à ses empailleurs – et à la République.

Bibliographie

BARATAY Éric, « Le frisson sauvage. Les zoos comme mise en scène de la curiosité », dans Nicolas Bancel *et al.*, *Zoos humains*, Paris, La Découverte, 2002, p. 31-37.

BARATAY Éric, « Le zoo, lieu politique (XVI-XIXe siècle) », dans Paul Bacot, *L'Animal en politique*, Paris, L'Harmattan, 2003, p. 15-36.

BERNARDIN DE SAINT-PIERRE, *Mémoire sur la nécessité de joindre une ménagerie au jardin national des Plantes de Paris*, Paris, Didot, 1792.

BIDOU Henry, « La Ménagerie de Versailles », *Les Annales politiques et littéraires*, n° 2128, Paris, Dubuisson, 6 avril 1924.

BIVER Paul, *Histoire du château de Meudon*, Paris, Champion, 1923.

BORRELY Christophe, *Le jardin zoologique de Marseille (1854-1987)*, Academia.

GUERRINI Anita, « The King's animals and the King's books: The illustration for the Paris Academy's Histoire des animaux », *Annals of Science*, 67/3, juillet 2010, p. 383-404.

LOISEL Gustave, *Histoire des ménageries de l'Antiquité à nos jours*, Paris, Laurens, 1912.

LUYNES (duc DE), *Mémoires*, Paris, Didot, 1860.

MABILLE Gérard, PIERAGNOLI Joan, NAUDEIX Hubert, *La Ménagerie de Versailles*, Paris, Honoré Clair, 2010.

MABILLE Gérard, « Les tableaux de la Ménagerie de Versailles », *Bulletin de la Société de l'histoire de l'art français*, 1975, p. 89-101.

MARQUET DE VASSELOT Jean-Joseph, « La Ménagerie du château de Versailles, la grotte et les pavillons », *Revue de l'histoire de Versailles et de Seine-et-Oise*, 1899, p. 81-96.

Mémoires de la duchesse de Tourzel, Paris, Mercure de France, coll. « Le Temps retrouvé », 1969.

Mémoires de la marquise de la Tour du Pin, Paris, Mercure de France, coll. « Le Temps retrouvé », 2018.

Mémoires de Madame Campan, Paris, Mercure de France, coll. « Le Temps retrouvé », 2017.

PETRY Alexandre, *Étude de l'impact des modifications environnementales sur le comportement d'un serval en captivité*, Academia, 2015.

PETRY Alexandre, *L'Intérêt des cohabitations en parc zoologique*, Academia, 2012-2013.

PIERAGNOLI Joan, *La Cour de France et ses animaux (XVIe-XVIIe siècles)*, Paris, PUF, coll. «Le nœud gordien », 2016.

ROBBINS Louise, *The Royal Menagerie, Elephant Slaves and Pampered Parrots: Exotic Animals in the Eighteenth-Century Paris*, Baltimore, The Johns Hopkins University Press, 2002.

ROOKMAAKER L. C., « Histoire du rhinocéros de Versailles (1770-1793) », *Revue d'histoire des sciences*, 36/3-4, 1983, p. 307-318.

TULARD Jean, FAYARD Jean-François, FIERRO Alfred, *Histoire et dictionnaire de la Révolution française (1789-1799)*, Paris, Robert Laffont, coll. « Bouquins », 1998.

VIGUERIE Jean DE, *Histoire et dictionnaire du temps des Lumières (1715-1789)*, Paris, Robert Laffont, coll. « Bouquins », 1995.

WARESQUIEL (DE) Emmanuel, *Sept jours*, Paris, Tallandier, 2020.

Remerciements

Ce livre n'existerait pas sans le mot « insolite » prononcé par Thierry Billard à la recherche d'une histoire méconnue à Versailles.

Un immense merci à tous ceux qui m'ont accompagnée dans ma découverte du monde animal en captivité au XVIIIe siècle, certains par leurs connaissances et d'autres par leur écoute et leur patience.

Avant tout :

Aurélie Guerry, responsable presse du Bioparc de Doué-la-Fontaine, et Élodie, la soigneuse de rhinocéros. Sans leurs informations et leur disponibilité, je serais restée devant une feuille blanche.

Les délicieuses Quitterie Pruvost et Marie-Laëticia Lachevre, merveilleuses bibliothécaires du château de Versailles. Efficaces, passionnées, bienveillantes…

Hélène Bihèry-Dupuy pour sa relecture attentive.

Theresa Révay, ma merveilleuse amie et talentueuse romancière qui a cru dès le début à l'aventure d'un rhinocéros.

Charlotte Hellman, l'amie de cœur et de lettres.

Jean-Luc Delpech, historien à l'érudition et à la disponibilité stupéfiantes et à l'amitié rare.

Gilles Paris et Laurent, si bienveillants, enthousiastes et prêts à trouver l'éditeur idéal…

Camille Trumer, mon agent littéraire, efficace, précis et attentionné.

Patrick Liegibel, ami et lecteur des premières pages qui m'a encouragée sans relâche.

Tristane de Beaumont pour ses conseils médicaux et amicaux sur la tuberculeuse osseuse ou phtisie !

Mon ami, mon frère Serge Legat et ses conseils avisés, qui partage avec moi le goût du XVIIIe français.

Mon ostéopathe sans qui j'aurais fini sur les rotules !

Et mes enfants et amis qui, depuis un an, supportent mes doutes et mes anecdotes sur les animaux…

Enfin, le *Requiem* et les concertos pour piano de Mozart écoutés à tue-tête pour supporter les travaux de mes voisins.

Merci à vous tous d'être ce que vous êtes pour moi !

Imprimé en France par CPI
en septembre 2021

Composition et mise en pages
Nord Compo à Villeneuve-d'Ascq

MIXTE
Papier issu de sources responsables
FSC® C003309

L'éditeur de cet ouvrage s'engage dans une démarche de certification FSC® qui contribue à la préservation des forêts pour les générations futures.

Pour en savoir plus :
www.editis.com/engagement-rse/

N° d'édition : 62490/01
N° d'impression : 166042